Schattennachbarn

Das Reich der Finsternis

Natacha Schüpbach

Schattennachbarn

Das Reich der Finsternis

Natacha Schüpbach

Bibliografische Information der Deutschen
Nationalbibliothek. Die Deutsche
Nationalbibliothek verzeichnet diese
Publikation in der Deutschen
Nationalbibliografie; detaillierte
bibliografische Daten sind im
Internet über http://dnb.dnb.de abrufbar.

© 2018 Natacha Schüpbach
Herstellung und Verlag
BoD – Books on Demand, Norderstedt

ISBN: 978-3-7448-9341-1

1

Der erste Schnee fällt, eine Flocke landet sanft auf Elis Arm. Es ist kalt, doch um die fallenden, gefrorenen Sterne zu sehen kriecht Eli aus ihrem Versteck. Es dauert nicht lange und der ganze Boden ist mit einem weissen Flaum bedeckt, es sieht alles so weich und sanft aus. Ein dunkler Wald erstreckt sich hinter dem milchigen Nebel und bereits jetzt dringen die ersten Unheilvollen Geräusche an ihr Ohr. Es wird bald dunkel, dann kommen die Geschöpfe der Nacht und Dunkelheit wieder hervor, aus ihren dunklen, weglosen verstecken. In der Gasse hinter ihr, hört Eli eine Mutter nach ihren Kindern rufen, doch es kommt niemand. Bereits als kleines Mädchen wusste Eli, dass man sich schützen muss vor der Dunkelheit, denn es kommen Wilde Kreaturen aus den Schatten und fressen die Menschen bei lebendigem Leibe auf. Um die niemals satt werdenden Geschöpfe fern zu halten, wurde eine Mauer errichtet, aber wenn der Hunger zu gross wird, hilft auch die Mauer nicht. Der Herr dieses Dorfes, in dem Eli seit Kindertagen lebt, opfert daher jede Woche einen Menschen. Er lässt sie vor der Mauer an einen Pfahl binden und ruft mit Trompetenklängen die Monster aus dem Wald. Natürlich trifft es nur Alte, Kranke, Bettler, Diebe und selten auch Reisende. Heute ist es wieder so weit, die Tore werden geöffnet und eine alte Dame in zerschlissenen Kleidern wird an den Pfahl gebunden. Ihr Gesicht ist aschgrau vor Angst, sie bettelt die Männer an sie nicht zu opfern, aber sie wird nicht erhört. Als die Männer fertig sind, schliesst sich hinter ihnen das schwere Holztor. Die Schreie der Alten lassen nicht lange auf sich warten. Es muss schrecklich sein von diesen Schattenwesen getötet zu werden. Gänsehaut überzieht Elis Körper bei jedem Schrei, den sie hört. In der Gasse hinter ihr hört sie ein Kind weinen, es muss das Kind der Frau sein, die vorhin unerbittlich gerufen hat. Nun ist die Tür zu, das Licht erloschen und das Kind wird draussen in der Gasse übernachten müssen, so wie sie es tut. Schluchzend setzt sich das kleine Wesen auf die Türschwelle seines Mutternhauses, doch es öffnet niemand. Es ist unerträglich es mitanhören zu müssen, aber niemand kommt um das kleine Wesen zu beruhigen. Das Kind weint immer stärker und als eine Ratte um dessen Beine schleicht schreit es auch noch auf. Die feine helle Stimme schmerzt Eli in den Ohren. Um das Kind endlich zum Schweigen zu bringen, geht sie behutsam auf das zusammengekrümmte weinende Kind zu. Nun kann Eli erkennen, dass es ein Mädchen ist, sie bleibt dicht vor ihr stehen. Gerade als Eli auf sich aufmerksam machen will, entdeckt das Mädchen sie.

Sofort beginnt sie panisch zu schreien. Zuerst nach ihrer Mutter, dann nach dem älteren Bruder, aber die Hilferufe bleiben unbeantwortet. Die Gesetzte des Dorfherrn sind klar, sobald die Sonne hinter dem Wald untergeht, werden alle Lichter in den Häusern gelöscht und die Türen werden verbarrikadiert. Bettlern und anderem Gesindel, darf nur gegen Bezahlung Unterschlupf gewährt werden, ansonsten müssen sie draussen in den Gassen schlafen. Dasselbe gilt natürlich auch für die Dorfbewohner, wer zu spät Zuhause ist, der muss die Nacht in den Gassen verbringen. „Wie heisst du?", fragt Eli leise. Doch das Mädchen schreit immer noch so laut, dass sie es nicht hören kann. Erst als Eli sich abwendet um einen anderen schlafplatz zu suchen, verstummt das Mädchen. „Gina.", erwidert das Mädchen ebenso leise wie Eli sie gefragt hat. „Deine Mutter wird dich nicht ins Haus lassen, aber ich nehme dich mit für diese eine Nacht. Morgen bringe ich dich hierher zurück." Tonlos steht das Mädchen auf, sie folgt Eli in ihr versteck, dass sie nach diesem Abend nie wieder aufsuchen kann um zu schlafen. Aber solange das Mädchen schreit, konnte sie so oder so nicht schlafen und verstecke gibt es genügend. Es ist eine kleine Höhle, die einst ein Fuchs gegraben hat, die beiden haben kaum zusammen Platz in der Kammer unter der Erde. Das Mädchen ist immer noch aufgewühlt, daher kann es nicht schlafen. „Meine

Mutter sagt, du bist eine Hexe. Stimmt das?", fragt das kleine Mädchen mit zitternder Stimme. „Nein natürlich nicht! Und jetzt schlaf, sonst werfe ich dich aus meinem Versteck!", droht Eli. Gina fährt zusammen, dann schliesst sie ihre kleinen Augen, noch ein zwei Mal späht sie zu Eli, dann schläft sie ein. Früh am nächsten Morgen, noch bevor die Sonne aufgeht, weckt Eli Gina auf. Wie sie am Vorabend gesagt hat, bringt sie die Kleine zurück an den Ort, an dem sie Gina gefunden und mitgenommen hat. „Erzähl niemandem, dass du bei mir warst, sonst schauen dich die Leute komisch an und vielleicht wirst du gar das nächste Opfer für die Schatten. Es ist nicht schlau sich mit einer Hexe herumzutreiben.", mahnt Eli die Kleine bevor sie durch die Gasse davonstürmt. Endlich öffnen sich die Türen, Gina rennt sofort zu ihrer Mutter, die kein Auge zugetan hat vor Sorge. Als die Mutter wissen will, wo sie die Nacht war, sagte Gina nichts. Sie wich jeder Frage aus und fragte ob sie mit ihrem Bruder spielen dürfe. Natürlich darf sie. Wenige Stunden später, kommt Eli neben Ginas Haus vorbei, sie hört die Kleine lachen und wie sie mit ihrem Bruder herumtollt. Es muss schön sein eine Familie zu haben, denkt sich Eli, aber sie hat keine, daher lebt sie auf der Strasse. Allein. Ihre Mutter wurde als Hexe vor die Mauern gekettet, sie hatte schwarzes Haar, schneeweisse Haut und unterschiedlich gefärbte Augen genau wie sie

selbst. Nur Ihre Haare sind noch dunkler, sie
verschmelzen mit der Dunkelheit der Nacht, ihre Haut
ist noch heller als die ihrer Mutter und die Augen sind
ebenfalls unterschiedlich gefärbt. Die ihrer Mutter
waren braun und grün, aber ihre sind blaugrau das
eine und beinahe schwarz das andere. Ihr Lebelang
wurde sie von anderen Kindern und deren Eltern
gemieden. Oft wurden ihr Dinge nachgeworfen oder
sie wurde verspottet. Heute haben die Menschen
Angst vor ihr, weil sie glauben sie wäre eine mächtige
Hexe und würde, wenn sie sie weiterhin so
behandelten, die Schatten rufen um sie alle zu fressen.
Nur ein Mensch im ganzen Dorf hat keine Angst vor
ihr, der Händler. Es gibt viele verschiedene Händler,
aber wenn es um den Händler geht, wissen alle, dass
es sich um den besten handelt. Er kann alles
beschaffen oder entsorgen, je nachdem was der Kunde
wünscht. Eli schleicht oft um seinen Laden herum, nur
betreten hat sie ihn noch nie. Mit den ersten
Sonnenstrahlen öffnet der Laden die Türen, Eli wartet
bereits angelehnt an der Wand. Manchmal gibt ihr der
Händler einen Auftrag, dafür bekommt sie etwas zu
essen oder eine neue Decke für ihren Schlafplatz. Der
Mann, gekleidet in feinster Seide tritt an sie heran.
„Ich habe einen Auftrag für dich, aber er ist
gefährlich.", beginnt der Mann mit müder Stimme.
„Die Tochter des Herrn ist krank und die Heilerin

benötigt Beeren, die aber nur im Wald gedeihen. Hier ist ein Bild, sie sind blauviolett und wachsen an Sträuchern. Sie schmecken säuerlich und lieben nassen, moosigen Boden." Eli nimmt das Bild entgegen, dazu einen Beutel, dann macht sie sich auf den Weg. Der Händler hätte niemanden sonst fragen können ausser sie, denn sie ist die einzige, die freiwillig in den Wald geht. Natürlich nur Tagsüber. Um Reisenden Einlass zu gewähren, stehen die Tore den ganzen Tag offen, erst wenn die Sonne untergeht, werden sie geschlossen. Mit dem Beutel in der rechten Hand, macht sich Eli auf den Weg. Der Weg, der in den dunklen Wald führt ist schmal. Eine Kutsche passt gerade noch durch, aber alles andere ist zu breit und würde stecken bleiben. Ab und zu macht Eli kleine Ausflüge in den Wald um den Menschen im Dorf aus dem Weg zu gehen. Doch in letzter Zeit kam sie nicht mehr häufig dazu, denn der Händler hat ihr immer wieder einen Auftrag erteilt. Natürlich ist sie froh über das Essen und die Decken, aber es ist nicht das Leben, dass Eli sich wünscht. Sie möchte gerne frei sein und umherreisen, fremde Städte und Dörfer sehen, aber dazu braucht man ein Pferd. Die Dörfer und Städte liegen zu weit auseinander, als dass man sie zu Fuss an einem Tag erreichen würde. Und im Wald übernachten gleicht einem Todesurteil, bisher hat es noch nie jemand überlebt, zumindest nicht jemand den man kennt. Daher bleibt Eli in dem Dorf. In der Ferne sieht sie drei Männer, die auf etwas einschlagen, das am Boden liegt. Sie rennt so schnell sie kann, dabei stolpert sie beinahe über ihre eigenen Füsse. Hinter einem Baum versteckt beobachtet sie die Männer, dabei drückt sie sich die flache Hand auf den Mund, dass sie ihre Atemstösse nicht hören. Etwas Weisses liegt auf der Erde, zusammengekauert, die Beinchen schützend an den Leib gepresst. Ein winseln, dann ein knurren. Solche Geräusche hat Eli noch nie zuvor gehört. Was kann das nur sein, ein Raubtier. Ganz bestimmt, aber sie kann es nicht ertragen, wenn Männer auf ein wehrloses Wesen einprügeln. Das Fell ist an manchen Orten blutrot eingefärbt, sie muss diesem Wesen helfen. Entschlossen greift sie nach einem Stein, der vor ihr auf dem Boden liegt. Mit voller Wucht schlägt der Stein gegen den Kopf des Mannes, der ihr den Rücken zeigt. Er fällt wie ein Baum, der geschlagen wurde zu Boden. Sofort schweifen die Blicke der Männer durch den Wald, doch Eli versteckt sich erneut hinter dem Baum. Sie nimmt einen zweiten Stein in die Hand und wirft ihn, diesmal erwischt sie nur ein Bein. Das weisse Wesen, das geschlagen und getreten wurde, steht auf. Es blickt genau in ihre Richtung, dann rennt es weg, tiefer in den Wald hinein. Die Männer steigen auf ihre Pferde und treiben ihnen ihre Sporen in die Flanke. Sie jagen das weisse Tier. Elis

Herz schlägt schnell, als sie die Verfolgung aufnimmt. Endlich bleiben die Reiter stehen, sie lassen ihre Pferde aus einem Fluss trinken, dann reiten sie direkt auf Eli zu. Zurück zum Dorf. Hinter einem Strauch versteckt sie sich, bis die Reiter nur noch kleine Flecke in der Ferne sind. Suchen schaut Eli um sich, aber das weisse Fell von vorhin ist nirgends zu sehen. Schlaues Tier denkt sich Eli, doch als sie gehen will, hört sie es winseln. Es ist herzzerreissend wie dieses Tier nach Hilfe ruft. Schnell lässt sie ihren Blick noch einmal über das Areal schweifen, aber auch diesmal sieht sie kein weisses Fell. Als sie sich zum Gehen wendet, winselt es wieder. Noch lauter als zuvor. Ihre Nackenhaare stellen sich auf, Gänsehaut bildet sich auf ihren Armen. Ihre Beine wollen sie weg tragen von hier, so schnell es geht, aber ihr Verstand will bleiben und herausfinden was das für eine Kreatur ist. Erneut dreht sie sich, ihre Augen bleiben an einem zusammengerollten weissen Fellbündel hängen. Eli schleicht sich nahezu lautlos an das Wesen an, aber es scheint sie zu bemerken. Bei jeder ihrer Bewegungen, hebt das verletzte Tier seinen Kopf. Nur noch wenige Schritte trennen sie von dem Wesen, das den Kopf in ihre Richtung erhoben hat. Es schnüffelt. Vorsichtig streckt Eli ihren Arm aus, als es die Zähne fletscht und laut knurrt, schreckt sie zurück. Sie stolpert über eine Wurzel und fällt hin. Das weisse Fell glänzt in den wenigen Sonnenstrahlen, die durch das Blätterdach bis auf den Boden fallen. Bezaubert von seinem Anblick bleibt sie sitzen, erst als das Wesen auf sie zukommt, rutscht sie rückwärts weg. Nach wenigen Metern, fühlt sie die kalte Rinde eines Baumes an ihrem Rücken. Sie zieht ihre Beine an und schlingt ihre Arme darum. Das Tier bleibt direkt vor ihr stehen und schnuppert erneut an ihr. Erst jetzt fällt Eli auf, dass hier kein Schnee am Boden liegt, so wie in ihrem Dorf. Das Knurren des Tieres lässt sie zusammenfahren, trotzdem gibt sie sich mühe nicht verängstigt zu wirken. Erneut streckt sie die Hand nach dem weissen Fell aus, doch sie berührt es nicht. Es setzt sich direkt vor ihre Füsse und beobachtet sie, es scheint nicht zu verstehen, wieso sie es anfassen will. Nach einigen Minuten legt sich das Tier hin, es scheint erschöpft zu sein. Behutsam streckt Eli ihre Beine aus, es hebt nicht einmal den Kopf an als es zu knurren beginnt. Dennoch lässt Eli ihre Beine ausgestreckt auf der kalten Erde liegen. Es dauert nicht lange und das Wesen schläft ein. Behutsam kriecht Eli an seine Seite, sie sieht sich die Wunden an, die die Männer hinterlassen haben. Lautlos schleicht sie zum Fluss und taucht den Beutel ins Wasser, ebenso lautlos schleicht sie zurück. Behutsam lässt sie einzelne Tropfen des klaren Wassers auf das weisse Fell tropfen. Ihre Hände sind taub von der Kälte, dennoch holt sie noch einmal Wasser aus dem Fluss. Sanft dreht sie das Tier auf die

Seite, um sich den Bauch anzusehen. Eli wäscht das blutbefleckte Fell, dabei erwacht das Tier, doch Eli bemerkt es nicht. Erschrocken weicht sie zurück, als sie den erhobenen Kopf des Tieres sieht. Doch es scheint ganz ruhig zu sein, daher rutscht Eli zu ihm hin. Es lässt sich streicheln und schmiegt sich an ihr Bein. Nach einer Weile steht Eli auf und geht ein paar Schritte. Auf der anderen Seite des Flusses sieht sie die Beeren, die sie für den Händler suchen soll. Daher sucht sich Eli eine flache Stelle und überquert den Fluss. Sie füllt den Beutel innert kürzester Zeit und überquert den Fluss erneut. Das Tier beobachtet sie mit wachsamen Augen. Eli streichelt das weisse Fell noch einmal, dann macht sie sich auf den Weg zurück ins Dorf. Doch das vierbeinige Wesen folgt ihr mit etwas abstand. Erst am Waldrand bleibt es zurück. Bald wird es dunkel, Eli war beinahe den ganzen Tag in dem düsteren Wald und merkte nicht wie die Zeit vergangen war. „Ich habe mir bereits Sorgen gemacht, dass du gar nicht mehr kommen würdest!", sagt der Händler anklagend. Eli zuckt nur mit den Schultern und fragt ob sie heute als Bezahlung ein Stück Fleisch bekommen kann. Überrascht schaut der Händler sie an, denn normalerweise will sie Früchte oder Gemüse, denn das ist günstiger als Fleisch und somit bekommt sie mehr. „Hier, ich gebe dir ein paar Münzen, damit kannst du beim Metzger Fleisch kaufen gehen." Er lässt die

Münzen klirrend in Elis Hand fallen. Schnell geht sie zum Geschäft auf der anderen Seite der Strasse. Der Metzger scheint wenig erfreut sie zu sehen, bis sie die Gelbstücke auf den Tresen legt. „Ich möchte gerne so viel von ihrem günstigsten Fleisch kaufen, für diese vier Münzen.", bittet Eli höflich. „Ich habe noch Metzgereiabfälle hinter dem Haus stehen, wenn du willst, kann sie alle haben für nur ein Geldstück.", entgegnet der Metzger. „Für die anderen drei Geldstücke, biete ich dir dieses Fleisch hier an.", er deutet mit der Hand auf zwei Kisten voller Fleisch. Eli nickt und strahlt übers ganze Gesicht. „Kann ich die Kisten mitnehmen? Ich werde sie auch morgen früh zurückbringen.", verspricht sie. Zuerst sträubt er sich ihr die Kisten mitzugeben, aber als andere Kunden den Laden betreten, ändert er schnell seine Meinung und stellt sie vor die Tür. Sie schleppt Kiste für Kiste in ihr Versteck, dann nimmt sie einen Knochen, an dem noch etwas Fleisch hängt und geht damit zum Tor. Die Wachmänner schauen sie verachtend an, lassen sie aber passieren. Das weisse Fell ist kaum zu erkennen auf dem Schnee. Eli hätte das Wesen beinahe nicht mehr gefunden, doch als sich auf einmal zwei Augen auf sie zu bewegen, weiss sie, es muss das Wesen von heute Morgen sein. Sie lockt es schnell mit dem Knochen neben den Wachmännern vorbei hinein in das Dorf. Da sie von den Menschen gemieden wird, fällt ihr vierbeiniger Gefährte nicht auf. Als Eli voran in den Bau kriecht, bleibt das Wesen vornedran stehen. Sie streckt ihm den Knochen hin und versucht ihn nach unten zu locken, aber er kommt nicht. Die Kammer unter der Erde ist grösser, als die Kammer, die sie letzte Nacht mit Gina geteilt hat. Daher sollte es kein Problem sein das Wesen hier unten mit ihr schlafen zu lassen. Nach etlichen Fehlversuchen das Tier in den Bau zu locken, kriecht Eli erneut hervor. Sie wirft den Knochen in den Bau und schiebt das Tier in das kleine Loch in der Erde. Endlich ist es unten, nun kriecht Eli auch hinunter. Sie ist erschöpft und schläft sofort ein.

2

Die ersten Sonnenstrahlen erhellen den Eingang der Höhle, schlaftrunken öffnet Eli die Augen. Das weiche Fell ihres neuen Begleiters wärmt ihre Beine, aber er scheint nicht mehr zu schlafen. Behutsam legt Eli ihre Hand auf sein Fell, er knurrt leise, lässt sie aber machen. Ihr Magen knurrt, aber sie hat nur rohes Fleisch, daher muss sie sich etwas Essbares suchen gehen. Zum Glück ist das Tor zum Wald wieder geöffnet. Es gibt viele leckere Beeren und Äpfel dort, obwohl es hier im Dorf schneit ist es angenehm warm im Wald. Eli glaubt, dass es an dem riesigen Moor liegt, dass sich unweit der Waldgrenze befindet. Aber wissen tut sie es nicht. So wie jeden Morgen streckt Eli den Kopf aus ihrem Versteck und schaut ob sie von Jemandem entdeckt werden könnte. Da sie eine Art Bettlerin ist und auf der Strasse lebt, könnte es durchaus vorkommen, dass der Dorf Herr sie fangen lässt und an die Schattenwesen des Waldes verfüttert. Niemand zu sehen. Wie ein Fuchs schleicht sie aus ihrem Bau, erneut kontrolliert sie die Umgebung, aber es ist immer noch niemand zu sehen. Eine kalte Schnauze drückt ihr in die Kniekehle, dann drückt sich das Wesen zwischen ihren Beinen hindurch an die Oberfläche. Er setzt sich an ihre Seite und schaut sie auffordernd an. Eli atmet zwei drei Mal tief ein, dann marschiert sie auf das Tor zu. Das vierbeinige Wesen folgt ihr mit etwas abstand. Als sie am Tor ankommt, ist es noch geschlossen. Sehr ungewöhnlich, denkt sich Eli, aber sie zuckt mit den Schultern und setzt sich auf einen Baumstrunk, der vom Schnee verschont blieb. Nach kurzer Zeit beginnt sie zu frösteln und zu allem Überfluss weht auch noch der Wind. Die Arme eng um sich geschlungen und die Beine angewinkelt wartet Eli auf die Wächter, die das Tor jeden Morgen öffnen. Aber sie kommen nicht, auch die Nachtwächter sind nirgends zu entdecken. Nun friert Eli so sehr, dass sie sich entschliesst, zum Händler zu gehen. Vielleicht schenkt er ihr etwas zu essen oder sie bekommt einen Vorschuss für den nächsten Auftrag. Enttäuscht geht sie zurück ins Dorf. Die Gassen sind menschenleer, keine Kinder schreien, alle Türen sind geschlossen, keine Kerze brennt. Es muss etwas vorgefallen sein letzte Nacht, aber was? Eli hat so tief geschlafen, dass sie nichts mitbekommen hat und ihr vierbeiniger Begleiter ist so schweigsam wie immer. In Gedanken versunken, bemerkt Eli nicht, dass sie bereits am Haus des Händlers vorbeigegangen ist und nun auf den grossen Dorfplatz zusteuert. Erst als sie über etwas Weiches stolpert, bemerkt sie die Menschenmenge vor sich. Alle sind hier versammelt, das kann nur einen Grund haben. Der Herr spricht zu seinem Dorf. Es kommt selten vor, dass der Mann, der hier regiert sein gigantisches Haus verlässt. Wieso auch, die Untertanen kommen zu ihm, wenn sie etwas wollen und wenn er etwas mitteilen will, dann schickt er seine treusten Diener aus. Eli hat den Mann erst zwei Mal in ihrem Leben gesehen. Das erste Mal war, als er alle Männer, ausser seinen Dienern befohlen hatte das Dorf vor Feinden zu schützen, die in der Nähe Stellung bezogen hatten. Elis Vater ist bei einem Schwertkampf getötet worden und das zweite Mal als sie ihn sah, war als ihre Mutter von den Schattenwesen gefressen wurde. Sie war seine Dienerin, um genau zu sein seine Lieblingsdienerin, er wollte sie kurz nach dem Tod ihres Vaters heiraten, aber als ihre Mutter ablehnte wurde er so wütend, dass er sie den Schatten zum Frass vorwarf. Eli war damals erst vierzehn Sommer alt, zu jung um für sich selbst zu sorgen, aber auch zu alt um sich eine neue Familie zu suchen, daher musste sie ab diesem Moment für sich allein leben. Bevor ihre Mutter dem Herrn seine Heiratsbitte abgeschlagen hatte, lebten Menschen wie sie, die normalerweise als Hexen verfolgt und getötet werden ganz normal mit den Dorfbewohnern. Aber nach diesem Tag, wurden alle hellhäutigen Frauen, mit dunklen Haaren zusammengetrieben. Sie wurden verhört und oft wurden sie dann den Schatten zum Frass vorgeworfen. Zwei der Frauen konnten flüchten, aber die

Wahrscheinlichkeit, dass sie noch leben ist gering. Denn sie sind zu Fuss in den Wald gerannt und da das nächste Dorf zu weit weg liegt um es an einem Tag zu erreichen, haben sie eine Nacht im Wald verbringen müssen. Da Eli viele Verstecke kennt und bisher mit allen gut ausgekommen ist, jagten die Dorfbewohner sie nicht so unerbittlich wie ihre Aussehens verwandten. Nun sieht Eli ihn zum dritten Mal und sie weiss, dass es nichts Gutes bringen wird. „Geschätzte Untertanen, wie ihr alle sicherlich wisst, ist meine Tochter schwer krank. Schmerzen durch den ganzen Körper quälen sie Tag für Tag. Kein Heiler konnte helfen. Kein Medikament hielt was es versprach. Es ist hoffnungslos, sagt die Dorfheilerin, aber ich will es nicht glauben, daher rufe ich euch auf mir und meiner Tochter zu helfen! Derjenige der es schafft meiner Tochter die Schmerzen zu nehmen oder zumindest zu lindern, dem schenke ich Reichtum.", sagt der Mann mit verzweifelter Stimme. Gemurmel erfüllt den Dorfplatz, aber kein Mensch tritt vor um ihrem Herrn mit seiner Tochter zu helfen. Jeder weiss, dass sie unheilbarkrank ist, wenn nicht einmal die Dorfheilerin ihr helfen kann. Eli kann es den Gesichtern ablesen, dass sie am liebsten weglaufen würden, aber keiner wagt es seinem Herrn den Rücken zu zuwenden. Gerade als Eli zum Tor zurückgehen will, erregt ihr vierbeiniges Wesen die Aufmerksamkeit einer jungen

Frau. „Ah ein Geist!", schreit sie so laut, dass sich alle auf dem Platz zu Eli umdrehen und den vierbeinigen Geist neben ihr stehen sehen. Nun schreien auch andere Frauen und die Kinder schreien mit. Die Männer, die damals nicht mit ihrem Vater gestorben sind, nähern sich ihr bedrohlich. Einige ziehen ein Messer aus ihren Gurten, bereit zuzustechen. „Das verfluchte Mädchen, der Geist gehört bestimmt zu ihr!", schreit eine Frau feindselig. Nun haften alle Blicke an ihr und nicht mehr an dem weissen Fell ihres Begleiters. Ihr Leben lang lebte Eli in der Angst, dass genau das eines Tages passieren würde, nur hätte sie nicht gedacht, dass ein vierbeiniges Wesen der Auslöser sein würde. Nun ja, so wie ihre Mutter würde auch sie jung sterben, schiesst Eli durch den Kopf. Eli lässt sich ohne Widerstand zu Boden reissen und Fesseln anlegen, doch ihr weisser Begleiter knurrt, fletscht die Zähne und beisst wild um sich. Doch als er zu Eli schaut und erkennt, dass sie sich wehrlos ergeben hat, legt er sich auf den Boden und lässt sich die Beine zusammenbinden. Eli ist erstaunt, wie sehr sie dieses weisse Fellbündel in ihr Herz geschlossen hat, innert dieser kurzen Zeit. Sie hat ihn erst gestern von diesen Männern gerettet und heute liegt er schon wieder wehrlos auf dem Boden, den Männern ausgeliefert. Doch so ergeben wie sie ihm ist, so ergeben scheint er ihr auch zu sein, denn er hat sich einfach auf den Boden gelegt und es ihr nachgemacht. Eli wird mit ihrem Geist in eine kleine Zelle neben dem Dorf Tor eingesperrt, der Wind zieht zwischen den Gitterstäben hindurch und Eli beginnt erneut zu frösteln. Der Händler kommt am späteren Nachvormittag vorbei und besucht Eli in der viel zu kleinen Zelle. Er streckt ihr eine Decke durch die Gitterstäbe, da er ein einflussreicher Mann ist, sagen die Wachen nichts dazu. Sein Blick ist vorwurfsvoll, aber dennoch väterlich. Elis Vater war früher mit dem Händler gut befreundet, aber als er starb änderte sich alles. Mit zitternden Händen nimmt Eli die Decke dankend an, doch der Vierbeiner knurrt umso lauter. „Er scheint mich nicht zu mögen.", stellt er betroffen fest. „Ich denke er mag niemanden wirklich.", entgegnet Eli freundlich. „Weisst du eigentlich was er ist?", hackt der Händler nach. Ausweichend schüttelt Eli den Kopf, nein sie weiss es nicht und sie will es auch nicht wissen. Es ist ein Wesen, das beschützt werden muss. „Ich habe einst ein Buch gelesen, darin Stand, dass sich Schattenwesen in Tiere wie deines Verwandeln können. Wenn es dunkel wird, lösen sich schwarze Nebelschwanden aus ihrem Fell und werden zu winzigen Todbringenden Kreaturen. Wenn ihr Opfer dann dahingerafft ist, gehen sie den toten Körper fressen.", flüstert er verschwörerisch. „Das ist albern, er war letzte Nacht bei mir und mir geht es gut.

Zumindest noch solange bis die Menschen mir etwas antun.", flüstert Eli feindselig zurück. Um zu zeigen, dass das Wesen nicht gefährlich ist, legt Eli ihre Hand vorsichtig auf den Kopf des Tieres. Er legt die Ohren an den Kopf, bleibt aber ruhig neben ihr stehen. Überrascht und zugleich fasziniert beobachtet der Händler sie. „Ich habe die Diener des Herrn belauscht, sie wollen dich und dieses Wesen noch heute Nacht vor die Tore setzten und die Schatten rufen. Ich hoffe für dich, dass dein Wesen ein Schattenwesen ist und dich vor seinesgleichen beschützt.", mit diesen Worten verabschiedet er sich. Entmutigt bleibt Eli in ihrer Zelle allein zurück. Erste vor zwei Tagen wurde eine alte Dame den Schatten als Opfer dargelegt und heute Abend soll sie die nächste sein. Niedergeschlagen von den schlechten Nachrichten, legt sich Eli auf die gefrorene Erde, dann steht sie noch einmal auf und wickelt sich in die Decke ein. Erneut legt sie sich hin. Noch bevor sie eindöst, legt sich das vierbeinige Wesen auf sie, um sie zu wärmen. Innert kürzester Zeit schläft sie tief und fest, nur der Druck auf ihrem Brustkorb hindert sie daran sich auf die Seite zu drehen.

3

Gegen Abend erwacht Eli aus ihrem beinahe komatösen Schlaf. Sie reibt sich die Augen, dann drückt sie ihren Kopf gegen das warme weisse Fell, dass sie den ganzen Nachmittag warmgehalten hat. Müde schaut Eli um sich, einige Schaulustige haben sich bereits versammelt. Es kann nicht mehr lange dauern und die Sonne geht unter und damit ist ihr Leben zu ende. Einmal in der Woche, dürfen die Dorfbewohner am Abend, noch nach Sonnenuntergang draussen sein, aber sie müssen zusammenbleiben und sich das Spektakel, wie es der Dorf Herr so schön nennt anschauen. Beinahe alle Dorfbewohner haben schreckliche Angst vor den Schattenwesen, aber zuschauen, wenn jemand gefressen wird, wollen sie trotzdem. Sie klettern auf die Mauer und starren in den immer dunkler werdenden Wald. Eli hat sich dieses Spektakel nur einmal angesehen und das liegt lange zurück. Einige Jahre um genau zu sein, es war die Nacht als ihre Mutter starb, seit jenem Tag erträgt Eli die Schreie der Opfer nicht mehr. Aber heute Nacht wird es ein Ende haben, endlich wird sie ihrer Mutter an einen besseren Ort folgen. „Hallo Eli.", sagt der Händler mit freundlicher Stimme. Aus ihren Gedanken gerissen, starrt Eli ihn zuerst fassungslos an, bis sie ihn erkennt dauert es einige Sekunden, dann erwidert sie ebenfalls freundlich ein „Hallo." „Ich habe mit dem Dorfherrn gesprochen und er würde dich in meine Dienste stellen, wenn du dein vierbeiniger Freund wegschickst.", bietet er zuckersüss an. Doch Eli schüttelt wiederwillig den Kopf, nein, sie will ihren pelzigen Freund nicht opfern um sich das Leben zu retten. Immerhin hat er ihr den ganzen Nachmittag lang wärme gespendet. Auch jetzt schaut er Eli an, als ob er verstehen würde was vor sich geht, als der Händler Eli vorschlägt, ihn zu opfern um ihr Leben zu retten, winselt er laut. Sanft streichelt Eli ihm über die kalte Schnauze, sie zieht in an sich und gibt ihm einen Kuss auf den flachen Schädel. „Nein ich werde ihn nicht einfach den Schatten überlassen. Auch wenn ich ihn erst seit gestern kenne, habe ich das Gefühl er gehört zu mir. Ich danke dir für dein Angebot, aber ich lehne es ab.", damit glaubt Eli sei die Unterhaltung zu ende, aber der Händler bittet sie noch einmal darüber nachzudenken und versucht sie mit allen Mittel zu Überzeugen. Die Antwort bleibt dennoch nein. Nun endlich schweigt er, als der Dorf Herr zu ihnen tritt. Der Händler schüttelt enttäuscht den Kopf, daraufhin legt der Dorf Herr ihm seine Hand auf die Schulter und sagt: „Nun gut, dann sei es so, die Schatten werden sich freuen über ein so junges Ding." Zwei grossgewachsene Männer treten vor den Käfig, Eli erkennt sie sofort. Es sind die Beiden, die jeden Abend ihr Dorf bewachen, so dass kein Fremder in der Nacht über die Mauern klettert. „Streck deine Amre zwischen den Gitterstäben hindurch!", befiehlt der eine mit kratzender Stimme. Wütend, traurig und angsterfüllt gehorcht sie. Das Seil schneidet ihr ins Fleisch, aber Eli lässt sich nichts anmerken. Mit hocherhobenem Haupt schreitet sie den Wachmännern nach durch die Menschenmenge. Von allen Seiten her hört sie „Hexe!", oder „Ein wunder, dass sie solange überlebt hat. Ich hätte sie bereits vor Jahren getötet!" All diese vertrauten Gesichtern, aber darauf ist nur Hass zu erkennen. Eli kämpft mit den Tränen, sie hat so lange Zeit mit ihnen zusammengelebt. Einigen hat sie gar geholfen oder Aufträge für sie erledigt. Sogar das kleine Mädchen, das sie erst vor zwei Nächten bei sich schlafen lies, ist hier und sieht sie mit verschwörerisch bösem Blick an. Nur noch wenige Schritte, dann schreitet sie durch das Tor. Dicht gefolgt von ihrem weissen Begleiter, dem die Zunge entspannt aus der Schnauze hängt. Er scheint nicht beunruhigt zu sein, dass er nun zurück in den Wald muss. Wieso sollte er auch, Eli hat ihn ja in diesem Wald gefunden. Die Männer binden sie an den Pfahl, der nur wenige Meter seitlich neben dem Tor in den Boden gerammt wurde. Als sie dem Vierbeiner zu Elis rechten, ein Seil um den

Hals legen wollen, fletscht er so heftig mit den Zähnen, dass sie rückwärts wegstolpern. „Soll er wegrennen, wenn er will!", ruft der Dorf Herr von der Mauer. Das kommt den Wachmännern gerade recht, denn der erste Schatten löst sich aus dem dunklen Wald. Mit blassen Gesichtern und starren Augen verschwinden sie hinter dem Tor, erst als es geschlossen ist, atmen die Dorfbewohner wieder entspannter. Der Schatten nähert sich zögernd, geht aber immer wieder ein Stück zurück. Es muss wohl daran liegen, dass die Sonne noch nicht ganz hinter dem Wald untergangen ist. Elis Herz rast und bei jedem schlag schmerzt es ihr im Hals. Sie ballt ihre Hände zu Fäusten, ihre Knodel werden weiss und die Adern treten hervor. Desto angespannter Eli wird, desto ruhiger wird ihr Begleiter. Er legt sich auf den Boden und starrt den näherkommenden Schatten an, er scheint auf ihn zu warten. Eli gibt sich alle Mühe nicht ängstlich zu wirken, diese Genugtuung will sie den Dorfbewohnern nicht schenken, vor allem aber dem Dorfherrn nicht. Es dauert nur noch Minuten, dann ist die Schützende Sonne weg. Immer mehr Schattengestallten lösen sich vom Wald und treten auf die Wiese, die zwischen Dorf und Wald liegt. Um sich zu beruhigen schliesst Eli ihre Augen. „Seht!" „Der ist ja riesig!" Geschrei und erstaunte „Ah!", rufe erfüllen die Nacht. Sofort reisst Eli ihre Augen auf. Ein Schatten, mehr als doppelt so gross wie die andern. Mit seinen feurig roten Augen starrt er Eli direkt an, die seinen Blick erwidert. Er bleckt seine rasiermesserscharfen, spitzen Zähne und stösst einen markdurchdringenden Schrei aus. Die kleineren Schatten weichen zurück und der Vierbeinige neben Eli steht auf. Er heult, erneut stösst der Schatten einen Schrei aus, dann kommt er mit grossen Schritten näher. Das Blut in Elis Adern gefriert, die Luft wird ihr abgeschnürt. Er bleibt direkt vor ihr stehen und begutachtet Elis zitternden Körper. Wie erstarrt bleibt er stehen. Reglos. „Bleib ruhig!", befiehlt sich Eli flüsternd. Ihre Beine und Hände zittern nicht mehr, sie richtet sich auf und versucht ihn unbeeindruckt anzusehen. Der Schatten kneift seine rotglühenden Augen zusammen, die langen Finger, die an Klauen erinnern, zucken leicht bevor er sie durch die Luft fahren lässt. Kein Schmerz. Nichts. Mit weit aufgerissenen Augen schaut Eli an ihrem Körper nach unten. Kein Blut, der Schatten muss sie verfehlt haben. Schnell kontrolliert sie ob es ihren weissen Begleiter erwischt hat. Aber er steht genau so ruhig neben ihr wie zuvor. Doch er schaut nicht mehr den Schatten an, sondern den Pfahl, an den sie gebunden wurde. Die Dorfbewohner sind wie gebannt von dem Schattenwesen, keiner wagt es etwas zu sagen. Langsam dreht Eli den Kopf in Richtung des Pfahls, doch der eben noch massive Stamm, liegt nun geschnitten wie mit einer Säge am Boden. Die Klauen müssen sehr scharf sein um dieses Holz einfach so zu zerteilen. Da Eli den Knoten um ihre Handgelenke nicht öffnet kann und das Seil nicht vom Pfahl ziehen kann, streckt sie dem Schatten hilfesuchen die Hände entgegen. Doch er schenkt seine Aufmerksamkeit nun nicht mehr ihr, sondern dem weissen Fellwesen neben ihr. Er streckt seine Klauenhand nach ihm aus, Elis Herz wird schwer. Sie will das Fellwesen nicht verlieren, es ist ihr einziger Freund auf der ganzen Welt. Ihre Mutter wurde ihr von einem Schattenwesen geraubt und ihr Vater von Feinden getötet. Noch bevor die Schattenklauen sein weisses Fell berühren, stellt sich Eli dazwischen. Sie fühlt einen sanften Druck auf ihrem Bauch, dann scharfe klingen, die sie zu zerschneiden drohten. Eli folgt den Klauen mit ihrem Blick, doch als sie an sich hinabsieht, dringen die Schatten bereits in sie ein. Sie schreit laut auf vor Schmerz, Tränen rinnen über ihre Wangen, aber das Wesen drückt seine Klaue tiefer in ihr Fleisch. Die längste Klaue durchstösst die Haut ihres Rückens, vor Schmerz gekrümmt hustet sie. Sie schmeckt eine warme, metallische Flüssigkeit in ihr hochsteigen. Blut rinnt über ihr schneeweisses Kinn. Schweratmend greift sie nach dem Schatten, doch ihre Hände gleiten einfach durch ihn durch. Endlich zieht er seine Klaue zurück, Blut tropft von dessen Spitzen auf das Gras. Ihre Knie geben nach, sie sackt zusammen.

Mit letzter Kraft dreht sie sich zu ihrem Vierbeinigen Freund um, der sie sanft mit der nassen Schnauze anstupst. Erleichtert ihn wohlauf zu sehen, legt sie ihre Arme um seinen Hals. Sein Fell wird rot gefärbt von ihrem Blut, dann fühlt Eli die kalten Klauen des Schattens an ihrem Rücken. Mit sanftem Druck umschliessen seine Finger ihren Brustkorb, dann hebt er sie hoch. Diesmal aber schneiden seine Klauen ihr nicht ins Fleisch. Eli fühlt sich wie eine Puppe, welche von einem Kind umschlungen und weggetragen wird. Verschwommen sieht sie die Mauer immer kleiner werden, doch ein weisser Fleck folgt ihr, bis alles um sie herum schwarz wird.

-4-

Dunkelheit, nichts als Dunkelheit. Es ist alles so still, kein Geräusch erfüllt den niemals endenden schwarzen Raum um sie herum. Ist das der Tod? Der Ort, an den man kommt, wenn das Leben seinen Körper verlässt? Eli ist mit ihren Gedanken ganz allein, alle kreisen um den Tod und die Stille in ihrem Kopf. In weiter Ferne kann sie ein helles Licht erkennen, aber sie ist zu müde um darauf zuzugehen. Erschöpft setzt sie sich auf den Boden, ihre Hände berühren den kalten Grund. Noch einmal schaut sie das helle Licht in der Ferne an, doch es ist nicht mehr dort. Ein hässlicher Schrei dringt an ihre Ohren, sofort öffnet sie ihre Augen. Suchend dreht sie sich im Kreis, doch sie kann niemanden erkennen, weder ein Schattenwesen, noch das helle, wunderschöne Licht von vorhin. Dennoch steht Eli auf und macht sich auf den Weg. Sie setzt einen Fuss vor den andern, obwohl sie nicht weiss wohin sie ihr Weg führen wird. Damit sie nicht plötzlich in etwas hineinmarschiert, streckt sie ihre Arme aus. Auf einmal entdeckt Eli das helle Licht, so schnell sie kann, rennt sie los. Enttäuscht stellt sie fest, dass sie dem Licht noch immer kein Stück nähergekommen ist. Erschöpft und ausser Atem bleibt sie stehen, mit ihrem Handrücken, wischt sie sich den

Schweiss von der Stirn. „Das kann nicht das Ende sein. Immerhin schwitze ich!", flüstert Eli zu sich selbst. Nur für zwei Sekunden schliesst sie ihre Augen, als sie sie wieder öffnet, ist es gleissend hell um sie herum. Die Augen zu Schlitzen verengt, erkennt Eli ihre Mutter und neben ihr ihren Vater. Ungläubig streicht sie mit ihren Händen über ihre Augen, doch sie stehen immer noch da, direkt vor ihr. Aber das kann nicht sein, sie sind beide Tod. Ihrer Mutter hat sie beim Sterben gar zugesehen. „Bin ich…?" Eli kann die Frage nicht einmal beenden. „Nein noch nicht. Du bist bei dem Schatten und wenn du stark bist, dann wirst du überleben.", erklärt ihr ihre Mutter. Eli möchte sie so gerne in den Arm nehmen, ihre Arme um sie schlingen und sie nie, nie wieder loslassen. Aber trotz ihres Verlangens tut sie es nicht. „Ich muss gehen.", stellt Eli auf einmal fest, aber die Stimme klingt nicht nach ihrer eigenen, es ist eine kalte, dünne Stimme. „Nein bleib bei uns! Du darfst uns nicht verlassen!", wispert ihr ihre Mutter zu. Doch Eli macht einen Schritt zurück, dass eben noch freundliche, helle Gesicht ihrer Mutter verfinstert sich und wird zu einer hässlichen Fratze.
Schweratmend fährt Eli aus ihrem fiebrigen Schlaf hoch, eine kleine, dicke Frau sitzt neben ihr. Es riecht nach frischen Blättern und Moos. Was ist das für eine kleine Kreatur, sie hat Haar in der Fabre eines Fuchsfelles und ihre Augen sind dunkelorange wie die

einer Eule. Dazu hat sie eine kleine Stubsnase dunkelrote, schmale Lippen. Ihre Stimme ist so hoch und hell, dass es Eli beinahe in den Ohren schmerzt als sie jemanden ruft. Kurz darauf kommt eine zweite, etwas jünger aussende Kreatur in den Raum. Die beiden tuschen leise miteinander. Eli kann sie nicht verstehen, da sie wie Mäuse quieken. Die beiden verstummen auf der Stelle als etwas an der Tür kratzt. „Ich will dieses Flohbesetzte Vieh nicht in meiner Nähe haben!", schimpft das jüngere Wesen. Doch die alte öffnet die Tür. Eli erkennt die weisse Schnauze sofort, der Schatten hat ihn nicht getötet. Erleichtert atmet sie aus und winkt ihn zu sich heran. „Der Geist des weissen Wolfes mag dich wie es aussieht.", flüstert die alte Dame Eli zu. „Aber er gehört doch dem grossen Schatten!?", stellt die jüngere fest, aber es klingt auch nach einer Frage. Die alte nickt nur, dann verlassen sie den Raum. Als sie neben dem weissen Wolf durchgehen, fällt Eli auf, dass es wirklich kleine Wesen sind. Denn sie reichen dem Wolf gerade Mal bis zur Schulter. Eli hebt die Hand und er Wolf drück seine Schnauze dagegen und leckt sie ab. „Du bist also ein Wolf und gehörst zu dem grossen Schatten?", denkt Eli laut. Mit strahlenden Augen schaut der Wolf sie an, so als ob er sie auffordern möchte mit ihm zu gehen. Aber dafür ist sie noch zu schwach. Erst jetzt als der Wolf neben ihr liegt, fühlt sich Eli wieder sicher. Sie schaut sich in dem kleinen dunklen Zimmer um, es sieht beinahe so aus, wie in ihrem einen Versteck, das wahrscheinlich von einem Dachs gegraben wurde. Nur etwas grösser. Die vielen kleinen Kerzen, die an der Wand auf Regalen stehen, spenden ein dunkles, aber heimeliges Licht. Doch was ist das? Auf dem weissen Fell des Wolfes, ist ein schwarzer Fleck und der bewegt sich hin und her. Bei genauem Hinsehen sind es mehrere kleine schwarze Punkte. Neugierig fängt Eli eines mit ihrer linken Hand. Das kleine schwarze Wesen hat Flügel, wie eine Libelle. Es ist so gross wie die Fingerkuppe ihres Zeigefingers und es scheint bissig zu sein, denn es versucht Eli in den Finger zu beissen. Doch das kleine Ding ist winzig, als das Eli es spüren würde. Behutsam fängt sie auch die anderen umherschwirrenden fliegenden Wesen ein. Sie hätte beinahe eines zerdrückt, als die Tür mit Schwung geöffnet wird und Eli sich erschreckt. „Ah du hast die kleinen schwarzen Feen bereits kennen gelernt. Wir nennen sie auch gerne Mal Flöhe, weil sie sich immer im Fell der Wölfe verstecken und sie bissig sind.", erklärt die alte, die eben das Zimmer verlassen hat. Eli nickt nur, denn sie weiss nicht ob es unhöflich wäre sie zu fragen was sie für ein Wesen ist. Aber vielleicht erzählt es ihr die Alte ohnehin. „Der Schatten hat dir ganz schön zu schaffen gemacht. Du bist einige Tage lang nicht erwacht und du hattest hohes Fieber. Aber es scheint dir bereits besser zu gehen. Ich habe dir etwas zu essen mitgebracht, ich hoffe du magst es. Aber iss langsam, denn dein Körper ist noch immer verletzt. Es dauert noch einige Tage bis du wieder gesund bist." Da Eli sie verblüfft anschaut, fügt sie hinzu: „Ich bin eine Heilerin und versorge deine Wunde am Bauch." Dann zeigt das kleine Wesen auf ein schwammig aussehendes Gericht, es liegt auf einem Stück Rinde. Eli lächelt das Wesen an, aber sie hat noch keinen Hunger, daher hofft sie, dass die Frau wieder geht und sie es in Ruhe essen kann, wenn sie Hunger hat. Aber leider wartet die kleine Frau darauf, dass Eli es isst. Wiederwillig nimmt Eli das labberige, schwammige Essen in die Hand, sie beisst hinein und etwas Flüssiges spritzt in ihr Mund. Es ist bitter und sauer zugleich, einfach eklig. Ohne es zu kauen, schluckt Eli das Stück hinunter. Aber sie will keinen weiteren bissen davon essen, noch nie hat sie so etwas Widerliches gegessen. „Es schmeckt dir nicht.", stellt sie enttäuscht fest. Mit hängenden Schultern und eingezogenem Kopf öffnet sie die Tür. Doch bevor sie die Tür hinter sich schliesst, sagt Eli: „Ach was, es ist lecker, aber ich habe nicht erwartet, dass es im Innern flüssig ist." Um zu beweisen, dass sie nicht gelogen hat, beisst Eli erneut ein grosses Stück ab. Die kleine Dame lächelt sie an, dabei zeigt sie kleine spitze Zähne. Nach einigen weiteren Tagen in diesem kleinen, höhlenähnlichen Raum ist Eli soweit wieder gesund, dass sie sich aufsetzten kann. Da sie nicht aufrecht stehen kann, kriecht sie durch die kleine Öffnung hinaus, zum Glück ist der weisse Wolf immer noch an ihrer Seite. Er zeigt ihr den Weg durch das Labyrinth aus Gängen. Endlich fühlt Eli einen Luftzug auf ihrem Gesicht. Es riecht feucht, als ob es erst vor kurzem geregnet hat. Voller Vorfreude kriecht Eli auf den Ausgang zu. Es dämmert gerade und die Nacht lässt nicht lange auf sich warten.

Elis Augen gewöhnen sich schnell an die Dunkelheit,
die schnell Einzug nimmt. Das restliche Licht wird von
den immer länger werdenden Schatten schnell
vertrieben. Dunkelheit umgibt sie. Nacht. Von
überallher kommen komisch aussehende Wesen auf
sie zu, einige ähneln den Schattenwesen, andere eher
den kleinen schwarzen Feen und wieder andere den
kleinen Wesen, die sie gesund pflegen. Eli ist neugierig
auf die verschiedenen Geschöpfe, dennoch ist sie
vorsichtig und stürmt nicht gleich auf sie zu. Viele der
kleineren Wesen verstecken sich, als Schattenwesen
sich nähern und gar die grossen ziehen sich zurück, als
der grosse Schatten kommt. Eli weicht nicht zurück,
denn nun weiss sie, dass der Wolf, der neben ihr steht
zu ihm gehört. Er wird sie beschützen, hofft sie
zumindest. Der grosse Schatten bleckt seine Zähne,
aber auch das veranlasst Eli nicht zurückzutreten. Im
Gegenteil, sie geht auf ihn zu und legt ihre Hand auf
seinen Arm. Diesmal rutscht ihre Hand nicht durch
schwarzen Nebel, sondern fühlt eine eisige, feste
Masse. Der Schatten und Eli schauen sich gegenseitig
tief in die Augen, dann zieht der Schatten seinen Arm
zurück und verschwindet mit den kleineren zwischen
den Bäumen. Der weisse Wolf neben ihr scharrt mit

den Vorderbeinen am Boden. „Na geh schon, ich sehe das du mit ihm gehen willst.", sagt Eli mit sanfter Stimme. Der Wolf leckt ihr noch kurz an der Hand, dann rennt er los und folgt seinem schwarzen Nebelherrn in den Wald. Eli starrt ihm nach, sie wollte ihn eigentlich nicht gehen lassen, aber sie kann ihn auch nicht zwingen bei ihr zu bleiben, wenn er eigentlich lieber mit dem Schatten gehen möchte. Erst ein leichter Zug an ihrer Hand lässt sie aus ihren Gedanken zurückkommen, es ist die kleine Heilerin. „Wie heisst du eigentlich? Mein Name ist Eli". „Azalea. Komm wir gehen besser in den Bau, bevor die Schatten und andere Wesen noch auf dumme Ideen kommen." Sanft aber bestimmt zieht Azalea Eli hinter sich in den Bau, erst als Eli kriechen muss, lässt sie ihre Hand los.

Es sind bereits Wochen vergangen, als Eli dem weissen Wolf erlaubt hat mit seinem Schattenherrn mitzugehen. Seit dieser Nacht hat sie ihn nicht mehr gesehen. Immer wieder fragt sie Azalea ob sie den Schatten nicht rufen oder eine Nachricht schicken kann oder wohin er gegangen ist mit ihrem vierbeinigen Begleiter. Sie vermisst den Wolf wirklich sehr, obwohl sie ihn noch nicht lange kannte. Doch die Antwort bleibt immer dieselbe. „Nein, niemand kann den Schatten rufen oder ihn zu sich locken. Und das ist auch besser so!" Immer wieder kommt Eli der Gedanke, dass die kleine Dame Angst vor dem grossen Schatten hat und vor dem weissen Wolf ebenso. Aber weswegen? Da Azalea glücklich darüber ist, ihn nicht rufen zu können, ahnt Eli bereits, dass etwas Schreckliches vorgefallen sein muss, daher fragt sie nicht weiter nach. Immerhin geniesst sie die Gastfreundschaft der kleinen Kreaturen. Eine weitere Nacht vergeht ereignislos. Früh am nächsten Morgen erwacht Eli, schnell zieht sie sich etwas Warmes über, dann kriecht sie durch den tiefen Höhleneingang hinaus. Der Boden ist kalt, aber nicht völlig gefroren, nur einzelnen Orten hat sich Reif gebildet. Die Sonne ist noch nicht aufgegangen, aber die Kerzen vor der

Höhle spenden genug Licht um die Gegend zu beleuchten. Azalea hat Eli oft gewarnt in der Nacht nach draussen zu gehen, sie mahnt Eli immer zur Vorsicht, denn Schattenwesen und andere Kreaturen, die in diesem Wald leben, sind nicht so freundlich wie sie und ihr Volk. Wobei auch einige aus ihrem Volk nicht gerade freundlich sind. Trotz der Warnung spaziert Eli vor der Höhle auf und ab, erst als sie ein lautes quieken, gefolgt von brechenden Knochen hört, hält sie inne. Langsam dreht sie sich in die Richtung, aus der die Geräusche stammen. Vorsichtig setzt Eli einen Fuss vor den anderen. Sie schleicht beinahe lautlos durch den Wald, ein weiterer Schritt, das Licht der Kerzen erhellt den Boden nur noch knapp, doch Eli geht weiter. Von Dunkelheit umringt, kommt sie nur noch langsam voran. Erneut hört sie die Knochen krachen, sie muss ganz in der Nähe sein, aber sie kann nichts erkennen. Das wenige Licht, das der Mond spendet dringt kaum durch die Blätter und das Wesen, das Eli auf der Spur ist, ist vermutlich schwarz wie die Nacht selbst. Sanft setzt Eli ihren rechten Fuss auf die Erde, ein Zweig bricht. Das knackende Geräusch hallt durch den sonst so stillen Wald. Erschrocken bleibt Eli stehen, nun weiss das Wesen, dass sie hier ist und sie kann es noch nicht einmal sehen. Etwas huscht um ihre Füsse, schnell wie der Wind. Starr vor Angst bleibt Eli stehen, ihre Hände zittern, ihre Augen halten

Ausschau, doch sie kann nicht einmal ihre eigenen Füsse auf der Erde erkennen, geschweige denn ein Wesen, dass sich so schnell bewegen kann. Noch einige Male rennt etwas an ihren Beinen vorbei, doch es wird immer langsamer. Bis Eli auf ihrem linken Fuss einen leichten Druck spürt, das Wesen steht auf ihrem Fuss und es scheint keine Angst vor der aufgehenden Sonne zu haben. Nach wenigen Minuten erstrahlen die Blätter in dem gewohnten hellgrün. Endlich wird es hell, aber das kleine Wesen steht immer noch auf ihrem Fuss. Neugierig senkt Eli ihren Blick, endlich erkennt sie das kleine Wesen, aber sie weiss nicht was es ist. Es ist kaum länger als ihr Fuss, hat vier Beine und ein grau braunes Fell. Als sie ihren Fuss vorsichtig hin und her bewegt um das Wesen zu verscheuchen, gibt es klickende Geräusche von sich, zeigt die kleinen spitzen Zähne und krallt sich an ihrem Fuss fest. Blut fliesst in feinen Linien über das dünne Leder, dass Eli trägt. „Au!" Das kleine Wesen hebt seinen Kopf an, es starrt Eli mit seinen kleinen schwarzen Augen an, dann zeigt es erneut seine Zähne. Schützend hebt Eli die Hände vor den Körper, doch das kleine Ding klettert so schnell an ihr hoch, dass sie es nicht abschütteln kann. Bei jedem Sprung fühlt Eli die kleinen Krallen, die sich in ihren Körper bohren. Mit der rechten Hand erwischt sie das flinke Wesen am Rücken, doch es windet sich aus ihrem Griff und beisst sie in den Daumen. Sie schüttelt ihre Hand so heftig, dass das Wesen auf den Boden fällt. Erneut gibt es klickende Geräusche von sich und springt erneut auf Eli zu. Diesmal aber bückt sich Eli und drückt dem kleinen Wesen mit der flachen Hand auf den Rücken. Nach einigen Minuten hat sich das Wesen beruhigt, Eli hebt die Hand schnell an und packt es mit der anderen Hand im Nacken. „Was bist du?", fragt Eli fassungslos. Es gibt viele verschiedene Kreaturen in diesem Wald und jeden Tag kommen neue dazu, zumindest scheint es Eli so. Als das kleine Wesen seinen Schwanz zwischen die Hinterbeine legt und die Beinchen eng an den Körper zieht, muss Eli lächeln. So sieht das kleine Ding wirklich harmlos aus, daher setzt Eli das Wesen vor sich auf den Boden. Noch bevor die Vorderbeinchen den Boden berühren, rennt es weg. Als es bemerkt, dass Eli ihm nicht folgt, dreht es sich um und schnuppert aufgeregt. Nun schleicht es sich Schritt für Schritt an Eli heran, ab und zu springt es mit einem hohen Satz durch die Luft rückwärts um dann wieder auf sie zu zu schleichen. Eli ist entzückt von dem kleinen Angsthasen, sie setzt sich auf die Erde und wartet darauf, dass das kleine Ding zu ihr kommt. Endlich ist es an ihrem Fuss angelangt, es streckt sich um ihren Fuss mit der Vorderpfote zu berühren. Da sich Eli nicht bewegt, wird das Tierchen mutiger und setzt sich auf das weiche Leder. In der Dunkelheit fühlt es sich anscheinend wohler, da man ihn kaum sieht. Langsam, ganz vorsichtig bewegt Eli ihre Hand in seine Richtung, es stellt die Nackenhaare auf und gibt erneut klickende Geräusche von sich. Bis es sich beruhigt hat, bleibt Eli in dieser Position verharren, sobald es sich an den Anblick gewöhnt hat, bewegt sie ihre Hand weiter auf das kleine Fellwesen zu. Neugierig schnuppert es an ihren Fingern, schreckt dann aber zurück, als Eli sie bewegt. Diesmal flüchtet es aber nicht, sondern beobachtet sie. Nach weiteren drei Versuchen kann Eli ihre Hand auf seinen Kopf legen, ohne dass er keckert. Behutsam schiebt sie ihre Hand unter seinen Körper und hebt ihn auf ihre Schultern, sie will ihn mitnehmen. Es dauert nicht lange und sie kann den Eingang der Höhle, in der sie zurzeit wohnt erkennen. „Wo warst du?", fragt Azalea voller Sorge. „Ich?", dabei zeigt Eli unschuldig auf sich. „Ja du! Wer sonst!", gibt Azalea scharf zurück. „Ich war im Wald spazieren.", besänftigt Eli sie, aber das kleine Fellwesen auf ihrer Schulter ist Azalea bereits aufgefallen. „Und dass da?", Azalea zeigt auf Elis Schulter. „Das? Ich habe ihn im Wald gefunden und er ist so niedlich, ich konnte ihn nicht allein dort lassen.", sprudelt es aus Eli heraus. Azalea verzieht das Gesicht, aber stellt keine weiteren Fragen und sie sagt auch nichts von verjagen, daher geht Eli davon aus, dass es in Ordnung ist, wenn sie den kleinen Kerl behält. Bevor Azalea ausser Hörweite ist, fragt Eli: „Weisst du was es für ein Wesen ist?", dabei zeigt Eli auf das Fellknäuel auf ihrer Schulter. „Es ist ein Marder und bevor du fragst, was du ihm füttern sollst, er frisst alles, aber am liebsten frisst er Fleisch, dass noch warm ist und dann trinkt er das Blut seines Opfers." Angewidert wendet sich Azalea ab und geht. Eli sammelt sich ein paar Beeren zusammen und isst diese als Mittagssnack. In der Nähe der Höhle fliesst ein Bächlein, dass Wasser so klar, dass man jeden Kieselstein am Grund erkennen kann. Eli verbringt die Nachmittage oft dort und hofft den weissen Wolf in der Ferne zu entdecken. Aber bisher leider vergebens, aber heute wird es anders sein, denn sie hat nun einen Marder. Ihre Gedanken kreisen, aber es kommt ihr kein geeigneter Name in den Sinn, daher nennt sie ihn im Moment einfach nur Marder. Erst vor zwei Tagen hat Eli einen Baum entdeckt in dessen Wurzeln sie sich verstecken kann und dennoch uneingeschränkt den Bach beobachten kann. „Nein Pyrus, ich werde Eli nicht wegschicken und wenn sie den Marder behalten will, dann soll sie ihn haben!" „Aber Azalea du weisst, dass sie nicht hierbleiben kann. Sie ist nicht deine Tochter, vergiss das nicht. Deine Tochter ist Tod, sie ist zerrissen worden vom weissen Wolf, den Eli ihren Freund nennt!" Ein Schluchzen ist zu hören, es muss Azalea sein, die um ihre Tochter weint. Doch Pyrus redet immer weiter auf sie ein. „Ich ich weiss, dass er meine

Tochter zerrissen und gefressen hat, aber ich kann nichts gegen ihn tun. Er ist viel zu gross und wenn Eli sich gut mit ihm versteht, dann wird wenigstens sie nicht getötet. Der Schatten konnte sie auch nicht töten, weil sie unter seinem Schutz steht." „Sie wird uns alle noch töten! Schick sie weg oder wir werden sie vertreiben!", droht Pyrus. Doch als Azalea erneut in Tränen versinkt, kann Eli nicht anders. Sie steht auf und geht um den Baum herum, Pyrus schaut sie mit erschrockenen, starren Augen an. Er wird blass und stolpert rückwärts davon. „Ihr müsst mich nicht vertreiben, ich gehe freiwillig, ich werde nur noch diese Nacht hier schlafen und Morgen in aller Frühe breche ich auf." Erst als Eli das gesagte innerlich noch einmal wiederholt, merkt sie was sie eigentlich gesagt hatte. Aber nun war es zu spät um es zurückzunehmen und wahrscheinlich ist es das Beste so. Azalea schaut sie ungläubig und unsagbar traurig an. Bevor sie erneut in Tränen ausbricht, geht Eli zu ihr und redet aufmunternd auf sie ein. Die Stimmung am Abend ist bedrückend, daher zieht sich Eli früh in ihr kleines Zimmer zurück. Der Marder schläft bereits tief und fest an ihrer Seite, als Azalea in den Raum kommt. „Eli, Eli!", ruft sie aufgeregt. Sie erhebt sich so schnell, dass sie sich den Kopf an der Decke anstösst. „Riesen sind hier! Riesen, sie sind noch grösser als du und sie töten mein Volk. Ich kann nichts tun, bitte hilf mir." So schnell Eli kann kriecht sie aus der Höhle. „Das sind keine Riesen Azalea, das sind Menschen um genauer zu seinen Männern!", erklärt Eli wütend. Sie nimmt einen Stein in die Hand und schleudert ihn in Richtung Männer. Sie verfehlt, erneut nimmt sie einen Stein in die Hand und wirf. Diesmal trifft sie einen Mann, er schreit und schaut sich um. Sofort erkennt er Eli und schreit wild um sich. Eli rennt so schnell sie kann weg und befiehlt Azalea in die Höhle zu gehen und sich dort zu verstecken. Sie gehorcht ohne wiederrede und verschwindet so schnell in dem Bau, dass sie niemandem aufgefallen ist. Der Mann holt Eli schnell ein und reisst sie zu Boden. Geschickt bindet er ihre Handgelenke an einander und zieht sie an einem Seil hinter sich her. Eli schreit und tritt um sich, aber es hilft nichts. Vor Azaleas Höhle liegen viele kleine blutige Körper, sie sind alle Tod. In einigen stecken noch die Pfeile. „Was macht ihr hier bei Nacht? Die Schatten werden kommen und euch alle holen!", droht Eli mit polternder Stimme. „Bereits seit einigen Wochen, wurde kein Schatten mehr gesehen, daher besteht für uns keine Gefahr mehr in der Nacht in den Wald zu kommen.", erklärt der Mann, der sie fesselte. „Wie alt bist du jetzt Eli?", fragt einer der blutverschmierten Männer zärtlich. Er rammt sein Schwert in einer der toten Körper beim Vorbeigehen und bleibt dicht vor ihr stehen. Er lächelt sie an, dabei entblösst er seine makellosen weissen Zähne. Sanft legt er seine Hand an ihre Wange, Eli schaudert es, als sie das Blut von seiner Hand auf ihrer Wange fühlt. Sie beisst zu, so hart sie kann. „Ah!", schreit der Mann und schlägt Eli hart gegen die Wange. Ihr wird schwindelig. Bevor sie rückwärts hinfällt, glaubt sie ein weisses Fell zu entdecken. In mitten der blutverschmierten Männern und den Leichen der kleinen Waldbewohner sammelt sich schwarzer Nebel. Es verdichtet sich, der Nebel nimmt eine Gestalt an. Die rotglühenden Augen richten sich zuerst auf Eli. „Töte sie! Töte sie alle!", schreit sie. Seine Augen beginnen wie Feuer zu brennen als er Elis Worte hört. Er schreit, um weitere Schattenkreaturen aus dem Wald herzulocken. Und tatsächlich innert kürzester Zeit stehen mehr als zehn Wesen um Eli herum. Selbst der weisse Wolf kommt und tötet Männer, er reisst einen von einem Pferd, dabei knurrt er so laut, dass man glaubt es donnert in der Ferne. Sein makellos weisses Fell verfärbt sich blutrot, diesmal ist es aber nicht Elis Blut, sondern das ihrer Feinde. Keiner entkommt. Eli schaut zu, sie geniesst es die Männer leiden zu sehen, ihre Angst ist beinahe greifbar, dann folgt der unausweichliche Tod. Erst als einer der Schatten auf sie zukommt, weicht Eli zurück, ihr Herz schlägt schneller und sie ruft den Wolf zu sich. Der allerdings hört sie nicht, weil er gerade einen Menschen am Zerreissen ist. Der Schatten hebt seine Klaue hoch über Elis Kopf, doch dann schreit der grösste aller Schatten und ruft ihn zurück. Nun sind nur noch Eli, der Wolf und die Schatten am Leben, wobei die Schatten auch Eli gerne gefressen hätten, doch der rotäugige hält sie davon ab. Als dennoch ein Schatten auf Eli zustürmt um sie zu zerreissen, packt ihn der rotäugige und reisst ihm den Schattenkopf von den Schultern. Wie Rausch zerfällt er und sinkt zu Boden. Nach kurzer Zeit ist nichts mehr von ihm übrig, nur noch die Erinnerung und die wird auch bald verblassen. Die anderen Schattenwesen machen unwillkürlich einen Schritt zurück, als Eli auf den grossen Schatten zugeht. „Ich danke dir.", dabei lächelt sie ihn so herzlich an wie noch niemand zuvor. „Schattenwolf!", ruft Eli ihren vierbeinigen langersehnten Freund zu sich. Als er ihre Stimme hört, rennt er schnell auf sie zu und springt an ihr hoch. Sie schliesst ihre Arme um seinen bebluteten Körper. Doch dem Schatten kommt sie nicht zu nahe, denn sie weiss nicht genau, wann sie ihn berühren kann ohne verletzt zu werden. Dennoch lächelt sie ihn an, ihre Augen strahlen vor Glück. Als jemand ihr die Handfesseln löst erschreckt sie. Ruckartig dreht sie sich um und blickt in das kleine spitze Gesicht der Heilerin. Auch sie scheint glücklich zu sein, dass es so endete.

-7-

Diese Nacht kann Eli kein Auge mehr schliessen, die vielen kleinen toten Körper, die vor der Höhle liegen hindern sie am Schlafen. Und der kleine Marder, der in den letzten Tagen ihre Seite nicht einmal verlassen hat, ist verschwunden. Tilo, ich werde in Tilo nennen, schiesst Eli durch den Kopf. „Schattenwolf kannst du einen kleinen Freund mit grau braunem Fell für mich suchen und ihn mir bringen?" Er schnuppert an ihr, dann verschwindet er. Im Morgengrauen kommt er zurück und er trägt eine kleine Fellkugel im Mund die laut Keckert. Das muss Tilo sein, denkt sich Eli. Der Wolf senkt seinen Kopf und spuckt das kleine Wesen vor Eli auf den Boden. Gerade als der Marder den Wolf ins Gesicht beissen will, streckt Eli die Hand nach ihm aus. Zufrieden schmiegt sich der Marder in ihre Hand und lässt sich hochnehmen. Sobald sich aber der Wolf nährt keckert er und bleckt seine kleinen messerscharfen Zähne. Eli beruhigt ihn immer wieder und streichelt den Wolf um ihm zu zeigen, dass er ihr Freund und nicht ihr Feind ist. Nach stundenlangem herumliegen fallen Eli endlich die Augen zu, sie schläft traumlos, bis der Wolf sie weckt in dem er ihr in die Seite stupst.

Gegen Abend verabschiedet sich Eli von Azalea, dabei bietet sie ihr noch einmal an sie zu begleiten. Aber wie bereits zuvor lehnt Azalea dankend ab. „Sei vorsichtig Eli, der Wald ist nicht wie die Welt der Menschen. Hier regieren andere Wesen, Götter und Dämonen. Pass gut auf dich auf und bleib ja in der Nähe deiner Freunde! Und vergiss mich nicht." Behutsam umarmt Eli Azalea, die ihr einen Kuss auf die Wange gibt. Schnell wischt sie sich die Tränen aus den Augen und winkt ihr so lange nach, bis sie zwischen den Bäumen am Horizont verschwindet. Nachdem Eli weg ist, fühlt sich Azalea einsam, die anderen Baumwesen können sie nicht aufmuntern. Pyrus redet oft mit ihr, aber seine Worte spenden ihr keinen Trost, bis er mit einer Nachricht eines Schattenwesens zu ihr kommt. „Azalea ich habe mit einem kleinen Schatten gesprochen und er hat mir erzählt, dass sein Herr mit seinem Gefährten dem Wolf und einem Menschen unterwegs ist. Es geht ihnen gut und sie kommen bald zum Meer." Doch Azalea schaut ihn nur ungläubig an, jeder weiss, dass Pyrus panische Angst vor den Schattenwesen hat, daher glaubt sie ihm kein Wort. „Du glaubst mir nicht.", stellt er enttäuscht fest, dann fügt er hinzu: „Dann beweise ich es dir! Ich habe mit einem Schatten gesprochen, weil ich dich nicht mehr so traurig sehen kann." Dann steht er auf und nimmt Azaleas Hand, sanft zieht er sie mit sich zu den Bäumen. An der Stelle an der Eli Azalea zum Abschied umarmt hat. Erneut steigen Tränen in ihre Augen. Es ist nun schon mehrere

Monate her seit Eli mit den Wesen des Waldes verschwunden ist. Und tatsächlich ein kleiner Schatten, kaum grösser als sie steht dort. Allein. Wartend. „Ist das Azalea?", fragt das Schattenwesen mit krächzender Stimme. Sie nickt. „Ich habe eine Nachricht von Eli. Sie sagt ich solle dir ausrichten, dass es ihr gut geht und dass sie sich schon längst hätte Melden wollen, aber es nun einmal schwierig ist sich mit einem Schatten zu Unterhalten und noch schwieriger ihm eine Nachricht mitzugeben. Daher wird Sirus, das ist mein Name, dir die Nachricht mündlich Mitteilen. Ich bin mit Amon, dem Wolf und Eligor dem Schatten unterwegs. Wir verstehen uns gut, auch wenn wir manchmal Verständigungsschwierigkeiten haben. Na egal wir sind unterwegs zum Meer, denn ich möchte gerne Nixen und andere Wasserwessen sehen. Ich habe so viele nette und weniger nette Wesen kennen gelernt, aber Amon und Eligor haben mich stets gut beschützt. Ich hoffe ich sehe dich bald wieder. Ich habe dich lieb." Azalea ist gerührt, sie nimmt den kleinen Schatten in den Arm, der verlegen seine Nebelform so verändert, dass er sie auch in den Arm nehmen kann. „Eli bietet an mich zu begleiten, so dass du das Meer sehen kannst und natürlich sie. Aber sie möchte dich zu nichts drängen.", flüstert ihr der Schatten zu. Azalea schaut Pyrus an, der Kreidebleich neben ihr steht. Er hätte nie gedacht, dass Azalea je einen Schatten berühren, geschweige denn umarmen würde. Neben seinem Erstaunen ist er auch eifersüchtig, denn er hat gehofft, dass sie ihn umarmen würde. „Pyrus hast du Lust auf ein Abendteuer?", fragt sie ihn in ihrer gewohnten hohen piepsigen Stimme. „Ich kann dich ja kaum allein gehen lassen, daher werde ich dich wohl begleiten müssen.", stammelt Pyrus. Azalea löst die Umarmung mit dem Schatten und drückt Pyrus einen Kuss auf die Wange.

8

Es ist mittlerweile Sommer geworden, Elis schwarze
Haare reichen ihr bis zum Kreuz und ihre helle Haut ist
teilweise gerötet. Der weisse Wolf zu ihrer Rechten
hechelt laut und der Marder schläft auf ihrer Schulter.
Nur dem Schatten scheint die Hitze nichts
auszumachen. Die letzten Nächte haben sie unter
freiem Himmel verbracht, die Sterne funkeln schön auf
dem schwarzen Hintergrund und das Rauschen der
Wellen lässt Eli in einen tiefen traumlosen Schlaf
sinken. Die morgendliche Hitze weckt sie auf, die
Sonne wärmt ihre Beine, sie liegt zusammengekauert
unter einem Laubbaum, aber solche Blätter hat sie
noch nie in ihrem Leben gesehen. „Was sind das für
Bäume Eligor?", dabei zeigt Eli auf den Baum, unter
dem sie schlief und dessen Nachbarn. Um sich die
Mühe des Sprechens zu ersparen, hebt er kurz seine
Schultern und lässt sie wieder fallen. Wie so oft ist
Amon nicht an ihrer Seite, wenn sie erwacht, dafür
rückt Eligor näher zu ihr, als er es sonst tut. Erst als die
Sonne hoch oben am Himmel steht kommt Amon von
seinem nächtlichen Ausflug zurück. Sein weisses Fell ist
zerzaust, kleine Äste und Blätter haben sich darin
verfangen und er sieht erschöpft aus. Um ihn zu
begrüssen steht Eli auf und legt ihm ihre Arme um den

Hals, sie vergräbt ihr Gesicht in seinem Fell. Dabei fällt ihr auf, dass Amon mittlerweile bis zu ihren Hüften reicht. Er ist grösser als all die anderen Wölfe, die sie in Wälder gesehen hat. Sie fragt sich wie gross er wohl werden würde. „Ich will heute gerne ans Meer gehen, ich möchte Nixen und andere Wasserwesen sehen.", sagt Eli voller Vorfreude. Doch Amon legt sich erschöpft neben ihr auf den Boden, er streckt sich und döst schnell ein. Mit lodernden Augen starrt Eligor auf ihn herab, das tut er nur, wenn Amon etwas macht, dass ihm nicht gefällt. Sofort besänftig Eli ihn mit einem Lied, zuerst summt sie nur leise, dann singt sie ein Lied aus ihrer Kindheit. Ihre Mutter hat es ihr oft vorgesungen, wenn sie krank war oder hingefallen ist. Schnell wendet der Schatten seinen Blick von dem schlafenden Wolf ab und schaut Eli an. Manchmal möchte sie gerne wissen was er denkt, aber dann sieht sie ihm in die Augen und vermutet nur böses zu finden. Dennoch fühlt sie sich wohl, wenn er in ihrer Nähe ist. Sanft legt Eli ihre Hand auf den weissen Fellnacken des Wolfes, damit endet ihr Lied. „Wach auf Amon, wir müssen weiter, weiter zu dem blauen Wasser.", flüstert Eli. Seine Augen öffnen sich einen spaltbreit, böse funkelt er sie an, steht aber denn noch auf, als Eli ihn darum bittet. Gemächlich trottet er hinter ihr her, diesmal ist der Marder nicht auf Elis Schulter, sondern er rennt und springt zwischen Amons Beinen hin und her. Ab und zu schnappt er nach ihm, aber er verfehlt ihn jedes Mal. Eli ist sich nicht sicher ob er beabsichtig neben dem kleinen Tilo durchschnappt oder ob er ihn wirklich nicht erwischt. Das Meer wird immer grösser, desto näher sie kommen. Elis Augen strahlen, sie will sich in dem klaren Wasser abkühlen und Wesen sehen, von denen sie noch nicht einmal geträumt hat. Endlich erreichen sie den weissen Sandstrand, die kleinen Körner unter ihren Füssen sind beinahe so hell wie das Fell von Amon. Sie kneift ihre Augen zusammen um die Umgebung nach Fremdartigen Wesen abzusuchen, enttäuscht stellt sie fest, dass sie ganz allein sind. Erst als Amon zu knurren und Eligor zu zischen beginnen, weiss Eli das sie nur nicht alles sieht was sich hier befindet. Amon zieht Kreise um Eli, während Eligor an seinem Platz stehen bleibt. Die Luft vor ihr beginnt sich zu kräuseln, eine blaue Hand kommt zum vorschien, dann ein Arm, bis ein ganzer Körper vor ihr steht. Es ist eine Frau, gross, schlank, mit Schuppen bedeckt, ihre Haare ähneln Seegras und ihre Augen sind zu kleinen grünen Schlitzen verengt. Der Marder, der eben noch wie wild um Amons Beine gehüpft ist, drückt sich nun mit aller Kraft an Elis Bein. Sie duckt sich zu ihm und nimmt ihn auf, nun sitzt er keckernd auf ihrem Unterarm vor ihrer Brust. Die Schuppenfrau zischt wie eine Schlange, die Wellen im Meer werden höher, bis sie ihre Füsse erreichen. Eli weicht einen Schritt zurück, sie kann nicht schwimmen. Amon dagegen macht zähnefletschend einen drohenden Sprung auf sie zu. Wie vom Wasser getragen gleitet sie auf ihn zu, sie legt ihre Hand auf seine Schnauze. Er beisst zu, aber gleitet durch ihren Arm durch. Wasser. Sie besteht aus Wasser so wie der grosse Schatten aus schwarzem Nebel. Schnaubend vor Wut, beisst Amon erneut zu, doch diesmal legt die Schuppenfrau ihre Hand nicht auf seinen Kopf, sondern drückt ihm die Fingerspitzen in den Mund. Sie flüstert etwas. Amons Augen weiten sich, Wasser fliesst zwischen seinen Zähnen hindurch und klatscht auf den heissen Sand. Würgend versucht er sich aus ihrem Griff zu befreien. Vergebens. „Lass ihn los!", schreit Eli, doch bevor sie auf die blaue Frau zustürmen kann, stellt sich Eligor ihr in den Weg. Er ändert seine Gestalt, er wird grösser, seine Finger länger, die Augen glühen. Das Feuer lodert wieder in ihm, so wie damals. Die würgelaute von Amon werden immer lauter und hilfloser zugleich, sie ertränkt ihn vor ihren Augen. Die Tränen rinnen Eli übers Gesicht, noch nie in ihrem Leben hat sie sich so hilflos gefühlt, nicht einmal als sie ihre Mutter sterben sah. Ohne es zu bemerken, geht Eli neben Eligor vorbei, direkt auf Amon zu. Sie streichelt sein weiches weisses Fell, dann legt sie ihre Hand schützend auf seinen Kopf. Das kalte Wasser, das aus den Fingern der Schuppenfrau kommt, betäubt ihre Hand. Trotz dem stechenden Schmerz, der Eli durchzuckt, zieht sie ihre Hand nicht zurück. Ein letztes Mal schaut Eli Amon in die dunklen Augen, sie schenkt ihm ein lächeln, dann stellt sie sich zwischen ihn und die Wasserkreatur. Sie hört Amon hinter sich, er würgt das Wasser aus, dann winselt er laut. Tilo sitzt immer noch auf Elis Arm, direkt über der Stelle, in der die Schuppenfrau nun Eli die Hand in den Körper rammt. Behutsam nimmt sie ihn in ihre Hand, drückt ihr Gesicht kurz in das weiche Fell und streckt ihn Amon hin, der ihn schnell in die Schnauze nimmt und ihn auf den Boden setzt. Er rennt schnell weg, bis unter die Bäume, unter denen sie geschlafen haben. Nun starrt Eli in die grünen Augen der blauen Frau. Ihre Eingeweide winden sich schmerzhaft, doch Eli lässt sich nichts anmerken. Der Schmerz steigt in ihr auf, betört vom Schwindelgefühl beisst sich Eli auf die Lippen. Sie schmeckt ihr Blut, metallisch, aber so angenehm warm. Nun kommt der Schatten auf Eli zu, seine Augen lodern wir brennendes Holz. Er reisst sein Maul auf um die spitzen zähne darin zu entblössen. Die blaue Frau weicht zurück, berührt Eli aber nach wie vor mit ihren Fingern. Erst jetzt erkennt Eli, dass der Schatten nicht das blaue Wasserwesen anschaut, sondern sie. Auch Amon mustert sie begierig, so wie er normalerweise nur seine Beutetiere anstarrt, die er gerissen hat. Bedrohlich kommen die Beiden auf sie zu,

Amon leckt sich die Schnauze, während Eligor seine Hand nach ihr ausstreckt.

9

Das Wasserwesen zieht sich mit jedem nähernden Schritt von Amon und Eligor zurück. Die Angst steht ihr aufs Gesicht geschrieben. Über Elis Kinn rinnt Blut in so feinen Linien, dass es wie ein roter Faden aussieht. Das Blut leuchtet auf ihrer hellen Haut so einladend, dass ihre Begleiter sich nicht zurückhalten können. Azaleas Worte kommen Eli in den Sinn, sie sagte: „Pass gut auf dich auf, deine Begleiter sind keine sterblichen Wesen so wie du und ich, sie sind Dämonen aus einer längst vergangenen Zeit und sie ernähren sich von Angst und Blut ihrer Opfer. Sei vorsichtig und wenn du dich verletzt, mach dass es die Beiden nicht mitbekommen!" Damals dachte Eli Azalea erzählt ihr ein Märchen von längst vergessenen Tagen, aber nun sieht sie nicht mehr ihre Freunde, sondern die Monster von denen Azalea sie warnte. Eligor bleckt seine Zähne erneut, er scheucht Amon von Eli weg, wendet sich dann aber wieder ihr zu. Sanft streichelt er mit seinen messerscharfen krallen ihr marmornes Gesicht. Sie traut sich kaum zu atmen. Hilflos schaut sie an ihm hinauf, in sein nebliges Gesicht. Er schmeckt ihre Angst, riecht ihr Blut. Betört nimmt er ihr Gesicht zwischen die langen Finger. Er neigt seinen Kopf zu ihr, wenige Zentimeter bevor er sie berührt, hält er inne.

Sie fühlt seinen kalten und zugleich heissen Atem auf ihrem Gesicht. Sanft lächelt sie ihn an, wie eine Mutter ihr Kind. Ein letztes Mal schaut sie ihm tief in die Augen, dann schliesst sie sie. Schwarz. Eligors Nebel umhüllt sie, sie fühlt die gleissende Hitze vermischt mit der Eiseskälte, die er ausstrahlt. Kein Schmerz, keine Angst, nichts. Um sein Gesicht noch einmal sehen zu können öffnet sie die Augen, doch sie sieht nur der schwarze, dichte Nebel, der sie umgibt. Kein Gesicht. Keine lodernden Augen. Suchend dreht sie sich im Kreis, aber sie kann ihn nicht finden. Sie fühlt sich allein gelassen, Tränen steigen in ihr auf. Eine kullert über ihre Wange, noch bevor sie ihr Kinn erreicht, fühlt sie wie jemand sie wegwischt. „Mam?", wispert Eli. Nein das kann nicht sein, sie ist nicht tot! Das fühlt sich bestimmt anders an, aber wer kann es sonst noch sein? Sie umschliesst eine kalte Hand mit der ihren. Eligor. Es muss Eligor sein. Doch bevor sie seine Hand sieht, entzieht er sie ihr wieder. Suchen schaut sie umher. Verzweifelt ruft sie nach ihm, aber er kommt nicht. Diesmal nicht. Der Nebel löst sich auf, Sonnenstrahlen blenden sie. Nach einigen Sekunden haben sich ihre Augen wieder an das helle Licht gewöhnt. Amon liegt vor ihr auf dem Boden, sein Blick wachsam auf sie gerichtet. Doch Eligor ist nicht zu sehen. Erneut ruft sie nach ihm, erst dann bemerkt sie die Menschen um sich herum. Es sind nicht viele, aber sie alle schauen sie an, als wäre sie ein Einhorn oder sonst ein Fabelwesen. Ein Mann mit schwarzen, dichten Haaren, richtet eine Armbrust auf Elis Körper. Amon knurrt ihn an und zeigt seine Zähne in seine Richtung, sofort nimmt er die Waffe wieder weg. Eine alte, sehr alte Frau ist unter den Menschen, die sie begierig anstarren. Als der Mann, der eben noch die Armbrust auf sie richtete, sich nähern will, hält die alte ihn zurück. „Kommt ihr nicht zu nahe!", befiehlt sie mit schwacher Stimme, dann hustet sie einige Male. „Der grosse Schatten sieht etwas in dir, was er sonst in niemandem erkennt. Du hast Glück vertraut er dir und wie es den Anschein macht, vertraust du ihm auch. Immerhin rufst du nach ihm!", erklärt die Alte weiter.

10

„Komm mit uns in unser Dorf, hier ist es viel zu gefährlich für ein junges Ding wie dich!" Mit diesen Worten wendet sich die Alte ab und marschiert davon. Die Männer folgen ihr, nur eine Frau bleibt zurück. Ihr Blick verrät vieles, sie ist neugierig, hat aber dennoch Angst vor Eli. Ein letztes Mal lässt Eli ihren Blick über die Umgebung schweifen, doch von Eligor ist nichts zu sehen. Selbst die Schattenvor ihren Füssen erschienen ihr heller als zuvor. Amon trottet an ihre Seite und verlässt diese nicht, bis sie im Dorf sind. Kinder, die spielen, herumrennen und schreien, verstummen als Eli in das Dorf kommt. Mütter rufen ihre Kinder Nachhause und sperren sie in ihre Zimmer. Die Menschen machen ihr Platz und neigen ihre Köpfe vor ihr. Sie hört eine Frau flüstern: „Ist das die Dämonenprinzessin?" Der Mann neben ihr nickt unauffällig. Der Mann zieht die Luft scharf ein, als Eli ihn anschaut. Es ist ein stattlicher Mann, gross, blondes Haar und eine feine narbe über der linken Wange. Ein Mann tritt ihr in den Weg, er ist dicker als die anderen und er neigt seinen Kopf nicht vor ihr. „Du.", spricht er Eli an, „Dämonenprinzessin, ich bin der Dorf Herr und ich will, dass du morgen bei Sonnenaufgang mit deinem dämonischen Begleiter von hier verschwindest und nie wiederkommst!" Eli lächelt ihn freundlich an, dann erwidert sie: „Ich bin keine Dämonenprinzessin, egal wie oft ihr es noch behauptet!" Sofort wird sie mit verächtlichen Blicken der Dorfbewohner gestraft. Ein Kind rennt auf Amon zu, die Mutter schreit fürchterlich. Ein Mann versucht das Kind aufzuhalten, aber es weicht den Armen flink aus. Nun steht es allein vor dem grossen, liegenden Wolf. Ihre kleinen Hände greifen in sein Fell, Amon knurrt sie an, doch das kleine Mädchen lässt nicht von ihm ab. Er steht auf um das lästige Wesen abzuschütteln, aber anstatt zu verschwinden, hüpft es an seiner Seite hoch und packt mit ihren kleinen Händen nach dem Fell. Noch bevor Eli bei Amon ist, erwischt das Mädchen eine Handvoll Fell, sie reisst ihm die weissen Haare aus. Er fletscht die Zähne und schnappt in ihre Richtung. Erschrocken fällt sie auf ihren Po und beginnt zu weinen. Eli schiebt sich vorbei, sie kann die Wut in Amon fühlen, so als ob es ihre eigene wäre. Trotz der Wut die Amon ausstrahlt, lächelt sie das kleine Mädchen an. Sie setzt sich vor sie auf den Boden und zieht sie an sich heran. Schnell klettert das Mädchen auf ihren Schoss und drückt ihr verweintes Gesicht gegen ihre Brust. Die Mutter schreit um Hilfe, aber sie wird von zwei Männern zurückgehalten und die anderen machen keine Anstalt ihr zu helfen. „Bist du eine Hexe?", fragt das Mädchen mit kindlicher Stimme, als es sich etwas beruhigt hat. Eli schüttelt verneinend den Kopf. „Aber du hast ein Dämon an deiner Seite, der dich nicht tötet. Du musst eine Hexe sein. Eine mächtige." „Ich bin keine Hexe glaub mir. Amon ist mein Beschützer, er hält alles böse von mir fern und begleitet mich auf meinen Reisen.", versichert Eli der Kleinen. Mit grossen Augen schaut sie ihn an, erst als sich etwas aus Nebel neben Amon bildet, dreht die kleine ihren Kopf wieder zu Eli und vergräbt ihr Gesicht an ihrer Schulter. Eli steht auf mit dem Kind im Arm und geht auf den Schatten zu, der sich eben gebildet hat. Da Amon ruhig ist, weiss Eli mit Sicherheit, dass es Eligor ist. Behutsam streckt sie ihren Arm aus und berührt Eligor sanft an seinem Arm. Er weicht nicht zurück, wie er das normalerweise macht, wenn sie ihn anfassen will. Nein, diesmal bleibt er einfach stehen. Seine roten Augen glühen dunkelrot, sie lodern nicht mehr und er schaut nicht Eli an, sondern starrt auf den Boden zu seinen Füssen. „Ich habe dich gesucht.", flüstert sie ihm zu. Nur das Mädchen, Eligor und Amon können sie hören. Abrupt schaut er sie an, er starrt ihr in die Augen so wie er es heute Nachmittag am Strand tat. Die Flammen darin beginnen erneut zu lodern, das bringt Eli dazu ihn anzulächeln. „Ich wusste, dass du mir nichts tun würdest. Ich danke dir!" Elis Augen strahlen vor Glück ihn vor sich zu sehen, Amon entgeht nicht wie sie ihn anschaut, eifersüchtig drängt er sich an ihre Seite. Behutsam setzt sie das Mädchen neben sich auf den Boden, dann legt sie ihren Arm auf Amons Kopf. Er scheint in den wenigen Stunden schon wieder gewachsen zu sein. Stimmten die Geschichten, die Azalea ihr über den Wolf erzählt hat doch? In Gedanken schüttelt sie leicht den Kopf, erst als das Mädchen an ihrer Hand zieht, reisst es sie zurück in das Hier und Jetzt. Die Kleine will zu ihrer Mutter gehen, aber sie steht nicht mehr in der Menge. Sie ist weg. Verschwunden. Wohin ist sie bloss gegangen, immerhin ist ihre Tochter noch hier. Eli lässt den Blick über die Anwesenden gleiten, aber auch diesmal kann sie die Frau nicht erkennen. Behutsam schiebt Eli die Kleine in Richtung der Dorfbewohner, aber sie scheinen sie gar nicht zurück zu wollen. Im Gegenteil sie weichen zurück. „Bleib uns ja fern!", faucht ein älteres Mädchen sie an. Die Augen der kleinen füllen sich mit Tränen. Eli versteht nichts mehr, bis die Alte das Wort ergreift. „Mina du kennst die Gesetzte unseres Dorfes. Du bist nun eine Verstossene, da du ein Dämon angefasst hast und dich von seiner Prinzessin hast trösten lassen. Du wirst Morgen mit ihr das Dorf verlassen. Falls sie dich nicht mitnehmen will, dann wünsche ich dir viel Glück. Bitte unseren Herrn um Verzeihung, wenn du ihm im Tod begegnest. Vielleicht kann er dir vergeben, was wir nicht können."

Das kleine Mädchen ist erst vier, vielleicht fünf Jahre alt. Wie können sie die Kleine nur verstossen. Sie weiss vermutlich nicht einmal weshalb sie nicht mehr geduldet wird. Männer, Frauen und Kinder wenden sich ab von Eli und Mina. Es ist herzlos ein Kind zu verstossen, aber wie das kleine Mädchen zu Elis Füssen, musste auch sie ohne Eltern aufwachsen. Nun ja nicht ganz allein, ihre Mutter hatte sie ja noch bis vor wenigen Jahren. Dennoch fällt es Eli immer schwerer sich an ihr Gesicht zu erinnern. Und an ihren Vater kann sie sich kaum mehr erinnern, sie weiss nur noch, dass er dunkles Haar hatte wie sie. Zumindest vermutet sie es, denn ganz sicher war sie bereits seit Jahren nicht mehr. Na egal, jetzt gibt es wichtigere Dinge. Soll sie die Kleine mitnehmen und wenn ja wohin soll sie sie eigentlich mitnehmen? Der Schatten mag das Mädchen offensichtlich nicht sonderlich, er schaut ihren kleinen Körper immer wieder gierig an. Doch Eli verbietet es ihm der kleinen Mina etwas anzutun. Obwohl sich Eli nicht sicher ist, ob sie ihm wirklich so etwas verbieten kann. Normalerweise hört er nur dann auf sie, wenn es ihm gerade passt, sonst tut er was er will. Daher fügt Eli hinzu: „Wenn du Mina etwas antust, dann werde ich böse auf dich sein!" Er krächzt etwas in seiner Sprache und Eli schaut ihn böse an, dann sagt er so leise, dass es nur Eli hören kann. „Wir werden sie im nächsten Dorf vor einem

Kinderdings aussetzten. Weisst du bei Menschen, die gerne eines hätten, aber keines bekommen." Ein Lächeln huscht über ihr Gesicht, er wird ihr nichts tun und die Kleine findet bestimmt eine neue Familie an einem anderen Ort.

Zwei Tage ist Mina nun schon bei Eli. Sie weint oft und vermisst ihre Mutter schrecklich. Während den langen Tagesmärschen nimmt Eli die Kleine auf die Schultern. In der Ferne kann Eli ein Dorf ausmachen, oder ist es eine Stadt. Egal, Hauptsache sie findet eine geeignete Familie für Mina. „Nur noch ein Marsch, dann sind wir dort und du bekommst eine neue Familie.", sagt Eli glücklich. Sie weiss, dass sie sich nicht sonderlich gut als Mutter anstellt, daher weiss sie oft nicht was sie tun soll, wenn die Kleine weint. Erst Gestern hat sie Amon darum gebeten die Kleine auf seinem Rücken herumzutragen, damit sie endlich aufhört zu weinen. Das weisse, flauschige Fell hilft meisten, doch Amon hasst es Mina in seiner Nähe zu haben, geschweige denn auf seinem Rücken. Knurrend liess er Eli Mina auf seinen Rücken setzten. Innert kürzester Zeit beruhigte Mina sich und schlief ein. Aber heute Morgen weinte Mina schon wieder, Eli trug sie einen Teil des Weges zu der Stadt, dann liess sie die Kleine selbst laufen. Der Weg, auf dem sie gehen ist schmal, dreckig und wirbelt Staub auf. Amon und Eligor gehen deswegen nicht auf dem Pfad, sondern daneben. Eine junge Frau kommt auf sie zu, sie trägt ein altes, zerschlissenes Kleid, die dunklen Haare sind hochgesteckt und über den Schultern hängen ihr schwere Bänder, an denen Eimer befestigt sind. Ihr Blick ist auf der den Pfad vor ihr geheftet, erst als sie Elis Füsse vor ihren sieht, hebt sie denn Kopf. Eligor und Amon fallen ihr ins Auge, kreidebleich lässt die die Eimer fallen. Sie will wegrennen, aber Amon stellt sich ihr in den Weg. Sie schreit so laut, dass Eli sich die Hände auf die Ohren presst, Mina tut es ihr gleich. Ihre Stimme versagt schnell, dann steht sie zitternd vor Eli, hinter sich Amon und neben ihr Eligor. Die Frau hüpft auf Eli zu, als Amon an ihr schnuppert. Ihre Augen sind weit aufgerissen, Eli ist sich nicht sicher ob ihre Augen nicht gleich aus ihrem Kopf fallen. „Bleib ruhig, er will nur wissen wer du bist.", beschwichtigt Eli sie. Doch das Zittern wird nur noch stärker. „Bitte töte mich nicht.", flüstert sie mit bebender Stimme. Eli lacht laut. „Wir? Dich umbringen? Nein, wir tun so etwas nicht!", gibt Eli amüsiert zurück. „Aber ich hätte da ein zwei Fragen." Die Frau nickt aufgeregt. „Wie heisst diese Stadt da? Und gibt es dort ein Ort, wo ich Mina abgeben kann, damit sie eine neue Familie bekommt?" Die Frau senkt ihren Blick, sie mustert Mina von Kopf bis Fuss. „Wir nennen die Stadt Sagon, weil unser Herr so heisst und er nie einen Namen für die Stadt bekannt gab. Ja es gibt ein Heim für Kinder wie Mina, insofern, dass sie menschlich ist. Wesen wie die,", dabei zeigt sie auf Eligor und Amon, „Sind nicht erlaubt. Du musst sie vor der Stadtmauer lassen." Amon legt die Ohren an seinen Schädel, ein tiefes Grollen ist zu hören. Die Frau zuckt zusammen, doch sie getraut sich nicht in seine Richtung zu schauen. Eli wirft ihm einen bösen Blick zu, dann lächelt sie ihn an. Das Grollen verstummt. Hastig nimmt die Frau die Eimer auf und eilt davon. Amon starrt ihr begierig nach, doch Eli geht weiter auf die Stadt namens Sagon zu. Noch am selben Abend erreichen sie die Stadtmauern, Soldaten haben sich um das Tor postiert. Zwei stehen auf der rechten Seite und zwei auf der linken, aber als sie Eli mit ihren Begleitern sieht, tauchen wie aus dem nichts weitere Männer auf. Einige Schritte vor den Männern bleibt sie stehen, Amon funkelt die Männer böse an, aber er bleibt stumm. Als Eli näher an sie herantritt, nehmen die Soldaten ihre Waffen hoch und richten sie auf Eli. Die Schwertspitze des Soldaten direkt vor ihr, drückt ihr gegen die Brust. „Verschwinde! Wir wollen keine wie dich hier haben!", sagt er feindlich. Unbeeindruckt antwortet Eli: „Guten Abend, ich möchte gerne mit dem Mädchen passieren. Der Wolf und der Schatten bleiben Draussen und sie werden euch keine Schwierigkeiten machen, solange ihr sie nicht angreift." Mit einem freundlichen Lächeln zieht Eli

Mina an sich heran. „Gibt's Probleme?", donnert eine Stimme. „Nein Herr, kein Problem.", aber seine Stimme klingt unglaubhaft, daher drückt sich ein fetter Mann zwischen den Wachmännern vorbei. Er legt seinen Wurstfinger auf die Klinge, um dem Wachmann zu befehlen, er solle die Waffe herunternehmen. „Was sind das für abscheuliche Kreaturen?", fragt er in bissigem Ton. „Das sind keine abscheulichen Kreaturen, das sind meine treuen Begleiter!", schimpft Eli. Als Eligor seine Zähne zeigt, hebt der Mann mit dem fetten Gesicht eine Augenbraue an. „Die bleiben Draussen! Ich werde Herrn Sagon berichten, dass ein Mädchen hier ist mit Dämonen an ihrer Seite." Als das Wort Dämon fiel, machen die Wachmänner einen Schritt zurück. Die meisten haben wohl noch nie einen gesehen und erst recht nicht an der Seite eines Mädchens. Eli nickt höflich und folgt dem Fetten in die Stadt. In mitten der Stadt, die von weitem eher einem Dorf glich, prangt erneut eine Mauer. Die holz Tore sind geschlossen, bewaffnete Männer stehen davor und schauen grimmig in die Menschenmenge. Schnell wird der fette Mann, dem Eli folgt erkannt. Der Wachmann klopft zwei Mal an, dann öffnet sich das Tor knarzend. Die Wachen neigen ihre Köpfe vor dem Fetten, aber sie wird verwundert angeschaut. Ein Palast erstreckt sich hinter den Mauern, Säulen und hohe Fenster verzieren die schöne weisse Fassade.

Beeindruckt folgt sie dem fetten Mann weiter über einen Gepflasterten Weg, der bis zur Tür des Palastes reicht. Eine wunderschön gearbeitete Kutsche steht vor der Türe, vier Pferde vorgespannt. Behutsam legt der Mann seine fetten Hände an die Tür des Palastes, sanft, beinahe verführerisch streichelt er über das Holz, dann klatscht er zweimal mit der flachen Hand gegen das Holz. Schwere Schritte nähern sich von der anderen Seite her, dann wird die Tür nach innen aufgeschwungen. Ein Ritter, oder zumindest ein Mann in Rüstung öffnet. Ein weiterer Mann, in Seide gehüllt kommt in den Empfangsraum, er verneigt sich tief und fragt: „Herr Silas, wie kann ich Ihnen dienen?" Eli hält sich ein Lachen zurück, sie findet solche Unterwürfigkeit nur lächerlich und es sollte ihrer Meinung nach verboten werden. „Ich wünsche eine Audienz bei Sagon. Ich habe hier etwas was ihn sicher interessieren wird.", dabei schaut er verschwörerisch zu Eli. Flink verschwindet der Mann, es dauert einige Minuten, bis er wiederkehrt. Er strahlt übers ganze Gesicht und verkündet frohlockend: „Herr Sagon wir euch empfangen, bitte folgt mir in den Audienzsaal." Die Flure sind hoch und mit Bildern behängt, einige sind mit Gold umrahmt. Elis Augen bleiben an jedem Bild kurz haften. Bis sie in einen grossen Saal hineingeht. Hier hängt kein Bild, die Wände sind aus glattem weissem Marmor, vier Säulen schmücken die

Wand hinter einem Sessel. Kerzen erhellen den Raum, es gibt kein einziges Fenster hier. Eli fühlt sich wie in einer Höhle und sie weiss nicht recht ob das wirklich schlau war von ihr diesem Mann zu folgen. „Guten Abend Silas, ich hoffe eure Audienzbitte ist wirklich so wichtig wie mein treuer Diener mir sagte.", seine Stimme ist samtig weich. Silsas, der Fette tritt näher an den Sessel heran, dann kniet er sich vor ihm auf den kalten weissen Boden. Eli folgt Silas bis vor den Sessel, aber hinknien tut sie nicht. Wieso auch, es ist nicht ihr Herr und wenn er es wäre, dann würde sie auch nicht vor ihm knien. Unsanft reisst Silas an ihrem Arm, so dass sie hinfällt. Schnell löst sie seine Pranke von ihrem Arm. „Mein Herr, bitte entschuldigt für die späte Störung und die Unwissenheit dieses Mädchens.", bettelt Silas. Sagon macht eine drehende Handbewegung um Silas zum Reden zu bringen. „Dieses Mädchen reist mit einem Schatten und einem Wolf umher. Allerdings hat sie ein kleines Mädchen mitgeführt." Erst jetzt fällt Eli auf, dass sie die Hand der Kleinen losgelassen hat. Hoffentlich ist sie bei Amon geblieben, aber gerade als sie den Gedanken beendet, hört sie ein Wache von draussen schreien. „Du kleines verdammtes Ding!", donnert die Stimme in den Saal und kurz darauf taucht auch schon Mina auf, dicht gefolgt von einem Wachmann. Eli springt auf und nimmt sie in den Arm. „Ruhe!", schreit Sagon von seinem Sessel. Der Wachmann bleibt wie angewurzelt stehen, dann zeiht er sich langsam zurück, in der Hoffnung sein Herr würde ihn nicht bemerken. „Geh und versuch dich nie wieder aus meinem Saal zu stehlen Linon! Und pass gefälligst besser auf, wenn du hier rein lässt!", befiehlt Sagon schroff. „Nun zu dir,", er starrt Eli direkt in die Augen, „erzähl mir von deinen Begleitern. Eli erzählt ihm nicht sonderlich viel, sie sagt nur Dinge, die eh alle sehen können, wenn sie den Beiden begegnen. Unzufrieden schaut er sie an. „Senk gefälligst den Blick, wenn du mit mir sprichst!", schnauzt er sie an. „Nein." Sagon erhebt sich aus seinem Sessel und kommt die Stufen zu Eli hinunter. Nun würde Eli gerne den Kopf senken um das drohende Unheil abzuwenden, aber sie weiss, dass sie jetzt den Kopf hoch oben tragen muss. Auf dem Sessel hat Sagon grösser gewirkt, aber in Wirklichkeit ist er kaum grösser als Eli. Sie starrt ihm in seine braunen Augen, die umringt sind von seiner weissen Haut. „Dir hat wohl niemand Manieren beigebracht!", flucht Sagon laut vor ihr. Doch Eli lächelt ihn frech an. „Natürlich wurden mir Manieren beigebracht, aber mir wurde auch gelehrt vor einem aufgeblasenen Gockel nicht auf die Knie zu fallen! Oder den Blick zu senken!" Sagon plustert sich auf, er streckt seine Brust raus und richtet sich kerzengerade vor ihr auf. Eli sieht ihn gelangweilt an. Doch Mina senkt ihren Blick, sie zittert am ganzen Leib. Hat sie Angst vor Sagon oder ist es sonst etwas. Eli weiss es nicht und sie hat jetzt auch keine Zeit darüber nachzudenken. Sagon schlägt Eli ins Gesicht, seine Handfläche prangt nun rot auf Elis Wange. Dennoch starrt sie ihn so unbeeindruckt an wie zuvor. Als Sagon sie ein zweites Mal schlägt, flackert Wut in ihr auf. Doch als sie neben sich schwarzen Nebel entdeckt, beruhigt sie sich schnell wieder. Aus dem nichts kommt immer mehr schwarzer Nebel, es nimmt Gestalt an. Seine roten, flammenden Augen erkennt Eli sofort, es ist Eligor. Beunruhigt sieht er sie an, dann entdeckt er die roten abdrücke auf ihrer Wange. Er kreischt dieses hässliche, markdurchdringende Geschrei das Eli immer wieder schaudern lässt. Sagon weicht zurück, Furcht steht ihm auf das Gesicht geschrieben. „Du bist also wirklich das Mädchen aus den alten Sagen.", keucht er.

11

Eligors erscheinen taucht den Saal in Dunkelheit und Kälte. Sein Schrei verklingt an den hohen Wänden, das wimmern von Sagon wird immer lauter. Silas kauert sich auf dem Boden vor Elis Füssen zusammen, er denkt wohl so entgeht er Eligors Aufmerksamkeit. „Es tut nicht weh! Es ist nichts.", sagt Eli, die mit den Tränen ringt. Sanft legt Eligor seine Hand auf ihre Wange. Seine Kälte tut gut auf der heiss glühenden Wange. Immer wieder zwischen dem Wimmer flüstert Sagon: „Sie ist es. Sie ist es." Bevor Eligor drohend auf Sagon zugeht, hallt eine junge Männerstimme durch den Saal. „Vater! Vater!" Ohne auf den Schatten zu achten, rennt er an die Seite seines verängstigten Vaters. Er legt seinen Arm behutsam um dessen Schulter und zieht ihn hoch zu seinem Sessel. Nun schaut er zu den Gästen seines Vaters hinunter, er will den Schatten verscheuchen, findet aber nicht die richtigen Worte, aber dann sieht er Eli. „Komm zu mir.", bittet er mit einer süssen Stimme. Wie Bienen gelockt von Zucker, folgt Eli der weichen Stimme des Prinzen. Er streckt die Hand bereits nach ihr aus, als Eligor ihren Arm packt und sie an seine Seite zieht. Erzürnt über seine Handlung färbt sich das eben noch liebliche Gesicht des Prinzen rot. Seine Augen verraten, dass er ihn am liebsten töten lassen würde. Wenige Sekunden später zeigt er wieder sein hübsches Gesicht, dem Eli überall hin folgen würde. Seine Stimme bebt als er erneut um Eli bittet. Erneut hält der Schatten sie fest. Doch Eli möchte gerne gehen, daher lässt der Schatten sie. Er löst sich in Nebel auf. Beinahe hätte Eli Mina vergessen, als sie auf den Prinzen zumarschiert. Erst ihr weinen bringt sie zur Besinnung. Abrupt bleibt sie auf der zweit obersten Stufe stehen, sie geht zurück zu Mina, die verloren in dem grossen Saal steht. Wütend schnaubt der Prinz, er stampft mit seinem Fuss heftig gegen die Marmorplatte auf dem Boden, doch Eli bringt es nicht zu ihm zurück. Liebevoll nimmt Eli Mina in den Arm, sie trägt sie hinaus in die Stadt, die mittlerweile nur noch von Kerzen beleuchtet wird. Kinder spielen draussen auf den Gassen, Mütter sprechen miteinander und niemand dreht sich nach ihr um. Eine Frau steht etwas abseits der anderen, Eli tritt vor sie und fragt: „Wo ist der Ort, an dem ich ein Kind hinbringen kann, dass neue Eltern sucht?" „Gleicht dort." Sie weist auf ein grosses Haus, vor dem viele Kinder miteinander spielen, lachen und herumrennen. Zügig marschiert Eli mit der kleinen Mina an der Hand auf das Haus zu. Eine alte Dame wartet am Eingang, sie beobachtet die Kinder beim Spielen. „Guten Abend.", begrüsst Eli sie. „Ich möchte gerne ein Kind abgeben. Ihr Name ist Mina." Sanft zieht Eli sie hinter ihren

Beinen hervor. Doch Mina versteckt sich so gleich wieder hinter ihr. „Wieso willst du die Kleine abgeben?", hackt die Alte nach. „Ich kann sie nicht bei mir behalten, ich gehe auf Reisen." „Du lässt deine Tochter zurück, weil du auf reisen gehst?", ihre Stimme wird fassungslos. „Nein, nein, sie ist nicht meine Tochter. Ich habe sie im Wald gefunden und da konnte ich sie nicht sich selbst überlassen!", lügt Eli schnell. Sie kann der alten schlecht erzählen, ich bin mit Dämonen unterwegs, deshalb hat ihre Mutter sie verstossen als sie meinen Wolf gestreichelt hat, nun fühle ich mich für sie verantwortlich. Nein das konnte sie wirklich nicht erzählen. Mit grossen Augen schaut Mina an ihr hoch, sie kennt die Wahrheit, aber sie verrät Eli nicht. Die Alte nickt, dann ruft sie eine Frau zu sich. „Sag das ihr, dann kannst du die Kleine hierlassen." Erneut schweifen die Augen der Alten über die Kinder, die ausgelassen auf dem Gras vor dem Haus spielen. Es dauert nicht lange, dann ist Mina bereits nicht mehr in Elis Obhut, sondern wird zu den anderen Kindern gebracht. Zum Abschied winkt Eli ihr zu, doch Mina ist so in einem Spiel vertieft, dass sie sie nicht bemerkt. Nun steht Eli allein in einer fremden Stadt in einer Gasse und die Nacht wird immer schwärzer.

Die Nacht zieht an Eli vorüber, sie schläft wenig. Am Morgen geht sie zu dem Haus wo sie gestern Mina abgegeben hat. Sie will sich vergewissern, dass es ihr gut geht und an nichts fehlt. Doch die Kinder sind noch im Haus. Deshalb schlendert Eli weiter, bis sie in ein vertrautes Gesicht blickt. Ist das nicht der Prinz? Dort bei dem Stand. Eli traut ihren Augen nicht und reibt sie sich, doch das Bild bleibt dasselbe. Der Prinz, hier in der Stadt als ganz normaler Junge gekleidet. Seine Schönheit fesselt ihren Blick, sie will ihn einfach nur ansehen, doch als er sie entdeckt, schaut sie schnell weg. Sie ist sich sicher, dass er sie erkennt hat, schnell will sie fliehen. Zu spät. Seine Hand greift nach ihrer. „Hallo meine Schönheit.", begrüsst er sie, dann küsst er zärtlich ihren Handrücken. Vor Scham rötet sich ihr Gesicht, verlegen schaut sie weg. „Hallo mein Hübscher.", formen ihre Lippen ohne, dass sie es will. Er ist nicht sonderlich überrascht, dass Eli ihn so begrüsst. „Darf ich dir die Stadt meines Vaters zeigen?", dabei legt er seine Hand sanft auf die Wange, auf der sein Vater sie gestern geschlagen hat. Zaghaft lächelt sie ihn an, nickend willigt sie ein. Ihr Körper fühlt sich so heiss an in seiner Nähe, als ob ein Feuer in ihr entfacht worden wäre. Er zeigt ihr viele verschiedene Häuser, einen Bach, ein Brunnen und noch vieles mehr. Am Mittag lädt er sie auf eine heisse Suppe ein, doch er bittet sie ihn mit seinem Namen anzusprechen und nicht mit Prinz. Seine Untertanen wissen nicht, dass er der nächste Herr ist und er will auch nicht, dass sie es wissen. Immerhin möchte er seine Untertanen so kennen lernen wie sie wirklich sind und nicht so wie sie sich gegen ihr Oberhaupt benehmen. Bereitwillig stimmt Eli dem zu, genau das hat sie seinem Vater versucht zu erklären. Dabei wurde sie geschlagen und ändern wird sich trotzdem nichts. „Mein Name lautet Sagon Ismael, aber ich möchte, dass du mich Ismael nennst, denn der Name Sagon ist nur der Herrschenden Familie vorbehalten." Eli lauscht seiner Stimme ohne auf den Inhalt zu achten, daher muss sich Ismael wiederholen. In seiner Gegenwart vergisst Eli alles, es gibt nichts mehr ausser ihn. Ismael lädt Eli zu sich ein, sie dürfe bei ihm schlafen, sagt er. Verleitet ja zu sagen von seiner Stimme, hört Eli doch auf ihre Vernunft und lehnt dankend ab. Er ist enttäuscht, lässt es sich aber kaum anmerken. Er fragt sie noch ob er sie Morgen wiedersehen kann. Als Eli: „Ja.", sagt, küsst er sie auf den Mund. Das Feuer in ihrem Körper brennt heiss und fordert mehr, aber Eli drängt es zurück. Ihre Augen verfolgen ihn so lange, bis er in einer dunklen Gasse verschwindet. Erst jetzt ist Eli bewusst, dass der Junge sie geküsst hat und sie ihn wieder sehen wird. Bereits morgen. Ihre Gedanken überschlagen sich, zum einen möchte sie gerne mit Eligor und Amon weiterreisen, aber ein Teil von ihr möchte gerne ein Abenteuer mit Ismael unternehmen. Um ihre Gedanken zu sortieren marschiert Eli in den Gassen umher, sie achtet sich nicht in welche Richtung sie geht und dann steht sie auf einmal vor dem Aussentor. Eligor steht direkt vor dem Tor, er schaut sie an, als hätte er sie seit Tagen nicht mehr gesehen. Von Amon fehlt jede Spur, er ist wahrscheinlich wieder einmal am Jagen. Eligors Vorwurfsvoller Blick durchbohrt Eli, sie schämt sich so von ihm angestarrt zu werden. Sie fragt sich ob er weiss, dass sie den Tag mit dem Prinzen dieser Stadt verbracht hat. Nein woher denn? Doch sein Blick verrät, dass er es doch weiss, oder zumindest ahnt. „Wo ist Amon?", fragt Eli um ihn abzulenken. Stumm zeigt er in den Wald. Ohne etwas zu sagen marschiert Eli los, Eligor folgt ihr wie ein Schatten, was er im Grunde genommen auch ist, aber er folgt ihr wie ihr eigener Schatten. Das nasse, rote Blut klebt an Amons Brusthaaren, als er von Eli und Eligor aufgespürt wird. Zuerst knurrt er sie an, aber dann geht er zu ihr hin und lässt sich streicheln. Er heult, da Eli ihn nicht verstehen kann, muss Eligor übersetzten. „Er will wissen ob es etwas Ernstes ist zwischen dir und einem Jungen. Ich nehme an er meint den Prinzen.", übersetzt er Amons Worte. „Nein, ja, vielleicht! Ich weiss es nicht. Er ist einfach bezaubernd und ich mag sein Gesicht.", gesteht Eli mehr sich als Amon. Er tauscht mit Eligor verschwörerische Blicke, da Eli in Gedanken bei Ismael ist, bekommt sie es nicht mit. Erst als Amon seine feuchte Schnauze an ihre Wange presst, wird sie aus ihren schwärmerischen Gedanken gerissen. „Ah bevor ich es vergesse dir mitzuteilen, Azalea ist mit Pyrus unterwegs zu uns, Sirus lies mir eine Nachricht zukommen. Und ich habe heute den dummen Marder gesehen, ich denke er vermisst dich. Ruf ihn, vielleicht kommt er." „Wie kann Sirus dir eine Nachricht schicken?", will Eli wissen. „Das geht dich nichts an." Beleidigt wendet sich Eli von ihm ab, dann ruft sie mehrmals nach Tilo. Aber er kommt nicht. Erst als es dämmert bewegt sich etwas Kleines auf sie zu, er beisst sie sanft in den Fuss. Dann springt er an ihrem Bein hoch und klettert auf ihre Schulter. „Tilo!", begrüsst sie ihn freudig. Sie schmiegt ihr Gesicht an sein Fell und drückt ihm einen Kuss auf den Kopf. Diese Nacht bleibt sie ausserhalb der Mauern. Amon lässt den Marder auf seinem Kopf schlafen und Eli an seiner Seite. An diesem einen Tag, an dem sie ihn nicht gesehen hat, ist er gewachsen, nun ist er so gross wie sie. Aber seine Augen würde sie immer erkennen, daher hat sie auch nicht angst sich an einen riesen Wolf zu kuscheln und neben seiner Schnauze, in der riesige, scharfe Zähne sind, zu schlafen.

Früh am nächsten Morgen geht Eli wieder in die Stadt zurück, sie freut sich sehr Ismael wieder zu sehen.

Auch wenn sie im ersten Moment Amons weiches Fell vermisst und die Neblige Gestalt an seiner Seite. Alle Gedanken an ihre Begleiter werden mit dem Anblick von Ismaels verdrängt. Dieser Junge, er hat einfach etwas an sich, was Eli den Kopf verdreht. Enttäuschung legt sich auf Ismaels wunderschönes Gesicht, als er Tilo auf Elis Schulter entdeckt. Zur Begrüssung küsst er sie, er schmeckt ihre Lippen und sie seine. Nur der keckernde Marder stört die Zweisamkeit. Er will ihn verscheuchen, deshalb hebt er seine Hand drohend an, doch Eli nimmt seine Hand in ihre um den Marder zu schützen. Er küsst sie ein zweites Mal, bevor er ihr vorschlägt in seinen Palast zu gehen. Mit verwirrten Gedanken stimmt Eli zu, sie folgt ihm wie Eligor ihr folgt. Zusammen schleichen sie sich neben dem Audienzsaal seines Vaters durch, steigen eine Treppe nach oben und verschwinden im zweiten Zimmer auf der linken Seite. Um den Marder abzulenken, wirft er ihm eine Hasenpfote zu, die soll eigentlich Glück bringen, aber so kann er sie auch benutzen. Sanft zieht er sie an sich, er legt seine Amre eng um ihren Körper. Sein Gesicht vergräbt er in ihrem langen schwarzen Haar. Sie liebt seinen Geruch und schmiegt sich eng an ihn. Als er ihr das Shirt hochziehen will, schubst sie ihn weg. „Lass das!", warnt sie ihn. Er nähert sich ihr erneut und nimmt sie in den Arm. Sie mag ihn sehr, aber sie will nichts überstürzen und sie ist keines der

Mädchen das sich jedem hingibt. Um Eli etwas zu bieten, lässt Ismael einen Gaukler zu sich bringen. Er unterhält Eli köstlich, aber nach knapp zwei Stunden ist der Gaukler erschöpft und Eli will etwas unternehmen. Sie schlägt Ismael vor noch eine Tour durch die Stadt zu machen und irgendwo etwas zu essen. Bereitwillig stimmt er zu. Er zieht sich noch schnell um und nimmt etwas Geld aus einem Beutel, den er in der Schublade seines Schreibpultes versteckt hat. Eli dreht sich um, da Ismael nicht will, dass sie auf dem Flur wartet. Sein Vater könnte sie entdecken und ihn deshalb bestrafen. Er sagt nur lässig: „Ich dürfte eigentlich keine Mädchen mit zu mir nehmen, aber du bist so hübsch, da musste ich eine Ausnahme machen." Der Nachmittag zieht schnell an den beiden vorbei, ab und zu lässt sie gar der Marder allein. In diesen Momenten versucht er Eli näher zu kommen, denn der Marder hat ihn in den Finger gebissen, als er ihr den Arm um die Schulter legen wollte. Eli entschuldigte sich auf der Stelle für den Marder, verscheuchte ihn aber nicht. Erst als es dämmert kehrt Ismael, diesmal in Begleitung von Eli, in den Palast zurück. Da sein Vater nicht mit ihm isst, fällt Eli nicht auf. Seine Mägde und Soldaten sind schweigsam. Seit sie ihn gesehen hat, lodert ein Feuer in ihr, so heiss und unerbittlich, dass es Eli beinahe um den Verstand bringt. Ihm geht es nicht anders mit ihr, zumindest denkt Eli das und das reicht ihr. Erneut küsst er sie zärtlich, sie erwidert den Kuss und schlingt ihre Arme um ihn. Sanft zieht er Eli zum Bett, er setzt sich hin, doch Eli will nicht zu ihm ins Bett. Dann zieht er etwas fester an ihrem Arm. Sie stürzt auf das Bett, Ismael legt sich schnell auf sie, so dass sie nicht mehr aufstehen kann. Sie ruft um Hilfe, aber niemand kommt. Die Wache, die sich im Zimmer befindet, verschwindet leise auf dem Flur und stellt sich vor die Tür. Nun ist sie mit Ismael allein, selbst Tilo ist verschwunden. Eli schlägt wild um sich, doch Ismael überwältigt sie schnell. Er bindet ihr Hände und Füsse zusammen, dann streichelt er ihr sanft über das Shirt. Zärtlich streichelt er ihre Wange, rückartig dreht sie ihren Kopf und beisst zu. Sie schmeckt sein Blut auf ihrer Zunge, um es auszuspucken lässt sie ihn los. Mit wutverzerrtem Gesicht schaut er sie an, aber er lässt dennoch nicht von ihr ab. In ihren Gedanken ruft Eli so laut sie kann nach Eligor und Amon. Aber der schwarze Nebel, denn sie hofft zu sehen taucht nicht auf. Auch kein weisses Fell ist zu sehen. Sie zittert vor Angst, tränen füllen ihre Augen, aber sie bleibt stumm. Sie denkt nur noch an Eligor und Amon. Ismael zückt ein Messer und zerschneidet ihre Kleidung, ihre weisse Haut leuchtet in dem immer dunkler werdenden Raum.

12

Eli fühlt seine kalten Hände auf ihrer makellos weissen Haut. Begierig erforschen sie ihren Körper. Er fasst sie so an, dass sie errötet. Er reisst sich das Shirt vom Körper, wenig später liegt er nackt neben ihr. Er strahlt eine unangenehme Hitze aus, Eli windet sich und versucht so von ihm weg zu rutschen, doch er hält sie zurück. „Stell dich nicht so an!", flüstert er ihr zu. Seine honigsüsse Stimme wiegt Eli in Sicherheit, bis er sie erneut anfasst. Er legt sich auf sie, dabei presst er ihr eine Hand auf den Mund. Gerade als Eli sich ihrem Schicksal hingeben will, entdeckt sie zwei leuchtende rote Augen hinter Ismael auftauchen. Schwarzer Nebel folgt sogleich. „Hilf mir!", ruft Eli, als Ismael die Hand für einen kurzen Moment von ihren Lippen nimmt. Krallen aus schwarzem Nebel durchschneiden die Luft und Ismaels Haut. Er schreit auf, doch Eligor verfällt in einen Blutrausch. Er fügt Ismael viele kleine Schnitte zu, aus jedem sickert Blut. Er nimmt seine Hände schützend vors Gesicht, aber dass hält Eligor nicht ab. Sein Körper ist blutüberströmt, es tropft auf Elis Körper, die ihren Blick nicht von der schrecklichen Szene abwenden kann. Nun beisst der Schatten in Ismaels Schulter, seine Zähne bohren sich tief in sein Fleisch, er reisst seinen Kopf zurück, das Gewebe reisst, Blut und Hautfetzen fallen auf Eli herab. Der leblose Körper sackt auf ihr zusammen, er erdrückt sie beinahe. Auf einmal ist der Druck weg, erleichtert atmet Eli tief ein. Doch nun ist er über ihr. Bedrohlich schaut er sie an, er ist immer noch im Blutrausch. Er senkt seinen Kopf und legt ihn auf ihre Brust. Ihr Herz schlägt rasend schnell. Entzückt presst er seinen Kopf gegen das wild schlagende Herz. Sanft lässt er seine Zunge über ihren blutverschmierten Körper gleiten, er hinterlässt eine kalte nässe. Erneut zittert sie am ganzen Leib. Ihre Augen füllen sich mit Tränen, ein schluchzen, sofort beisst sich Eli auf die Zunge. Zu spät. Eligor starrt ihr direkt ins Gesicht, er gleitet von ihrem Körper zu ihrem Gesicht. Er fühlt ihre Angst, um sie zu steigern, legt er seine Finger um ihr Gesicht. Der Daumen legt er ihr unter den Unterkieferknochen, sanft drückt er seine Fingerspitze in ihr Fleisch, aber nur so tief, dass sie blutet. Er leckt ihr über den Hals, dann presst er seinen Mund dagegen. Eli hebt ihre Hände an, die immer noch aneinandergebunden sind, sie streckt sie Eligor wortlos hin. Ohne von ihrem Hals abzulassen, durchschneidet er die Fessel mit Leichtigkeit. Behutsam legt er seine Hand wieder um ihr Gesicht, erst als sie seine Neblige Hand streichelt realisiert er, was er macht. Erschrocken über sich selbst, zieht er sich in eine Ecke des Zimmers zurück. Jetzt erst sieht er, dass sie nackt auf dem Bett liegt, dennoch wendet er den Blick nicht ab. Nach einigen Minuten hat sich Eli immer noch nicht bewegt, daher sucht Eligor ihr Kleider aus einem der Schränke. Er nimmt ein schwarzes Shirt und eine bequeme Hose heraus. Langsam schwebt er auf Eli zu, die ihn verängstigt anstarrt. Schützend nimmt sie die Arme vor den Körper, er hält einen Moment inne um sie zur Ruhe kommen zu lassen. Erst als sie sich wieder entspannt hat, nähert er sich. Er schiebt seine Hände unter ihren Körper um sie anzuheben. Er streift ihr das Shirt über und dann die Hose. „Bitte entschuldige, ich hatte mich nicht im Griff.", sagt er, als er Eli an sich drückt. In seinen Armen verliert sie das Bewusstsein.

Rauch steigt ihr in die Nase, es brennt fürchterlich in den Lungen. Eli öffnet die Augen, weiss aber nicht wo sie ist und dieser Ort kommt ihr auch nicht bekannt vor. Sie ist in einem Wald, die Bäume stehen eng zusammen, trotzdem kann sie in der Ferne ein grosses Feuer entdecken. Der Boden unter ihr scheint sich zu bewegen, erst bei genauerem Hinsehen erkennt sie, dass Eligor sie trägt. Schnell windet sie sich aus seinen Armen, vorsichtig stellt er sie vor sich auf den Boden, so als ob sie aus Porzellan bestehen würde. Amon rennt an ihre Seite, er legt seinen riesigen Schädel gegen ihren Arm. Er ist noch grösser als sie ihn in Erinnerung hat. Er ist beinahe gleich gross wie sie, wenn er den Kopf hoch erhoben trägt, ist er bereits grösser. Als Eli seinen Kopf streichelt, schaut er frech in Eligors Richtung, selbst den Marder nimmt sie freundlich auf ihren Arm, doch sobald sich der Schatten ihr nähert weicht sie zurück. Amon geht an Elis Seite, bis es dunkel wird. Immer wieder schaut Eli zurück an den Ort, an dem es brennt. Sie sieht die schwarzen Rauchschwaden hinter sich aufsteigen. „Welcher Ort brennt dort?", fragt Eli Amon, doch er kann ihr nicht antworten. Nur Eligor kann mit ihr sprechen, aber mit ihm will sie kein Wort wechseln. „Sagon.", beantwortet Eligor hinter ihr die Frage. Wie kann das sein? Sie war heute Morgen noch in Sagon, wie konnte nun die Stadt brennen? Amon blickt Eli an und deutet dann mit dem Kopf auf Eligor. Nein, sie will ihn nicht fragen, sie will nie wieder mit ihm reden. Sie kann seinen Rausch nicht vergessen und wie er sie angestarrt hat und dann hat er sie auch noch verletzt. Nein, das kann sie ihm nicht vergeben. Heute nicht und auch später nicht. Entschieden wendet sie ihren Kopf ab. Sie marschieren weiter in den Wald hinein, bis Eli auf einer Lichtung Halt macht. „Hier will ich schlafen!", sagt sie herrisch. Mit gesenktem Kopf legt sich Amon unter einen Baum, Eli kuschelt sich an sein weiches Fell, sie schläft sofort ein. Tilo stösst in der Nacht zu ihnen, er legt sich auf Elis Beine. Am Morgen keckert er um Eli zu wecken, doch sie legt ihm die Hand auf den

Kopf und schläft gemütlich weiter. Erst als er sie in den Finger beisst, schreckt sie aus ihrem Traum auf. Vor ihr liegt ein Blatt mit gesammelten Beeren auf dem Boden, sie weiss genau, dass sie von Eligor stammen. Aber ihr knurrender Magen lässt ihren stolz nicht zu, die Beeren nicht zu essen. Eine paar bietet sie Tilo an. Nach dem süssen Frühstück machen sich die vier wieder auf den Weg.

Ganze drei Tage irren sie nun schon durch den dunklen Wald, Eli vermisst die Gespräche mit Eligor sehr. Er erzählt ihr normalerweise in den Wäldern von sprechenden Bäumen und roten Fröschen mit blauen Beinen. Und er gibt sich alle Mühe Eli jeden Wunsch von den Augen abzulesen. Er bringt ihr jeden Morgen etwas zu essen, oder jagt, obwohl Amon ihn bereits mehrmals deswegen angeknurrt hat. Vielleicht ist es an der Zeit wieder mit ihm zu sprechen. Auch heute beweist Eligor bei jeder Gelegenheit, dass es ihm leidtut und er alles für sie tun wird, nur damit sie ihm verzeiht. Bereits am zweiten Tag hat sie ihm verziehen, aber das konnte sie ihm nicht sagen. Sie spielte nur noch die Böse. Gerade als er aufbrechen will um etwas fürs Mittagessen zu jagen sagt Eli: „Lass Amon jagen gehen!" Begeistert hüpft Amon davon, er liebt die Jagt und durfte in den letzten Tagen kein einziges Mal jagen gehen. Durch die Nacht verbot es Eligor und durch den

Tag wollte Eli nicht das er geht. Aber nun endlich ist es soweit. Schnell verschwindet er hinter den Bäumen, bevor sie es sich noch anders überlegt. Auch Tilo verschwindet zwischen den Bäumen, nun sind nur noch Eli und Eligor zusammen. Er weiss nicht was er tun oder sagen soll, daher wartet er einfach. „Danke, dass du mich gerettet hast.", ist alles was Eli sagt. Eligors Augen beginnen zu glühen, wie sie seit dem Morgen in Ismaels Zimmer nicht mehr taten. Doch bevor er etwas sagen kann, fragt Eli leise: „Welches ist deine normale Natur?" Er versteht sofort, sie will wissen ob er sich in ihrer Gegenwart verstellt. Natürlich tut er das, aber das will er ihr nicht sagen, daher schweigt er. „Ah.", es klingt so enttäuscht, dass er sie gerne anlügen würde, aber er tut es nicht. „Ist es schwer?", hackt Eli nach. „Es ist so, wie wenn du am Verhungern bist und vor einem vollen Teller stehst, aber du weisst, dass du es nicht anfassen darfst. Du bist der volle Teller und ich der Hungernde. Ja es ist schwierig in deiner Nähe zu sein, aber es wird einfacher, irgendeinmal. Hoffe ich zumindest." „Wieso begleitest du mich dann und beschützt mich?" „Das ist einfach, Amon mag dich und er will dich jemandem vorstellen." Er zieht sich zurück, als er ihr sagt, dass Amon sie gerne jemandem vorstellen würde. Eli weiss, dass er ihr das nicht hätte verraten dürfen, daher fragt sie nicht weiter nach. Ich erfahre genug früh um was es geht, denkt sich Eli gelassen.

Sie kommen an einem grossen See vorbei, darin wohnen solche blauen Wesen, wie im Meer. Allerdings sind die freundlicher, wie Eli mit Begeisterung feststellt. Sie springen aus dem Wasser und machen Kunststücke, dann tauchen sie so tief ein in das dunkle Seewasser, das Eli beinahe gelb wird vor Neid. Das Wasser ist zwar kühl, aber nicht eisig, daher springt Eli an einem Sonnigen Nachmittag zu den spielenden Seewesen ins Wasser. Eligor behauptet, dass es Nixen sind, aber beweisen kann er es nicht. Und fragen will Eli nicht, daher muss sie ihm wohl einfach glauben. Sie plantscht herum und spielt mit ihnen, währenddessen jagt Amon ihr Abendessen. Eligor beobachtet sie besorgt vom Seeufer aus, er traut den Nixen nicht über den Weg. Er hält sie für hinterhältig, die jeden in die Tiefe ziehen, der nicht aufpasst. Und Eli achtet kein bisschen auf ihre Umgebung, sie ist so ins Spiel vertieft. Sie lacht und spritzt die anderen nass. So wirkt sie kindlich, was Eligor nur noch mehr in Sorge um sie versetzt. Jedes Mal, wenn sie in Ufer nähe kommt, bittet er sie aus dem Wasser zu kommen, und jedes Mal lautet die Antwort gleich. „Nein, ich will noch nicht." Das geht einige Tage so. Die Nixen zeigen Eli kleine Krebse und viele verschiedene Fische, sie hohlen

Seepferdchen aus den Tiefen des Sees und Muscheln. Sogar kleine Tintenfische leben darin. Jetzt hat Eli wirklich alles gesehen, was es zu sehen gibt in diesem Gewässer, daher verabschiedet sie sich am Abend. Die Nixen schenken ihr eine Kette, an der eine grosse weisse Perle hängt, die sich in ihrer Nähe blau grün verfärbt. Eli bedankt sich, dann geht sie schlafen.

Feine, hohe, piepsende Stimmen wecken Eli mitten in der Nacht. Sie späht unter ihren Augenliegern hervor, aber es ist zu dunkel um etwas zu erkennen. „Nein lass sie schlafen, sie sieht so glücklich aus.", flüstert die piepsende Stimme in die Nacht. Diese Stimme, Eli weiss, dass sie sie kennt, aber woher. Natürlich, es muss Azalea sein. Eli springt auf, dass lässt Azalea zusammenfahren, dennoch streckt sie die Arme aus um von Eli aufgehoben zu werden. „Ich freue mich so dich zu sehen!", platzt Eli heraus. Azalea freut sich auch sehr, sie küsst Eli auf die Wange, dann stellt sie Pyrus noch kurz vor. „Amon hat mir bereits sehr viel erzählt, wie du mit Nixen geschwommen bist und durch viele Wälder gegangen bist. Aber er sagte auch, dass Eligor dich vor einem Stadtprinzen retten musste und du danach wütend auf ihn warst.", sprudelt es aus Azalea heraus. „Wie kann Amon es dir erzählt haben? Er spricht ja nicht.", fragt Eli mehr sich selbst als Azalea. „Ach Eli, diese Erklärung geht zu lange, aber ich werde es dir irgendeinmal erzählen." Sie streckt sich, dann gähnt sie laut. Pyrus hat in der zwischen Zeit etwas Moos und Blätter zusammengesammelt und sich ein Nest gebaut das gross genug für ihn und Azalea ist. Am nächsten Morgen fragt Eli, wie sie Amon fragen konnte, was in den letzten Wochen geschehen ist, weil sie sicher ist auf seinem Fell geschlafen zu haben. „Klar hast du auf ihm geschlafen, aber er kann trotzdem mit mir sprechen, als er nichts mehr zu erzählen wusste, bin ich dann zu Eligor gegangen, der dich wecken wollte. Und als ich es ihm verbieten wollte, bist du aufgesprungen und hast mich erschreckt." „Na gut, in Ordnung. Kann ich auch mit ihm sprechen?", fragt Eli voller Begeisterung. „Natürlich könntest du, aber es ist nicht ganz einfach. Aber wie ich dir letzte Nacht sagte, ich werde es dir ein anderes Mal erzählen."

Da Eli nun ihre Nixen gesehen hat, marschiert die Gruppe nach Norden. Amon will Eli ja unbedingt jemandem Vorstellen und dieser Jemand lebt im Norden. Die Wochen ziehen an ihnen vorbei. Azalea zeigt Eli wie sie Amon verstehen kann und gibt ihr einige bitter schmeckende Blätter zum Kauen. Nach einigen Tagen konnte sie es. Nun kaut sie beinahe jeden Tag auf einem Blatt. Sie ist bei jeder Unterhaltung aufs Neue überrascht ihn zu verstehen, nun versucht sie es mit Tilo. Auch ihn kann sie verstehen, allerdings jammert er immer nur: Ich habe Hunger, meine Füsschen tun weh oder sonst etwas. Mit leuchtenden Augen stellt Eli fest, dass sie gar mit wilden Tieren sprechen kann.

Es wird kälter, der Wind zieht Eli um die Beine. Sie verlassen den geschützten Wald und überqueren mehrere Felder. Auf den meisten wächst Getreide, aber auf einigen auch Mais. Die Tage werden kürzer und die Nächte länger. Sie kommen zu einem kleinen Dorf, so wie im Süden stehen Wachposten vor dem Tor, aber diese hier sehen anders aus. Ihre Haut ist verkohlt und Asche befindet sich darauf. Ihre Augen sind gold, gelb gefärbt und ihre Kleidung rot. „Das sind Feuerkreaturen.", bemerkt Eligor beiläufig als er Elis verwundertes Gesicht sieht. „Amon mein treuer Freund! Schön dich zu sehen!", spottet der Eine. Amon fletscht die Zähne, beisst aber nicht zu. „Mit welchem Gesindel treibst du dich jetzt herum?", neckt der andere. Ein tiefes Knurren entfährt ihm, aber er lässt sie zufrieden und tritt in das Dorf ein. Hier treiben sich nur finstere Gestalten herum, die Feuerwesen am Tor sind nicht die schlimmsten. Ein Pferd, mit menschlichem Oberkörper und Kopf rennt Eli beinahe um, ein Messerwerfer schleudert ein Messer so nahe an ihrem Kopf durch die Menge, dass sie eine Haarsträhne verliert. Kleine hässliche Wesen ziehen an ihren Kleidern und jagen Azalea und Purys angst ein. Feen flattern umher, die einen sind gelb, andere rot oder schwarz. An Ständen werden diverse Waren angeboten, Frösche, Schlangen, Hühner, aber auch Bohnen, Karotten und andere Gemüsesorten. Eli ist entzückt und angewidert zugleich.

13

Zuhinterst in dem langgezogenen Dorf steht ein Gasthaus, Amon lässt Eli die Tür für ihn öffnen. Ein älterer Mann, mit grauen gewellten Haaren steht hinterm Tresen. Ein Lächeln huscht über sein Gesicht, als er Amon erkennt, bei Eligors Anblick stirbt es gerade wieder. „Treibst du dich immer noch mit ihm herum?", schnauzt er Amon unfreundlich an. Eli stolpert einen Schritt zurück, als sie die scharfen spitzen Zähne im Mund des Alten entdeckt. Auch seine Zunge ist anders, als die ihre. „Wie viele Zimmer willst du?" Amon bellt drei Mal, daraufhin legt der Mann drei Schlüssel auf den Tresen. Eli nimmt sie an sich, behält aber den Mann immer im Auge. Einer gibt Eli an Azalea weiter, die anderen beiden behält sie bei sich. Die Zimmer liegen nebeneinander, Azalea will in dem Zimmer in der Mitte schlafen, weil sie sich unwohl fühlt in Gegenwart so vieler Nachtkreaturen. Eli nickt und tauscht ihren Schlüssel, doch Eli weiss nicht wer, dass das dritte Zimmer beziehen soll. Sirus ist nachdem er Azalea und Pyrus zu Eligor gebracht hat verschwunden. Eli nimmt Luft um zu fragen für wen das dritte Zimmer ist, da biegt Sirus um einen Ecken. Er greift nach dem Schlüssel, der Eli ihm entgegenstreckt und verschwindet ohne etwas zu sagen in seinem

Zimmer. Eligor folgt ihm, wahrscheinlich will er ihn ausquetschen wo er war oder seine Ergebnisse erfahren, wenn er ihn geschickt hat. Eli zuckt die Schultern und öffnet nun ihr Zimmer. Es ist geräumig, ein Doppelbett steht in einer Ecke, eine Wanne steht in einem anderen Ecken, nur die Toilette befindet sich hinter einem Sichtschutz. Amon tritt hinein, er schnuppert an der Bettdecke, dann rollt er sich auf dem Boden zusammen. Er ist erschöpft von der langen Wanderung, zumal er meist Azalea und Pyrus getragen hat. Aber die Beiden kommen nicht so schnell vom Fleck wie Eli. Er nimmt beinahe so viel Platz in Anspruch wie das Doppelbett, auf dem er liegt. Gerade als Eli sich in den Flur schleichen will um durch das Dorf zu gehen, kommt Eligor aus Sirus Zimmer. Er wirkt niedergeschlagen, lässt die Schultern und den Kopf hängen. Was da drin wohl passiert ist? „Was machst du hier draussen?", fragt er mit gepresster Stimme. Sie sagt ihm die Wahrheit, da er sie meistens beim Lügen ertappte und ihr dann wieder einen Vortrag hält mit Freunde lügt man nicht an bla, bla, bla. Er scheucht sie zurück ins Zimmer. Amon erwacht, als die Tür ins Schloss fällt, er tauscht einen Blick mit Eligor und nun ist auch er niedergeschlagen. Was zum Teufel geht hier vor will Eli fragen, doch Eligor erzählt es ihr ohne hin. „Unser König ist gestorben." Ein König? Was für ein König? Bisher haben die Beiden ihr nie erzählt, dass sie einen König haben. Entsetzten und Wut spiegeln sich auf ihrem Gesicht. Eine bedrückende Stimmung herrscht nun in ihrem Zimmer, um den erschlagenden Blicken von Eligor und Amon aus zu weichen, legt sie sich aufs Bett und tut so, als ob sie schlafen würde.

„Aufwachen!", schreit eine männliche Stimme vom Flur her, dann schlägt er mit der Faust mehrmals gegen die Tür. Kerzengerade sitz Eli nun in ihrem Bett, müde blickt sie zur Tür. Wer in aller Welt kann das sein? Ist das der Service, den man hier bekommt? Sie will nicht darüber nachdenken und legt sich erneut hin. Auch Amon legt seinen Kopf wieder auf seine Vorderpfoten, nur Eligor steht auf, um zu sehen weshalb sie geweckt wurden. Knarzend geht die Tür einen Spalt breit auf, so dass er den Kopf hinausstrecken kann. Der Alte, der gestern an der Rezeption gestanden ist, donnert mit der Faust bereits ans nächste Zimmer. „Aufstehen!", brüllt er. Eine solch volle, mächtige Stimme traut Eligor diesem alten Mann nicht zu, trotzdem hört er sie. Eine schleimige Kreatur öffnet ihm die Tür, sie fragt was es gäbe, dass er sie so früh weckt. Mit der bekannten dünnen Stimme erklärt er ungeduldig: „Angron ist hier und er wünscht all meine Gäste vor dem Haus zu sehen." Das Schleimwesen knallt die Tür vor seiner Nase zu. Um nicht entdeckt oder gehört zu werden, schliesst Eligor die Tür äusserst vorsichtig. Er will die

Neuigkeit gerade verkünden, da hat Amon seinen Kopf bereits hoch in der Luft. Er ist fast genau so gross wie sein Schattenherr, Eli sagt ihm jeden Tag, dass er wieder gewachsen ist, aber er tut immer noch so als wäre er der kleine Wolf, den Eli kennen gelernt hat. Aber heute kann er es selbst nicht mehr leugnen, dass er grösser geworden ist. Vor wenigen Monaten war er so klein, dass er seiner heutigen Grösse unter dem Bauch durchgehen könnte. „Wenn Angron hier ist, dann ist unser Prinz auch nicht mehr fern.", flüstert Eligor. Eli stellt sich schlafend um die Beiden zu belauschen, aber Amon merkt es. Er tippt ihre Wange sanft mit seiner Nase an, um ihr klar zu machen, das ihm nicht entgangen ist, dass sie wach ist. Wie merkt er das nur immer, fragt sich Eli, aber sie hat keine Zeit ihm diese Frage zu stellen. So leise wie Eligor zuvor die Tür geschlossen hat, so leise öffnet sie nun Azalea, dicht gefolgt von Pyrus und Sirus. „Beeilt euch! Angron ist nicht gerade geduldig, wie man hört. Aber ich denke euch muss ich das nicht erklären!", schimpft sie. Genervt schlägt Eli die Decke zurück, sie schlüpft in die Schuhe, die immer neben ihr liegen und steht auf. Sie gähnt und streckt sich, dann marschiert sie auf Azalea zu, die ihre Angst zu verbergen versucht, aber Eli sieht es ihrem Nasenspitz an, dass etwas ganz und gar nicht in Ordnung ist. Dennoch nimmt sie Elis Hand entschieden in ihre und marschiert mit ihr aus dem

Zimmer. Alle folgen nach unten, wo sich viele Geschöpfe bereits eingefunden haben. Ein Mann, kleiner als die meisten Anwesenden, steht auf dem Rasen vor dem Gasthaus. Er wird von zwei Halbriesen begleitet. Eli traut sich nicht zu fragen, daher nimmt sie einfach an, dass der Mann mit den Streitäxten am Gürtel und den roten zotteligen Haaren Angron ist. Ungeduldig geht er auf und ab. Erst als alle versammelt sind beginnt er zu sprechen. „Wie ihr alle wisst, ist unser geliebter König verstorben, somit rückt unser Prinz nach. Er wird ein Fest veranstalten, hier in diesem Ort. Es wird am Sonntag stattfinden und es wird nebst Essen und Trinken einen Sklavenmarkt geben und natürlich zur Feier des Tages einen Wettkampf in der Arena. Alle die, die hier sind, bleiben auch hier, meine Männer werden die Ausgänge bewachen, so dass niemand fliehen kann!" Nach dieser beeindruckenden Ansage, geht Angron durch die Anwesenden, einige schickt er weg, andere lässt er an Ort und Stelle stehen. Niemand wagt etwas zu sagen, geschweige denn sich zu bewegen. Alle gehorchen ihm brav, wie Lämmer ihrem Hirten. Elis Herz schlägt immer schneller, als er ihr näher kommt. „Ah wen haben wir denn da?", fragt er spöttisch. „Verschwindet alle! Na los haut ab!", schreit er. „Alle ausser ihnen.", fügt er hinzu und umkreist Elis Gruppe mit seiner Hand. „Amon und Eligor meine alten Freunde.", sagt er

Zuckersüss, doch die Missbilligung in seiner Stimme ist nicht zu überhören. „Mit welch minderen Kreaturen treibt ihr euch herum? Oder habt ihr nun doch Sklaven und gar eine Hörige, wie ich sehe. Weshalb läuft sie ohne Halskette herum?" Er tritt vor Eli, unerschrocken hebt sie ihren Blick um ihm ins Gesicht zu schauen. Er ohrfeigt sie so hart, dass Eli zurückstolpert. Ihr Kopf schmerzt. Amon stellt sich neben sie um sie an einem Wutausbruch zu hindern. Er weiss wie gefährlich Angron ist und will Eli so schützen. Doch Eli stolziert neben Amon durch und geht auf Angron zu, als wäre nichts geschehen. Azalea und Pyrus haben sich hinter Sirus zusammengekauert und starren auf den Boden, aber leider ist das nicht Elis Art, sie senkt ihren Kopf vor niemandem. Das hat sie noch nie und das wird sie auch nie. Wütend kneift Angron seine Augen zusammen, bevor er aber erneut zu schlagen kann, schaltet sich Eligor ein. „Angron mein Fürst, ihr solltet vorsichtig mit ihr umspringen. Wir möchten sie gerne Abyssa vorstellen und da soll sie keine blauen Flecken haben." Der Name Abyssa lässt Angron aufhorchen, boshaft schaut er sie noch einmal an, dann geht er zu Eligor. „Du willst ihm wirklich eine Sklavin vorstellen? Bist du Wahnsinnig geworden!?" Er ist fassungslos, aber auch amüsiert. Eli möchte gerne wissen was er denkt, aber sie hat bedenken, dass er ihr nicht gefallen würde, daher verdrängt sie den Wunsch schnell wieder. „Na schön, wie du willst. Es ist dein Leben, mit dem du spielst. Ich würde ihr eine Kette anlegen und sie in die Arena stecken, aber wir sind ja nicht gleich, nicht wahr?", sagt Angron bedauernd. Zu Elis grosser Erleichterung geht er weg. Ohne dass sie eine Frage stellen muss, sagt Eligor: „Komm, ich werde dir alles erklären!" Er wirkt sehr niedergeschlagen, freudlos, so hat Eli ihn noch nie gesehen. Amon bleibt mit den anderen zurück, sie ziehen sich auf ihre Zimmer zurück, während Eligor mit Eli an den kleinen Bach geht, der mitten durch das Dorf fliesst. Am Ufer angekommen, setzt sich Eli auf einen Stein. „Ich weiss nicht was ich sagen soll, ich kann dir nur verraten, dass Angron unserem Herrn dient und dass er nicht sehr freundlich ist. Und Menschen halten wir eigentlich nur als Sklaven und wir nutzen sie als Zeitvertreib, in den Arenen oder Theater. Aber du bist anders Eli, du hast keine Angst vor uns und du hast Amon vor Menschen gerettet. Ich weiss nicht ob es dir bewusst war, was er ist, aber du hast ihn gerettet. Und deshalb werde ich Angron bitten, dich gehen zu lassen und als eine von uns anzuschauen. Ich kenne den Preis dafür und bin bereit diesen zu zahlen." Eli ahnt von welchem Preis er spricht, sein Leben für ihres. „Nein!", sagt Eli entschieden, ihre Stimme klingt schrill, sie ist den Tränen nahe. Sie schmettert jeden weiteren

Erklärungsversuch von ihm ab, ihre Entscheidung ist gefallen.

Die nächsten Tage bleiben sie mehrheitlich in ihrem Zimmer im Gasthaus, nur Amon verschwindet ab und zu mit Sirus um etwas zu Essen und Trinken zu holen. Die Tage fühlen sich endlos lang an, Eli wird beinahe wahnsinnig, immer dieselben hässlichen Tapeten, hell gelb, mit Blumenmuster, der graue Teppich, mit verschiedenen Fussspuren darin. Um einen anderen Ausblick zu erhalten, ziehen Eli, Eligor und Amon in den ersten Stock. Die Tapete ist auch hier hässlich, aber immerhin ist sie nicht gelb, sondern hellblau mit weissen Wolkenklecksen darauf. Der Teppich ist grünlich, soll wohl eine Wese darstellen, oder so, aber die Aussicht aus dem Fenster ist viel besser. Von hier aus kann Eli Bäume sehen und die Arena. Mit jedem Tag sind mehr Menschensklaven dort und natürlich ihre Herren. Zelte werden aufgeschlagen.

Sonntag früh, es ist noch nicht einmal drei Uhr morgens, da erwacht Eli. Sie späht zu Amons schlafplatz, er ist nicht hier. Wahrscheinlich ist er auf der Jagd, dann schaut sie zu Eligor, er schläft tief und fest, was beinahe unmöglich ist. Aber in den letzten Tagen hatte er es anstrengend, daher versteht Eli, dass er schläft. Auf Zehenspitzen schleicht Eli sich neben

Eligor durch, sie öffnet die Tür nur soweit, dass sie sich durchquetschen kann. Auf dem Flur zieht sie ihre Schuhe an, dann macht sie sich auf den Weg zur Arena. Diese ist weiter weg, als sie gedacht hat, aber nach gut einer halben Stunde Marsch, steht sie vor den Toren. Angrons Riesen stehen davor und bewachen die Arena. Selbstsicher tritt Eli vor Einen, aber noch bevor sie etwas sagt, fühlt sie eine eiskalte Hand auf der Schulter. Ihr erster Gedanke ist: Oh nein Eligor hat mich erwischt und wird mich zurückbringen. Doch als sich der Druck verstärkt, bis es ihr schmerzt und sie die Schulter hochzieht, weiss sie, dass es nicht Eligor sein kann. Er würde ihr nicht wehtun. „Wen haben wir denn da? Bist du nicht Eligors Hörige?", seine Stimme klingt gefährlich in der Dunkelheit. „Nein, ich bin nicht seine Hörige, aber ich reise mit ihm." „Was willst du hier? Na sag schon!", flüstert er ihr zu. Sie kann seinen kalten Athen auf ihrem Nacken fühlen. Sie schaudert, dann dreht sie sich um. Erneut blickt sie ihm in die Augen. Sie sind schwarz wie die Nacht. „Was denkst du wohl, was ich hier mache? Ich komme bestimmt nicht vorbei um einen Tee zu trinken!", platzt sie heraus. Ein fieses Lächeln huscht über Angrons Gesicht, wahrscheinlich gibt es nicht viele, die ihn so behandeln. Er packt Eli am Arm und führt sie in die Arena hinein. Dann sperrt er sie zu den anderen Menschen in eine Zelle.

Es sind Frauen, Männer und Kinder darin gefangen. Sie alle treten zurück, als sie Angron kommen sehen, dann verwandelt sich ihr Blick in Neugierde. Er hat noch nie eine Sklavin selbst in die Zelle geführt. Er sperrt auf und lässt Eli eintreten. Kaum ist die Tür hinter ihr geschlossen dreht sie sich um. „Sag Eligor und Amon es tut mir leid!", befiehlt sie dem weggehenden Angron. Er tut nichts dergleichen, dass weiss Eli, aber versuchen kann man es ja Mal. „Wer ist dein Herr?", fragt ein kleines Mädchen. Als Eli sie ansieht, kommt ihr Mina in den Sinn. Eli lächelt sie freundlich an und erwidert: „Ich habe kein Herr." Alle starren sie an, als ob sie einen Geist sehen würden. Es ist noch keine Stunde vergangen, da taucht Angron mit Amon auf, der kaum durch die Gänge passt. Er muss seinen Kopf einziehen um nicht an der Decke anzustossen. Angstgeschrei ertönt hinter Eli, doch sie geht gelassen auf den Wolf zu und steckt ihre Hand durchs Gitter. Eli streichelt seine Schnauze und zischt beruhigend. Angron schlägt Eli mit einem Stock auf den Arm, er schreit sie an. „Gefangene dürfen ihre Hände nie unaufgefordert durchs Gitter strecken!" Amon knurrt ihn böse an und Eli lacht laut. „Eine dumme Regel, die stammt wohl von dir?", spottet sie. Ihre Mitgefangenen stehen verdutzt hinter ihr, sie wagt es tatsächlich Angron zu beleidigen. Erneut wird sie angestarrt wie ein fremdartiges Wesen. Angron kocht über vor Wut, er schubst Amon zur Seite, öffnet die Zellentür und tritt ein. Er ist zwei Köpfe grösser als Eli, doch das beeindruckt sie nicht im Geringsten. In den letzten paaren Tagen hat Eli nichts anderes gemacht als ihre Angst zu verdrängen und Selbstsicherheit vorzutäuschen. Doch jetzt ist sie nicht sicher, ob es auch so wirkt, wie sie es gerne hätte. Mit hocherhobenem Kopf steht sie vor ihm und starrt ihm verstohlen in die schwarzen Augen. Amon ist beeindruckt von Elis stärke, beinahe jeder wendet den Blick automatisch auf den Boden, wenn er vor Angron steht, selbst er. „Was!?", fordert sie ihn heraus. Er packt Eli mit einer Hand an den Haaren und mit der anderen an der Seite, unterhalb der Rippen. Er reisst sie vom Boden und hebt sie vor seinen Kopf. „Ich werde dich zerreissen, aber zuerst ziehe ich dir die Haut vom Leib, dann brenne ich dir mein Siegel ins Fleisch. Ich werde deine Schreie geniessen, du wirst mich anbetteln dich zu töten, aber ich werde es erst im letzten Moment tun. Du wirst fühlen, wie ich dich in Stücke reisse und in deinem Blut bade." Elis Herz rast, es schlägt ihr hart gegen den Hals. Panik steigt in ihr auf, dennoch legt sie ruhig die Hände an sein Gesicht und geht mit ihren Lippen zu seinem Ohr. „Oh ich habe solche Angst!", spottet sie so leise, dass nicht einmal Amon sie hören kann. Seine Drohungen haben ihre

Wirkung noch nie verfehlt, aber bei ihr prallen sie ab wie Wasser von Vogelfedern. Ohne Vorwarnung lässt er sie fallen, er öffnet die Zellentür, packt Amon am Fell und geht mit ihm weg. Sie wird mit Angsterfüllten Blicken fixiert, alle machen ihr Platz. Niemand spricht mehr ein Wort mit ihr.

Trompeten erklingen, die Zellen werden von Angrons Leuten aufgesperrt und die Gefangenen werden in die Arena begleitet. Eli ist mit etwa zwanzig weiteren Menschen in der Arena. Elis Zellengenossen stellen sich weit weg von ihr hin und starren auf die Zuschauertribüne. Elis Augen suchen nur nach einem Schatten und einem weissen Fell, da entdeckt sie die Beiden. Sie sitzen direkt neben den Fürsten, ihre Stühle sind gepolstert und sie haben viel, viel mehr Platz als die anderen Zuschauer. Angron tritt vor die Gefangenen, dreht sich zu den Fürstensesseln, wartet bis ein Mann sich hinsetzt, dann beginnt er zu sprechen. Eli hört nicht zu, sie ist in Gedanken bei Eligor, der zerschlagen da sitzt. „Ich selbst werde heute in dieser Arena antreten, gegen eine Sklavin, die keine Furcht zeigt." Ein Erstauntes „Ah." Und Gejubel folgen seiner Ansage. Eli ruft sich seine Worte in den Kopf, eine Sklavin, keine Furcht. Er spricht von ihr, er muss von ihr sprechen. Eli versinkt wieder in ihren Gedanken, erst als eine Hand sie wegzieht kommt sie wieder zu Sinnen. Sie winkt ihren Begleitern noch kurz zu, dann zeiht sie sich zur Arenawand zurück.

14

Die Gefangenen werden in kleine Gruppen eingeteilt,
jeder erhält eine Waffe, ein Schwert, ein Speer, ein
Dolch oder eine Axt. Die Gruppen bestehen aus fünf
Personen, darunter sind immer ein Kind und
mindestens eine Frau. Sobald in ein kleines weisses
Horn geblasen wird, geht der Kampf los, es ist wie in
einem Krieg. Eli hört die Menschen schreien, Blut
spritzt herum, Fleisch wird abgeschnitten und fällt zu
Boden. Zwei Männer kämpfen erbittert um den Sieg,
dann stösst der eine dem anderen das Schwert in die
Brust, die Klinge tritt hinten wieder aus. Er sackt zu
Boden, ist aber noch nicht Tod. Der Schwertträger
stellt sich über ihn und stösst ihm das Schwert durch
den Hals. Eli ist sich nicht sicher, ob der Mann das als
Gnadenakt tat oder um schneller zu gewinnen. Vier
weitere runden verlaufen ähnlich. Ab und zu werden
noch weitere Waffen in die Arena geworfen, eine
Armbrust oder Pfeil und Bogen, aber das Prinzip bleibt
dasselbe. Eli muss sich all die blutigen Schlachten
ansehen, die Leichen werden einfach an eine Wand
der Arena gestapelt. Krähen hacken bereits auf den
toten Körpern herum. Eli wird übel, sie dreht sich weg.
Sie presst ihre Hand auf den Mund und sagt zu sich
selbst: „Du darfst nicht erbrechen, sonst zeigst du

Angron nur wie verletzlich du bist!" Es hilft, es sich ins Gedächtnis zu rufen, die Übelkeit verschwindet und Eli schaut sich den Rest des schrecklichen Kampfes an. Einmal muss sie einem Bolzen ausweichen, der sein eigentliches Ziel verfehlt hat. Er schlägt nur wenige Zentimeter neben ihrem Kopf in die Wand ein. Auch diese Runde gewinnt ein Mann, bisher haben drei Männer und eine Frau den Kampf gewonnen, wobei die Frau nur gewonnen hat, weil sich die Männer gegenseitig abgeschlachtet haben und der Mann erschöpft war, so hatte sie leichtes Spiel. Am Nachmittag zeigen Feuerwesen eine wunderschöne Show, Eli ist von den Formen und Farben des Feuers überwältig. So etwas Schönes hat sie noch nie gesehen. Ihre Füsse schmerzen vom ewigen stehen, daher setzt sich Eli in den Sand und lehnt gegen die Mauer. Nach der Feuershow leert sich die Arena langsam, nur Elis Freunde und die Fürsten bleiben hier. Aufmunternd winkt sie ihnen zu, aber es hilft nicht. Azalea hat geweint, ihre Augen sind rot und ihr Gesicht ist etwas dicker als normal. Auch Pyrus hat geweint. Als Angron einmal nicht aufpasst, hüpft Amon zu Eli in die Arena. Sie rennt auf ihn zu, schlingt ihre Amre um ihn und gibt ihm einen Kuss auf die Stirn. Empört über Amons Vertrautheit mit Eli, schreien die Fürsten wilde Beleidigungen heraus. Angron hingegen lässt Amon tun was er will, erst als es dämmert, nähert er sich ihm und befiehlt ihm zu verschwinden. Ein letztes Mal drückt Amon seinen Kopf an Eli, die ihn liebevoll streichelt, sie drückt ihm einen Kuss auf die Stirn und verabschiedet sich. „Kann ich mich auch von Eligor verabschieden?", bittet Eli Angron. Nach kurzer Bedenkzeit nickt er, es dauert keine zehn Sekunden, da steht der grosse Schatten direkt vor Eli. Sie lächelt ihn an, überglücklich ihn noch einmal in ihrer Nähe zu wissen. Auch ihn umarmt sie, etwas weniger stürmisch als Amon, da Eligor es nicht mag, wenn sie ihre Arme um ihn schlingt, aber heute lässt er sie gerne gewähren. Er legt seine Arme behutsam um ihren Körper und vergräbt sein Gesicht in ihren Haaren. „Ich will es so. Vergiss nie, ich habe dich gern.", sagt Eli mit Tränen in den Augen zum Abschied. Auch ihm gibt sie einen Kuss auf die neblige Stirn, bevor er von Angron weggeschickt wird. Die hereinströmenden Zuschauer trauen ihren Augen nicht, als sie Eli in Eligors Armen sehen und die die noch früher hier waren, erzählen, dass auch Amon sich zu diesem Menschen hingezogen fühlt. Einige lachen böse, andere schütteln den Kopf. Um Ruhe in die Zuschauer zu bringen, bläst ein Diener von Angron das weisse Horn. Sofort verstummen alle und starren zu den Fürsten. Ein weiterer Sessel wird hingestellt, ganz vorn. Er ist breiter und mehr gepolstert als die anderen und der Stoff ist rot samtig und nicht schwarz wie bei den anderen. Ein Mann tritt aus dem Schatten hervor, er ist gross, schlank, aber dennoch muskulös, seine weisse Haut leuchtet wie die von Eli und er hat auch tief schwarzes Haar. Nur seine Augen sind anders als ihre, sie sehen wie brennendes Feuer aus, mit einem schwarzen Strich darin. Er hat Augen wie eine Schlange. Er trägt schwarze lange Kleider und einen silbernen Gurt. Alle Anwesenden verneigen sich, gar die Fürsten tun es. „Erhebt euch und geniesst mit mir diesen wundervollen Abend und feiert mit mir bis in die Nacht hinein.", verkündet er mit einer seidigen Stimme. Er weist mit der Hand auf Angron, der in der zwischen Zeit in die Arena getreten ist. Eli geht auf ihn zu, so selbstsicher wie sie ihn am Morgen in ihre Zelle gelockt hat. Er lächelt sie verschwörerisch an, dann zeigt er seine Fangzähne, die Eli glaubt heute Morgen nicht gesehen zu haben. „Grüsse unseren Herrn Sklavin!", flüstert Angron ihr zu. Doch sie bleibt still. Er fordert sie ein zweites Mal auf, aber auch diesmal bleibt Eli stumm wie ein Fisch. „Grüsse meinen Herrn!", fordert er Eli nun so laut auf, dass es jeder der Anwesenden hört. Anstatt ihn zu grüssen, spukt sie vor sich auf den sandigen Boden. Sie hat das erst vor kurzem in einem Restaurant gesehen, als ein Gast unzufrieden war und nicht bezahlen wollte. Der Mann auf dem roten Sessel lacht. „Du hattest Recht Angron, sie hat wirklich keine Furcht vor uns. Aber ich bin sicher, wir können sie das Fürchten lehren. Du sagtest, dass sie mit Eligor und Amon unterwegs sei." Suchend schaut er durch die zuschauerreihen, dann entdeckt er Amon. „Ah sieh an, da sind ja die Beiden, die dieses unerschrockene Mädchen hergebracht haben. Na los geht zu ihr!" Seine Stimme verfinstert sich zunehmend. Amon hüpft in den weichen Sand, während Eligor hinabschwebt. Ein stechendes Gefühl breitet sich in Elis Magen aus, dieses Gefühl hatte sie auch, als ihre Mutter von einem Schatten zerrissen wurde. Es kommt nur dann, wenn etwas Schlimmes auf sie zukommt. Genauso freudig wie am Nachmittag springt Amon an Elis Seite. Er drückt seinen Kopf an ihre Seite und lässt sich kraulen. Auch Eligors Augen beginnen wieder zu leuchten. Empörung macht sich unter den Anwesenden breit. Der Mann der eben Amon und Eligor aufgefordert hat, in die Arena zu gehen, streckt nun seine Hand aus. Die Zuschauer verstummen augenblicklich. „Kyriss du wirst gegen Eligor kämpfen, während Angron gegen Amon antritt!", befiehlt er mit seiner weichen Stimme. Die Menge jubelt. Eli mustert Amon, der seinen Schwanz zwischen die Hinterbeine klemmt, dann lässt sie ihren Blick zu Eligor schweifen, der sich langsam zurückzieht. Ein Mann, etwa so gross wie Angron, betritt die Arena. Sein Gesicht wird von Narben geziert. Seine Augen sind so schwarz wie die Neumondnacht. Seine Beine so dick wie Baumstämme, er reisst sich das Shirt vom Leib, darunter verbergen sich ein Muskulöser, aber vom Krieg gezeichneter Körper. Eli läuft einen kalten Schauer über den Rücken runter. Kyriss und Angron ballen die rechte Faust und legen sie auf ihr Herz, sie verneigen sich vor ihrem Herrn und geloben ihm ewige Treue. Dann ziehen sie ihre Waffen, sie bewegen sie bedrohlich auf Amon und Eligor zu, die verzweifelt einen Fluchtweg suchen, aber keinen finden.

Das weisse Fell von Amon ist schnell rot eingefärbt, er beisst und kratzt, aber gegen Angrons Schwerttechnik kann er nichts ausrichten. Bei Eligor sieht es nicht besser aus. Kyriss stiess sich das Schwert, mit dem er kämpft zuerst durch seinen Körper, nun kann er Eligor verletzen. Mit jedem Hieb, den er Eligor versetzt, wird der Nebel dichter. Er nimmt seine eigentliche Gestalt an und in dieser ist er verwundbar. Eli weiss nicht wo sie ihn schauen soll, ihre Freunde werden vor ihren Augen abgeschlachtet und sie kann nichts tun ausser zuzusehen. Nun wirft Angron auch noch eine Axt gegen Amons Schulter. Er kann nicht mehr ausweichen, er ist zu erschöpft. Er bricht zusammen, die Zuschauer Pfeifen, grölen laut und klatschen in die Hände. Einige schreien: „Töte ihn!" Kyriss hält inne, um Amon beim Streben zuzusehen. Gemütlich schlendert Angron auf den weissen Wolf zu, der knurrend auf dem Boden liegt. Er zieht einen Dolch aus seinem

Gürtel, streckt ihn in die Höhe um ihn den Zuschauern zu präsentieren. Sie jubeln noch lauter und fiebern auf den baldigen Tod von Amon hin. So schnell Eli kann, rennt sie zu Amon hin. Sie zieht ihm die Axt aus der Schulter und stellt sich zwischen Angron und Amon hin. Unbeeindruckt reisst Angron ihr die Axt aus den Händen und schubst sie weg. Erneut hält Angron den Dolch hoch über dem Kopf, aber bevor er zustossen kann, stellt sich Eli schützend vor Amons Kopf. „Bitte tu ihm nichts.", fleht sie ihn an. Tränen rinnen ihr übers Gesicht. Schluchzend fällt sie auf die Knie. „Ich bitte dich Angron, tu ihm nichts.", ein lautes Schluchzen drängt sich aus ihrer Kehle, „Ich werde auch deine Sklavin, ich werde alles tun was du willst. Wirklich alles, aber bitte, bitte lass Amon am Leben." Er macht einige Schritte zurück, spannt eine Armbrust mit einem blutigen Bolzen, richtet ihn auf Amons Kopf und wartet Elis Reaktion ab. Er drückt ab, doch der Bolzen trifft nicht Amons Kopf, sondern sein Hinterbein. Der Wolf heult auf vor Schmerz. Eli zwingt sich aufzustehen, sie reisst Amon den Bolzen aus dem Bein und stürmt auf Angron zu. Sie rammt ihm den Bolzen voller Kraft in die Brust. Er hat sie nicht einmal abgewehrt. Er zieht den Bolzen aus seinem Fleisch und spannt ihn erneut ein. Eli bleibt direkt davor stehen, sie schliesst die Augen. Angron schiebt sie aus der Schussbahn, zielt auf Amon, gerade als er den Abzug ziehen will, springt

Eli ihn von der Seite an. Sie schlägt ihn mit blossen Händen ins Gesicht, dann beisst sie ihn so fest sie kann in den Hals. Er verzieht das Gesicht, ein weiteres Mal beisst Eli zu, diesmal in die Schulter. „Du kleines verfluchtes Ding, um dich werde ich mich später kümmern, ich sagte dir ja, ich werde dir die Haut abziehen und dir mein Siegel einbrennen, bevor ich dich zerreisse!", er spukt vor Wut. „Pah du hast nicht den Mut mir das anzutun! Du tötest lieber einen wehrlosen Wolf, du armselige Kreatur!", schreit Eli ihn verzweifelt an. Angron stampft Wundbrand auf sie zu, doch Abyssa meldet sich zu Wort. „Warte! Ich will mit der Kleinen sprechen bevor du ihr was antust.", Neugierde zeichnet seine Stimme. Er springt so wie Amon in den Sand der Arena. Anmutig marschiert er auf Eli zu, die von Angron festgehalten wird. Zur Sicherheit seines Herrn drückt er ihr seinen Dolch an den Hals. „Verschwindet, na los! Ihr alle sollt gehen!", brüllt Abyssa die Zuschauer an. Sie stehen auf und gehen, aller Dings nur wiederwillig. Sie werfen verächtliche Blicke in seine Richtung, neigen aber den Kopf trotzdem bevor sie die Arena verlassen. „Angron mein treuer Diener, lass den Dolch sinken, ich will wissen was sie sieht, wenn ich sie berühre." Amon winselt im Hintergrund, Eligor zischt fürchterlich und selbst Angron macht einen Schritt zurück. Wie gebannt bleibt Eli ruhig vor Abyssa stehen, er legt seine Hände auf ihre zerzausten Haare. Eli fühlt eine eisige Kälte in ihren Kopf eindringen, vor Schmerz beisst sie sich auf die Lippe. Das Blut rinnt über ihr Kinn und tropft in den rot eingefärbten Sand. Bilder projizieren sich in ihren Kopf, sie sieht ihre Mutter erneut sterben, wie Amon von Schattenwesen auseinandergerissen wird und wie Eligor von einem Wasserwesen ertränkt wird. Selbst Azalea und Pyrus sieht sie in Flammen aufgehen. Schmerz und Trauer durchzucken ihren Körper. Endlich nimmt er seine Hände von ihrem Kopf und die Bilder verblassen allmählich. „Was hast du gesehen?" Eli starrt in die gelben Schlangenaugen, dann sagt sie: „Ich sah meine Mutter, wie sie mir Frühstück macht und ich sah Amon und Eligor an meiner Seite. Wir spielten miteinander, danach küsste ich Tilos Fell. Es war wunderschön, beinahe perfekt. Nur Azalea und Pyrus haben gefehlt." Abyssa lacht schmeichelnd. „Du lügst mich an, ich sehe die Bilder auch. Allerdings kenne ich nicht alle Wesen, die ich dir zeigte." Eli schluckt, wie sie das schon als Kind immer getan hat, wenn ihre Mutter sie beim Lügen ertappte. „Hier trink das und du siehst die Welt wie ich sie sehe." Er streckt ihr ein fein gearbeitetes Glas hin, das mit einem Deckel verschlossen ist. Als Eli das Glas nimmt, funkelt er sie an. Sie öffnet es, darin befindet sich eine übelriechende braun rote Flüssigkeit. Noch bevor Abyssa sie erneut auffordert es zu trinken, kippt Eli das

Gebräu runter. Ihr wird schlagartig übel, sie würgt und krümmt sich, doch Abyssa stellt sich hinter sie und streckt sie. „Wehe du kotzt!" Seine Stimme wirkt beunruhigend, aber nach einigen Minuten hat sie sich wieder unter Kontrolle. „Ihr zwei,", dabei zeigt er auf Amon und Eligor, „bringt sie in meinen Palast. Lass euch Zeit und zeigt ihr so viel von unserer Welt wie ihr könnt." Er schreitet weg, seine Diener folgen ihm, doch dann dreht er sich noch einmal zu Eli um. „Hier.", er zieht seine Kette ab und wirft sie ihr zu.

15

Eli hebt die Kette auf, sie ist fein gearbeitet. Das
silberne Band gleicht einem Spinnweben Faden, wobei
der Anhänger, in Form eines Blattes, aus feinem Gold
hergestellt wurde. Während sie losmarschieren, streift
sie sich die Halskette über. Damit niemand ihre Kette
sieht, versteckt sie Eli unter ihrem Shirt. Vor der Arena
warten alle Leute gespannt, als sie Eli und ihre beiden
Schattenfreunde sehen, wirken sie enttäuscht. Ein Kind
rennt zu Eli hin, es kann nur knapp vor ihr stehen.
„Was ist mit unserem Prinzen?" Eli würdigt das Kind
mit keiner Antwort, sie will nur weg von hier. Augen
verfolgen sie, bis sie durch das Eingangstor
hinausschreitet. Azalea legt besorgt ihre Hand auf Elis,
doch sie lächelt sie nur an und versichert ihr, dass alles
in Ordnung ist. Gemütlich geht Amon mit Eligor voran,
immer wieder werfen sie einen Blick auf Eli, um zu
sehen wie es ihr geht.

Nacht umgibt sie. Eli stolpert immer öfter über
Wurzeln, oder herumliegende Äste, daher beschliesst
Eligor, dass es Zeit ist ihr Nachtlager aufzuschlagen.
„Aber wir sind nicht geschützt Eligor, wir können hier
nicht übernachten!", meint Azalea in vorwurfsvollem
Ton. „Keine Sorge es wird immer jemand wache

stehen, die erste Wache übernimmt Sirus, dann ich, dann Amon.", beruhigt Eligor sie. In ihren Träumen versunken, bekommt Eli nichts mit bis zum nächsten Morgen. Azalea ist mit Pyrus unterwegs, sie sammeln Beeren und sonstige Pflanzen. Sirus erkundet die Umgebung. Plötzlich springt Amon auf, ohne Eligor Bescheid zu geben, wohin er geht, verschwindet er einfach zwischen den Bäumen. Nun sind nur noch Eli und Eligor im Lager. „Hat sich bei dir etwas verändert, seitdem du das Zeug von Abyssa getrunken hast?", fragt Eligor um das unangenehme schweigen zu beenden. Eli würde gerne lügen, aber sie weiss, dass Eligor es bemerken würde, daher sagt sie nur: „Ja." Seine Augen leuchten auf, Neugierde liegt darin. „Sag es den anderen nicht! Ich weiss nicht wie ich es dir erklären soll, aber ich sehe bei allen mehr als zuvor. Also bei Amon zum Beispiel, schwarze Nebelschwaden schweben um ihn und dunklerer beinahe fassbarer Nebel durchdringt ihn. Er sieht aus wie aufgespiesst." Um von ihrer zitternden Stimme abzulenken, reibt sie sich die Hände. „Ah, das ist nicht schlimm. Ich sehe die Welt nur so. Du gewöhnst dich daran, glaub mir." Sirus kommt hinter einem Baum hervor, damit ist die Unterhaltung zwischen Eli und Eligor endgültig beendet. Obwohl Eli so viele Fragen hat, stellt sie keine einzige. Mit einer Hand voll Blätter kommt Pyrus zurück zum Lager, Azalea hat Beeren in den Händen.

Trotz ihres eher ungesunden Aussehens isst Eli einige von ihnen, dann nimmt sie noch dankend ein paar Blätter aus Pyrus Hand. Endlich brechen sie auf, diesmal geht Eli voran. Obwohl sie nicht weiss wohin sie geht, marschiert sie eilig voran. Vor einer Wiese hält Eli inne, sie bewundert die Schönheit der Blumen, die verschiedenen Düfte und Farben betören sie. Um an einer Blume zu riechen, lehnt sie sich vor, doch Amon drängt sich dazwischen. „Lass das! Ich will an dieser Blume riechen!", sagt sie schroff und schubst ihn zur Seite. „Ihr Duft enthält Gift! Aber wenn du gerne daran schnuppern möchtest, nur zu!" Erschrocken schaut Eli hin und her, aber sie kann nur ihre Freunde erkennen. Diese Stimme, sie hat sie noch nie gehört, daher glaubt sie, dass noch jemand auf der Weise sein muss. Aber sie kann niemanden sehen. „Zeig dich!", befiehlt sie herrisch. Doch niemand taucht auf. „Kannst du mich hören?", fragt die Stimme ohne Körper nach. Hektisch blickt Eli sich um, aber auch diesmal hat sie kein Glück. Niemand zu sehen. Woher kommt diese Stimme nur, Eli legt ihre Hände aufs Gesicht. „Ich werde verrückt.", schluchzt sie. „Nein wirst du nicht, ich bin`s Amon." Mit weit aufgerissenen Augen starrt sie zu ihm. „Das ist ganz unmöglich, ich ich kann dich nicht verstehen, du bist ein Dämonenwolf und und ich bin ein Mensch." Elis Gedanken überschlagen sich. Sie lässt sich auf den

Boden fallen, winkelt die Beine an und schlingt die Arme um sich. „Keine Sorge Eli, mein Schatz, das geht vorüber. Du kannst mich nur solange hören, wie der Trank seine Wirkung hat. Sobald die Wirkung nachlässt, wirst du mich auch nicht mehr hören und alles wird wie zuvor. Versprochen.", muntert Amon Eli auf. „Ich muss einen Moment für mich haben, um meine Gedanken zu sortieren.", sagt Eli in die besorgten Gesicherter. Sie weiss nicht wo sie beginnen soll, dann beschliesst sie, dass sie alles von Anfang an noch einmal durchdenkt. In Gedanken ist Eli nun an dem Tag, an dem sie Amon kennen gelernt hat. Sie schaut auf die Blumenwiese vor ihr, nimmt sie aber nicht richtig wahr. Etwas prallt direkt vor ihren Füssen auf die Wiese, es muss riesig sein, weil die Erde kurz bebte. Aus ihren Gedanken gerissen, blickt Eli auf eine Kreatur mit Flügeln. Es ähnelt einem Pferd, ist aber knochiger und mit Leder überspannt anstatt mit Fell. Es hat Krallen an den Hufen, lange scharfe Krallen und einen spitzen Schnabel. Elis Nackenhaare stellen sich auf, sie löst ihre Arme und drückt die Handflächen gegen das weiche Gras, auf dem sie sitzt. Bei jeder kleinen Bewegung schreit das Flügelwesen auf, dann klappert es mit seinem Schnabel. Langsam rutscht Eli auf ihrem Po weg von der Wiese auf den Wald hinter ihr zu. Es klappert erst wieder als Eli unabsichtlich einen Zweig zerbricht, es hebt die Vorderbeine und schlägt in die Luft, dann spannt es seine Flügel und rennt auf Eli zu. Sie nimmt ihre Arme vors Gesicht. Im letzten Moment reisst sie ihre Arme weg und dreht sich, so dass das Pferd neben ihr durch rennt. Schnaubend bleibt es stehen. Die lederartige Haut verändert sich, einigen Orten beginnt sie zu brennen, die Flammen sind aber nicht orange gelblich wie bei einer Fackel, sondern blau. Selbst die Augen der Bestie werden zu blauen Flammen. Blitzschnell steht Eli auf, abwehrend nimmt sie die Hände vor den Körper, doch das Vieh scharrt mit seiner Klaue am Boden. Erneut rennt es auf Eli zu, diesmal schnappt es nach ihr, als sie ausweicht. Angron tritt aus dem Schatten des Waldes, nun wird Eli klar, weshalb ihre Begleiter ihr nicht halfen. Er hebt die Hand um das Pferd zu beruhigen, schnell trottet es zu ihm hin. Er nimmt den Kopf des Pferdes in die Hände, dann streichelt er es sanft. Mit einer Kopfbewegung Richtung Himmel schickt er es weg. Es breitet seine Flügel aus, mühelos steigt es in die Höhe. Neidisch schaut Eli dem Wesen nach. Doch dann konzentriert sich Eli voll und ganz auf Angron. Wie angewurzelt bleibt sie stehen, als er auf sie zukommt. „Ich verstehe nicht, was mein Prinz an dir findet, aber das muss ich zum Glück auch nicht." Er streckt seine Hand nach ihr aus. Eli weicht zurück, doch Angron bleibt im selben Abstand zu ihr. Er streckt seine Finger durch ihr Haar, ballt sie zur Faust und zieht Eli an sich heran. Seinen zweiten Arm, legt er um ihre Hüften. Er vergräbt sein Gesicht in ihren Haaren und küsst ihr sanft den Hals. Eli versucht sich loszureissen, aber gegen Angrons Kraft kann sie nicht ausrichten. „Keine Sorge ich darf dir nichts tun, solange mein Prinz dir die Kette überlässt. Zumindest nichts was du nicht auch willst." Er lächelt sie vielsagend an. „Lass mich los!", fordert Eli ihn auf, doch sein Griff löst sich nicht. Im Gegenteil, er schlingt seine Arme noch enger um sie. „Ich soll dir eine Nachricht von Abyssa übermitteln, er wünscht dich am Winterfest in seinem Palast zu sehen. Nur dich!" Nach einer Weile fragt er nach, ob sie damit einverstanden ist. „Ich werde da sein, mit Amon und Eligor. Ohne sie werde ich keinen Fuss in seinen Palast setzten!" Ein letztes Mal drück Angron sein Gesicht gegen ihren Hals, er riecht an ihr und küsst sie sanft. „Wenn er dich nicht will, dann gehörst du mir und glaub mir ich weiss genau was ich mit dir tun werde.", flüstert er ihr verschwörerisch ins Ohr, dann lässt er sie los. Er winkt seine Männer zu sich, die Waffen auf Elis Freunde gerichtet. „Gib mir einen Kuss und ich lasse deine Freunde ohne einen Kratzer laufen." „Du erpresst mich?", stellt Eli verblüfft fest. Er lächelt sie frech an, gibt ihr aber keine Antwort. Eli schaut sich um, erst jetzt fällt ihr auf, dass die Welt um sie herum dunkler wurde, obwohl es Mittag ist und sie auf einer Wiese voller Blumen steht. War die Welt immer so dunkel, oder verdunkelt sie Angron mit seiner Anwesenheit? Bevor sie tut was er sagt, schaut sie zu Amon, der Angron in der Arena am liebsten getötet hätte, aber nun senkt er den Blick und legt die Ohren an. Das kann unmöglich Angron sein, sonst würde Amon anders reagieren, er würde seinen Blick nicht senken. „Na was ist? Gibst du mir was ich haben will, oder lässt du deine Freunde leiden?" Eli erwidert seinen Blick, sie sucht die gelben Augen hinter Angrons schwarzen Augen. Eli ist sich sicher, dass sie Abyssa vor sich hat und nicht sein treuer Diener. Sie tritt so nahe an ihn heran, dass sie ihren Kopf an seine Brust legen könnte. Er senkt seinen Kopf um den gewünschten Kuss zu erhalten, stattdessen flüstert Eli ihm in Ohr: „Ich weiss das du es bist Abyssa." Überrascht schaut er sie an. Da seine Tarnung aufgeflogen ist, verwandelt er sich zurück. Eli stockt der Atem, als sich nicht nur der Körper, sondern auch der Nebel um ihn herum verändert. Bei Angron war es ein roter Nebel, bedrohlich, aber aushaltbar, doch bei Abyssa sieht es ganz anders aus. Der Nebel ist dunkler als ihre Haare und so dicht, dass Eli glaubt ihn anfassen zu können. Dazu kommt, dass sein Nebel eine Gestalt hat, bei allen anderen sieht es so aus, als würden sie von einer Wolke verfolgt, aber bei Abyssa sieht es so aus, als würde er der Wolke folgen. Desto länger Eli seinen pechschwarzen Nebel anstarrt, desto unruhiger wird sie. Sie glaubt für einen kurzen Moment ein Gesicht gesehen zu haben, doch nun ist es wieder weg. „Zieh deine Wesen zurück, dann gebe ich dir was du willst!" Er neigt den Kopf, hebt die Hand, ballt die Faust und öffnet sie wieder. Die verschiedenen Wesen ziehen sich in den Wald zurück. Eli vergewissert sich ob wirklich alle verschwunden sind, dann stellt sie sich auf ihre Zehenspitzen, legt die Amre um Abyssa, der die Umarmung erwidert und küsst ihn kurz auf den Mund. Erneut steckt er seine Finger durch ihr Haar, sanft zieht er sie an sich heran. Mit einem Ruck hebt er sie an, als Reaktion legt sie ihre Beine um seine Hüfte. Schnell löst sie ihre Beine und lässt sie an seinen herunterbaumeln. Nach kurzer Zeit schmerzt ihr der Rücken, so dass sie die Beine erneut um ihn schlingt. Da Eli zu Amon schaut um ihn um Hilfe anzubetteln, leckt Abyssa ihren Hals bis unter ihr Kinn. Amon neigt seinen Kopf vor Abyssa und legt sich hin. Dadurch gibt er Eli zu verstehen, dass er ihr nicht helfen kann. Erneut leckt er an ihrem Hals, doch dann beisst er sie sanft. Böse funkelt sie ihn an, doch er macht weiter, als hätte sie Freude daran. Er öffnet die Faust in ihren Haaren und legt seine flache Hand an ihren Hinterkopf. Eisige Kälte durchzuckt sie. Doch diesmal sieht sie keine schrecklichen Bilder aus ihrer Vergangenheit oder ihren Ängsten, nein, sie fühlt ein Feuer in ihr brennen. Zuneigung und Lust steigen in ihr auf, sie verzerrt sich nach ihm. Ihre Hände streicheln über seinen makellosen Körper, feurig leidenschaftlich küsst sie ihn. Sie beisst ihm in die Lippe, dann berühren sich ihre Zungen. Ein Feuerwerk an Gefühlen durchströmt Eli. Ihre Leidenschaft brennt heisser als Feuer, sie will ihn. Jetzt und hier. Elegant lässt sie ihre Hand unter sein Shirt gleiten, sie will seine Muskeln fühlen, seine Wärme und noch viel mehr. Während einem heissen Kuss, nimmt Abyssa seine Hand von ihrem Kopf. Eli kommt zu sich, schneller als es ihr lieb ist. Sie zieht ihre Hand sofort unter seinem Shirt hervor, unterbricht den Kuss abrupt und zappelt wild herum. Behutsam stellt Abyssa sie vor sich ab, aber er lässt ihren Arm nicht los. „Hier." Er drückt ihr ein ähnliches Glasfläschchen in die Hand wie in der Arena. Er beugt sich zu ihr um sie ein letztes Mal zu küssen, doch Eli wendet das Gesicht ab. Sanft drückt er seine Lippen auf ihre Wange, dann marschiert er über die Wiese. Das fliegende Pferd landet vor ihm und er schwingt sich elegant auf seinen Rücken. Wenige Augenblicke später ist er verschwunden.

16

Der Zwischenfall mit Abyssa ist nun einige Tage her. Eli wurde von niemandem auf ihren plötzlichen Lustanfall angesprochen, aber nun ist sie es, die das heikle Thema aufgreift. „Bitte sei ehrlich, kann Abyssa seine Gestalt so verändern wie er will?" Um nicht antworten zu müssen, nickt Amon nur und Eligor pflichtet ihm bei. „Na schön und kann er auch Gefühle manipulieren? Ich meine ich, ich wäre ihm nicht freiwillig so nahegekommen und hätte naja ihr wisst schon, dass alles gemacht, wenn ich bei Sinnen gewesen wäre." Amon sucht bei Eligor Hilfe, der aber weiss auch nicht was er sagen soll, daher schweigen die Beiden. „Hör mal Eli, auch wenn ich als Kind oft mit Abyssa gespielt habe, heisst das nicht zwingend, dass ich alles über ihn weiss. Gerade solche Dinge können sich erst mit dem Erwachsen werden, das heisst mit der Ausbildung zeigen.", gibt Eligor zu bedenken. Amon schaut ihn verblüfft an, er hätte nie so beruhigende Worte gefunden. Nach dieser eher speziellen und für Eli nicht sehr aufmunternden Unterhaltung gehen sie stumm nebeneinander her. Sirus schrille Stimme beendet die so friedliche Ruhe plötzlich. „Da vorn ist etwas Grosses!" Azalea und Pyrus bleiben stehen, sie haben vor nahezu allem

Angst, was sich in diesen Wäldern herumtreibt. Eli kann es ihnen nicht verübeln, sie sind so klein und absolut wehrlos. „Ein Riese.", knurrt Amon zwischen seinen Zähnen hindurch. Rückwärts weg schleichen geht nicht mehr, weil der Riese sie entdeckt hat. Azalea und Pyrus rennen mit Sirus weg, sie verstecken sich unter einer Wurzel. Der Riese stampft auf Eli zu, er nimmt sie grob in die Hand, seine Finger umschliessen ihren Körper. Nur ihr Kopf und die Füsse sind nicht mit seinen Fingern bedeckt. Er starrt sie mit seinen viel zu grossen Glubschaugen an. Seine Ohren stehen weit vom Kopf ab und seine Zähne faulen vor sich hin. Er brüllt Eli an, Sabber tropft ihr ins Gesicht und der Gestank seines Atems bringt sie zum Würgen. Wütend schüttelt er sie zwei Mal auf und ab, ihre Ohren pfeifen, der Kopf schmerzt. Ihr Herz schlägt ihr hart gegen den Hals. Während dem Schütteln rutschte ihre Kette unterm Shirt hervor, nun prangt sie auf ihrer Brust. Der Riese hebt sie hoch zu seinem Gesicht und mustert mit einem Auge, die fein gearbeitete Halskette. Erneut schreit er, diesmal ist Eli so nahe an seinem Maul, dass sie brechen muss von dem fauligen Gestank. Wütend tritt der Reise gegen etwas, erst jetzt kann Eli erkennen, dass Amon ihn in den Fuss beisst. Auch Eligor hat seine Kampfhaltung angenommen und stürmt auf den Riesen zu. Seine langen messerscharfen Klauen dringen mühelos in das Fleisch ein. Der Riese zerquetscht Eli beinahe, sie muss etwas unternehmen, dass er sich wieder beruhigt, sonst wird sie als Blutfleck in seiner Hand enden. „Greift ihn nicht weiter an, sonst drückt er mich noch zu Tode!", schreit Eli so laut sie kann. Amon hat sie zum Glück gehört, er rennt zu Eligor und teilt ihm mit was Eli ihm zugerufen hat. Die Beiden, von Elis warte aus gesehen winzigen Kreaturen, ziehen sich zurück. Nun gilt die ungeteilte Aufmerksamkeit des Riesen ihr. Daran hatte Eli gar nicht gedacht, sie wollte nur nicht wie eine Fliege zerdrückt werden. Der Riese scheint sein Interesse an Eli schnell zu verlieren, aber anstatt sie abzusetzen, wirft er sie in die Luft. So laut hat sie noch nie geschrien, ihre Stimme versagt nach kurzer Zeit. Sie ist so weit weg vom Boden wie noch nie zuvor, die Bäume wirken vom höchsten Punkt, den sie erreicht wie kleine in den Bodengerammte Speere. Ihr Herzschlag wird immer stärker und lauter, sie hat Angst auf dem Boden aufzuprallen, doch der Riese fängt sie auf. Sie ist unverletzt. Damit der Riese sie nicht noch einmal in die Luft wirft, klammert sie sich an seinem Finger fest. Mit seinen Riesen Fingern, pflückt er sie ab seiner Hand. Nun baumelt sie immer noch gefährlich hoch über dem Boden, nur von zwei Fingern gehalten. Ein schallendes Gekreische bringt die Luft zum Vibrieren, der Riese duckt sich zwischen die Bäume. Achtlos lässt er Eli fallen, Amon springt in die Luft, reisst seine Schnauze auf und fängt Eli ab. Seine spitzen Zähne drücke ihr gegen den Körper, aber es ist besser, als auf dem Boden aufzuschlagen. Als seine vier Pfoten wieder am Boden sind, öffnet er seine Schnauze und Eli sinkt in einem Schwall von Sabber auf die warme Erde. Angewidert, aber dankbar krault sie Amon den Hals. Ein gigantischer Schatten verdeckt die Sonne, Eli traut sich nicht nach oben zu sehen. Erneut kreischt ein Wesen, so laut, dass Eli sich die Ohren zuhalten muss. Ihr Blick fällt auf den Riesen, der dasselbe tut wie sie. Mit einem Ruck wird er angehoben und von der Erde gerissen. Er packt zwei Bäume, die er mit sich reisst. Das muss ein Drache sein, Eli besass als Kind eine Figur eines Drachen. Ihr Vater hat ihr das Fabelwesen geschnitzt und dieser hier sieht beinahe so aus wie die kleine Holzfigur aus ihren Erinnerungen. Aber ihr Vater sagte ihr, dass Drachen ausgestorben wären und dass sie nie, niemals einen sehen würde. Doch nun sieht sie einen, er ist braun rot, hat Hörner auf dem Kopf und sehr scharfe riesige Zahne und kräftige, klauenbesetzte Greiffüsse. Auch wenn der Drache sie nicht holen kommt, duckt sie sich unter einen Baum. Ihr Blick folgt ihm durch das Blätterdach des Baumes, bis sie ihn am Horizont nicht mehr erkennen kann. Azalea ist die erste, die sich aus ihrem Versteck traut. Fassungslos schaut sie an den Himmel. Ihr Gesicht verrät ihre Angst, ein Riese ist schon schlimm, aber dann auch noch ein Drache. Das ist zu viel für das kleine Baumwesen. „Der Norden beherbergt wirklich nur gefährliche Kreaturen.", stellt sie niedergeschlagen fest. „Hier leben keine Baumwesen oder Zwerge. Auch wenn sie mürrisch sind, sie sind so freundlich und versuchen nicht dich zu fressen. Ich vermisse das einfache Leben jenseits des verfluchten Waldes.", Traurigkeit überschattet ihre Stimme. Doch Eli gefällt die Welt hier immer besser, sie möchte gerne einen kleinen Drachen sehen und Riesen, selbst ein Wasserwesen wäre ihr recht. „Ich weiss du magst diese Welt nicht und ich weiss auch, dass du gerne zurückgehen würdest. Aber mir gefällt es hier und ich möchte gerne noch mehr sehen, mehr erfahren. Bei den Menschen in meinem Dorf gibt es nichts solches. Es gibt nichts was mich zurückruft, daher werde ich mit Amon und Eligor weiter in den Norden gehen. Ich bitte dich Sirus, begleite Azalea und Pyrus Nachhause. Ich werde dich irgendeinmal besuchen kommen.", verspricht Eli mit einem Lächeln, dass man erwidern muss. „Diese Kreaturen werden dich Fressen oder schlimmeres mit dir anstellen, hast du den Prinzen bereits vergessen?", schimpft Azalea wütend. „Nein ich habe ihn nicht vergessen und ich werde ihn auch nicht vergessen, aber ich glaube er wird mir nichts tun. Und Angron wird sich nicht an mich herantrauen.", Elis Stimme klingt sicherer als sie sich fühlt. Pyrus zieht

Azalea zu sich und umarmt sie, dann verabschieden sie sich voneinander. Sirus führt die beiden Baumwesen zurück in den Süden, dorthin wo sie hingehören. Kaum ist Azalea weg, schleicht ein Marder um Elis Beine herum. Schnell hebt sie ihn hoch, es ist Tilo. Wo war er die ganze Zeit, fragt sich Eli. „Er mochte Azalea nicht, denn Baumweibchen lieben Marder, es ist ihr Leibgericht und daher war er nur nett zu ihr, wenn du in der Nähe warst. Er liess sich gar von ihr streicheln, obwohl das gegen ihre Natur geht. Jetzt ist Azalea weg und Tilo wieder bei uns, das ist doch schön nicht?", fragt Eligor. Eli nickt und gibt dem Marder einen Kuss auf den Kopf. „Du hast gesagt, dass du gerne ein paar Riesen sehen würdest? Da vorn ist das Tal der Riesen, es ist unmöglich ihr Revier zu durchqueren ohne mindestens Einem zu begegnen.", muntert er Eli auf, die Azalea bereits vermisst. Doch die Aussicht einen Riesen zu sehen hellt ihre Stimmung gleich wieder auf. Eilig schreitet sie voran. Sie sind nicht weit gekommen, da knurrt Elis Magen. Amon schlägt vor eine kleine Pause zu machen und etwas zu jagen. Die Beiden lassen Tilo und Eli allein zurück, da hebt sich auf einmal ein Gesicht von einer pechschwarzen Rinde ab. Eli schreckt zurück, doch Tilo geht schnuppernd auf das Wesen zu. Als es die Augen öffnet und kleine rote Punkte erscheinen erkennt Eli das Wesen. Das muss ein Feuerwesen sein und tatsächlich, kaum hat sie an seine Rasse gedacht, brennt auch schon eine Flamme auf seiner Fingerspitze. Eilig sucht Eli etwas Holz zusammen, das von dem Feuerwesen nur zu gerne angezündet wird. Über den veraschten Körper fliessen Feuerlinien. Entzückt von seinem Aussehen, will Eli ihn anfassen, doch er weicht zurück. „Sie sind glühend heiss. Du solltest sie nicht anfassen.", stellt Amon hinter ihr fest. Eli erschreckt sich beinahe zu Tode. „Schleich dich nicht so an mich heran!", schimpft sie mit ihm. Er hat ein Wildschwein gerissen, das direkt neben dem viel zu kleinen Feuer liegt. Schnell sucht Eli noch mehr Holz zusammen, Tilo bringt kleine Zweige an ihr Lager. Eli streichelt ihn um ihm zu danken, dass er ihr Hilft. Das Feuerwesen freut sich sichtlich darauf, das zusammengesammelte Holz zu entzünden. Seine Hände glühen rot, dann lässt er Flammen am Holz lecken. Es knistert und knirscht, dann brennt der erste Stamm. Eligor bringt einen riesigen Ast mit, den er mit einem Ruck durch die Seite des Wildscheines rammt. Nun muss nur noch das Fell abgezogen werden. Auch diese Arbeit über nimmt Eligor, er lässt seine neblige Hand zu klauen werden, mit den scharfen Fingern, schneidet er mühelos durch das Fleisch. Sobald die äusserste Schicht gar ist, schneidet Eligor ein Stück für Eli ab, er legt es auf ein Stück saubere Rinde, damit sie sich nicht daran verbrennt. Bei jedem einzelnen Fleischstück bedankt sich Eli höflich. Tilo hüpft ihr auf den Schoss und bettelt, natürlich gibt sie ihm etwas ab. Erst gegen Abend ist das ganze Wildschwein gegessen, daher übernachten sie gleich hier.

Der Duft von gebratenem Fisch steigt Eli in die Nase. Sie öffnet die Augen, rauch weht ihr ins Gesicht. Sie reibt sich die Augen, bis das Brennen nachlässt, erst dann öffnet sie diese erneut. Tilo liegt nicht mehr neben ihr, auch Eligor ist weg, nur Amon ist bei ihr geblieben. Er neigt den Kopf in eine Richtung, Eli folgt seinem Blick und erkennt, dass Eligor mit Tilo spielt. Erleichtert atmet sie aus. Der Marder hüpft und springt herum, immer wieder geht er zu Eligor hin und rennt dann wieder weg. Lächelnd schaut Eli ihnen zu, Tilo hat den Riesen und den Drachen bestimmt schon vergessen, doch Eli nicht. Sie will mehr denn je einen Drachen sehen, wenn er klein ist, möchte sie ihn sogar anfassen. Obwohl Amon ihr dringen davon abrät einen Drachen anzufassen, er meint immer nur: „Drachen sind gefährliche, feuerspuckende Wesen und man sollte ihnen besser nicht zu nahekommen." Doch Eli hat es sich in den Kopf gesetzt einen anzufassen und wenn sie erst einmal etwas will, dann setzt sie ihren Kopf durch. Nach einem ausgiebigen Fischfrühstück machen sie sich auf den Weg in Richtung Norden. Ein Schatten huscht über sie hinweg, freudig hebt Eli ihren Kopf und tatsächlich es ist ein Drache, ein Vielfaches kleiner als der Drache, der den Riesen gefressen hat. Hoffnungsvoll blickt Eli zu Amon, doch er schüttelt nur den Kopf. Nachdem sie ihn anfleht doch zu dem Drachen zu gehen, willigt er ein, aber er will nicht in seine Nähe kommen. Sie folgen dem Geschrei des Drachen auf einen Hügel, durch ein grasbewachsenes Tal, durch das ein Fluss fliesst und dann auf einen felsigen Berg. Auf einem Vorsprung machen sie halt. „Da oben muss es sein.", Elis Augen leuchten vor Aufregung. Eligor hält sie zurück, als sie losstürmen will. „Ich gehe zuerst, ich schaue wie gefährlich er ist und du bleibst hier und wartest, bis ich zurückkomme. Klar?" Eifrig nickt sie. Kurz nach dem der Schatten, hinter dem nächst höherem Vorsprung verschwunden ist, versucht Eli sich wegzuschleichen, doch Amon bemerkt sie und zieht sie zurück. Die Sekunden ziehen sich, Eli glaubt bereits, dass Eligor nicht mehr zurückkommen wird, aber da entdeckt sie einen schwarzen Nebel zu ihren Füssen sinken. Aus dem Nichts baut er sich vor ihr auf. „Das ist kein Jungtier, sondern eine kleine Drachenart. Sie hat ein Nest dort oben, in dem drei Junge sitzen. Sobald die Mutter aufbricht um Essen für die Kleinen zu holen, steigen wir nach oben. Du kannst eines Der Jungtiere anfassen. Die sind noch nicht so bissig und ich glaube, die können noch kein Feuer spucken." Ihr Gesicht erhellt sich und ihre Augen funkeln wild. Es dauert nicht lange bis die Mutter aufbricht um Nachschub für ihre Jungen zu holen. Schnell klettert Eli mit Eligors Hilfe über den Felsvorsprung. Da ist es, ein Nest. Es sieht aus wie ein Vogelnest, Zweige, Moos und Blätter sind zusammengesteckt worden um einen Korb für die Kleinen zu bauen. Vorsichtig nähert sich Eli dem Nest, darin liegen drei kleine Drachen, zwei sind blau und einer rot. Langsam streckt Eli ihre rechte Hand aus, doch bevor sie den kleinsten der drei Drachen berühren kann, beisst er zu. „Au!", zischt sie. Die kleinen Zähne reissen ihr die Haut auf, Blut sickert aus ihrer Wunde. Schnell wischt sie sich das Blut am Shirt ab und versucht es erneut. Sie kniet sich neben das Nest um an ihren Hals zu kommen. Der kleine rote Drache reisst sein Maul auf und zischt sie an. Funken sprühen aus seiner Kehle, aber Eli erreichen sie nicht. Das kleine Wesen marschiert mit hoch erhobenem Kopf auf Eli zu. Mit seinen Klauenfüsschen greift er nach den Zweigen im Nest. Als einer Bricht, stürzt er beinahe, doch er kann sich auffangen. Nun steht er am Nest Rand und die Funken würde Eli erwischen, wenn er noch einmal spucken würde. Doch er scheint eher an ihr interessiert zu sein, er streckt seinen Kopf zu ihr hin und Eli streichelt ihn. Er fühlt sich an wie eine Schlange nur viel, viel wärmer. Der kleine Kerl streckt seien Flügel aus und präsentiert sich von seiner besten Seite. Sie lächelt ihn an, am liebsten würde sie ihn

mitnehmen, aber sie weiss, dass sie das nicht kann und
Amon würde es ihr auch nicht erlauben. Selbst der
Prinz hätte nicht Freude an einem Drachen erklärt ihr
Eligor, der ihren Gesichtsausdruck genau richtig
gedeutet hat. „Eli wir können keinen Drachen mit uns
nehmen. Wir könnten ihn nicht einmal ernähren und
seine Mutter würde ihn vermissen. Und wie du sicher
gemerkt hast, sind sie unberechenbar, manchmal
beissen sie einfach oder spucken Feuer gegen einen."
Eli senkt den Kopf, aber sie versteht Eligor gut. Eine
Sekunde passt Eli nicht auf, da beisst der Rote zu.
Ruckartig versucht sie ihre Hand aus seinem Maul zu
ziehen, aber er beisst nur noch fester zu. Eligor reisst
dem Kleinen das Maul auf, wimmernd rutscht Eli
zurück. Doch als der kleine Drache zu kreischen
beginnt, befielt sie Eligor ihn loszulassen. Wiederwillig
gehorcht er. Bereits wenige Sekunden nachdem Eligor
ihn losgelassen hat, hüpft er über den Nest Rand
hinaus und stolziert auf Eli zu, die schützend die Hände
vor Gesicht nimmt. Doch anstatt mit Feuer zu spucken
oder erneut zuzubeissen, leckt er ihre Wunde ab. Seine
Zunge ist rau und heiss, erschrocken zieht Eli ihre Hand
zurück, doch dann streckt sie sie ihm hin. Erneut leckt
er über ihre Hand. Er stellt sich auf seine Hinterbeine
um grösser zu wirken, als Eli aufsteht. Seine
Vorderbeine drücken ihr in den Magen, aber sie lässt
ihn. Erst jetzt entdeckt Eli, dass dieser Drache

Hörnchen auf dem Kopf hat, die beiden Blauen haben das nicht. Neben den Hörnchen sind spitze Ohren zu erkennen. Sie streichelt ihm über den Kopf und kratzt ihn hinter den Ohren. Ein Geräusch zwischen schnurren und zischen röhrt aus seiner Kehle. „Wir sollten und langsam auf den Weg machen, Drachenmütter bleiben nie lange fern von ihren Jungen.", mahnt Eligor sie, aber Eli will noch nicht gehen, daher ignoriert sie ihn einfach. Völlig von dem kleinen Drachen abgelenkt, der mittlerweile mit ihr spielt und für sie Funken regnen lässt, bemerkt Eli nicht, dass ein Schatten über sie hinweg huscht. Ein Windstoss zerzaust ihre Haare, dann dreht sie sich um. Die Mutter steht direkt hinter ihr, sie hebt den Kopf zum Himmel und schreit so fürchterlich, dass Eli sich die Ohren zuhalten muss. Ihr Gesicht wird noch weisser, als es ohnehin schon ist. Schützend stellt sich Eligor vor sie, doch die Drachenmutter schlägt ihn mit ihrer Vorderpranke weg. Er löst sich in Nebel auf. Erneut steht der kleine Drache auf die Hinterbeine und lehnt sich gegen Eli. Seine Mutter senkt den Kopf, auf Elis Stirn bildet sich kalter Schweiss, als die Drachenmutter immer näher kommt mit ihrem gewaltigen Kopf. Sanft stupst sie den kleinen roten Drachen an, aus ihrer Kehle dringt Rauch und ein bedrohliches Grollen. Der kleine Drache fiept vor sich hin, dann leckt er Elis Arm ab. Als Reaktion streichelt sie seinen Kopf. Der Kleine geniesst seine Streicheleinheiten so sehr, dass die Mutter ihren Kopf direkt vor Eli hinstreckt. Behutsam legt sie ihre Hand an den grossen Kopf, mit den scharfen Zähnen. Wie bei ihrem Baby krault Eli ihr den Kopf. Es scheint ihr zu gefallen, sie schliesst die Augen, so wirkt sie gleich weniger bedrohlich. Erleichtert Atmet Eli auf. Ihr Blick schweift an den Ort, an dem Eligor sich in Nebel aufgelöst hat. Am Boden schwirrt schwarzer Nebel herum, der sich langsam formt. Es dauert bestimmt nicht mehr lange und er ist wieder ganz der Alte. Die Drachenmutter legt sich vor Eli auf den Bauch, nun klettern auch die beiden blauen Drachenbabys aus dem Nest. Sie kuscheln sich an die Seite ihrer Mutter. Gerade als Eli die Nase der Drachenmutter mit der einen Hand und den roten Babydrache mit der anderen Hand streichelt, steigt Eligor aus dem schwarzen Nebel am Boden auf. Da Eli so ruhig bleibt, öffnet die Drachenmutter nur das Auge und schliesst es dann sogleich wieder. Sie vertraut ihr, ihr Herz macht ein Sprung. „Eligor komm her! Sie vertraut mit, siehst du?", verkündet Eli freudig. Seine Augen Flammen auf, das Feuer in ihm ist entzündet, so wie immer, wenn er sich über etwas freut. Erleichtert schwebt er an Elis Seite. „Du bist einfach unglaublich.", stellt er verdutzt fest. Mit einem Sprung landet Amon neben der Drachenmutter, er knurrt sie an, fletscht die

Zähne und macht sich angriffsbereit. Ruckartig dreht sie den Kopf, sie fixiert Amon mit ihren schlangenhaften gelb rötlichen Augen. Damit die Situation nicht eskaliert, rennt Eli vor Amon, sie streckt sie Amre aus um die Drachenmutter zu schützen. Überrascht Eli zu sehen, stellt er seine Ohren kerzengerade auf, seine Zunge hängt ihm aus dem Mund und er hechelt. Nun kommt Tilo, der sich auf seinem Rücken versteckt hat nach vorn auf seinen Kopf. Er klettert schnell an Amons Beinen hinunter, als er Eli entdeckt und klettert ebenso schnell an ihr hinauf. Auf ihrer Schulter macht er sich bequem. Er kerkert ihr noch etwas zu, dann drückt Tilo sein Fellgesicht an Elis Wange. Auch Amon drückt seine Schnauze an Eli, dann mustert er noch einmal die Drachenmutter, die wieder ganz ruhig auf dem Bauch liegt. Der kleine rote Drache hüpft auf Amon zu, schnuppert an seinem Bein, dann senkt Amon den Kopf, so dass er an dem kleinen schnuppern kann. Die beiden verstehen sich auf Anhieb gut, Amon schleckt dem kleinen roten Wesen über den schuppigen Kopf. Der kleine Drache erwidert die Geste. Nur Tilo hat immer noch Angst, daher verabschiedet sich Elis Gruppe nach kurzer Zeit. Der Abstieg ist um einiges schwerer als der Aufstieg. Eli stürzt mehrere Male, einmal schlägt sie sich sogar das Knie auf.

Am späten Nachmittag kommen sie endlich in das grasbewachsene Tal mit dem Fluss zurück. Das Feuerwesen, dass Gestern zu ihnen gestossen ist, wartet dort auf sie. Schnell suchen Eli und Eligor Feuerholz zusammen. Tilo und Amon suchen in der zwischen Zeit etwas Essbares. Wie sich herausstellt ist Tilo ein guter Schwimmer, er fängt sechs Fische, die Amon zum Feuer trägt. Dazu hat er noch mehrere Äste mit Beeren in der Schnauzte. Eli nimmt ihm die Zweige aus dem Mund und pflückt die Beeren von den Ästen, während dessen bereitet Eligor den Fisch zu. Da der Fisch aufgespiesst auf einem Zweig gebraten wird, braucht Eli keine Rinde um den Fisch zu essen, sie beisst so in den Fisch um ihn zu essen. Amon und Eligor essen nichts, sie gehen später noch auf die Jagt.

17

Um sich zu waschen geht Eli zum Fluss. Am Ufer zieht sie Schuhe aus. Die Hosen und das Shirt behält sie an, weil sie die Saschen gerne waschen würde. Neben einen grossen Stein watet sie in das seichte Wasser. Eli hat nie gelernt zu schwimmen, daher meidet sie tiefes Wasser. In ihrem ehemaligen Dorf gab es keinen Fluss oder See, indem man hätte schwimmen könne, es gab nur einen Bach und der war nicht genug tief. Kleine Fische schwimmen zu ihren Füssen und knabbern an ihnen. Eli bricht in schallendem Lachen aus, durch die Vibration verschwinden die Fische so schnell wie sie gekommen sind. Das Wasser ist kalt, an Elis Beinen kriecht Gänsehaut hoch. Trotz der Kälte will sie sich waschen, besonders ihr Shirt, ihr Blut klebt immer noch daran. Jedes Mal, wenn die Drachenmutter übers Tal hinweg fliegt schlägt Elis Herz schneller. Aber sie muss in den Norden, denn der Prinz der Schattenwesen und allem Bösen auf dieser Welt, erwartet sie zum Winterfest in seinem Palast. Dabei hat sie den anderen verschwiegen, wenn sie es nicht recht zeitig schaffen, wird Amon und Eligor dafür bestraft und wie Eli Abyssa kennen gelernt hat, hat es die Strafe in sich. Immer wenn sie an ihn denkt, errötet ihr Gesicht. Das kalte Wasser, das nun über ihre

Schultern strömt kühlt sie gleich wieder runter. Die Schmutzflecken an ihren Hosen, kann Eli schnell auswaschen, aber der Blutfleck am Shirt bringt sie nicht vollends weg. Frierend steigt Eli aus dem Fluss, sie legt sich auf den angewärmten Boden um ihre Kleider an der Sonne trockenen zu lassen. Schnell schläft sie ein, ein sanfter Biss in ihre Nase von Tilo weckt sie. Mit seinen Knopfaugen starrt er sie an, bis sie aufsteht und zu Amon ins Lager zurückkehrt. Am Nachmittag brechen sie auf, Eligor schwebt anmutig voran, heute ist er glücklich bemerkt Eli schnell, aber sie weiss nicht genau warum. „Hey Eligor, was stimmt dich so glücklich?", fragt Eli ohne sich die Frage genauer zu überlegen. Er dreht seinen Kopf um hundertachtzig Grad und schaut sie mit feurigen Augen an. „Bald kommen wir in mein Reich, das Reich der Schatten und Nebelkreaturen.", schnurrt er lieblich. Eli runzelt die Stirn, wie meint er sein Reich? Eligor sieht ihre Verwirrung und erklärt ihr, dass er von Abyssa zu einem Fürsten ernannt wurde vor langer, langer Zeit und seit jenem Tag gehört ihm das Reich der Schatten. Er kann dort tun und lassen was er will und nur Abyssa höchstpersönlich kann ihm etwas verbieten. „Das wusste ich gar nicht.", stellt Eli mit Bedauern fest. „Du hast nie gefragt und ich fand es bisher nicht wichtig es dir zu sagen und nur dass du es weisst Amon ist auch ein sogenannter Fürst von Abyssa. Er herrscht über alle

Kampftruppen, die er besitzt, ausser über das Heer von Angron und Kyriss." Überrascht und beunruhigt zugleich mustert sie ihre Begleiter nun mit anderen Augen als bisher. „Ihr seid also Lakaien von Abyssa und ihr fandet es nicht sinnvoll mir das zu erzählen, immerhin marschieren wir in seinen Palast!", Eli kann die Wut und Enttäuschung nicht aus ihrer Stimme fernhalten. Amon funkelt Eligor wütend an, der aber macht nur eine abfällige Handbewegung. „Du sagst uns auch nicht alles.", faucht er zurück. „Dann frag mich was immer du wissen willst. Ich werde dir alles beantworten." Aber wie sich Eli gedacht hat, stellt er keine Fragen. Nun marschieren sie schweigend nebeneinander her, bis sie zu einem alten, verrotteten Baum kommen. „Ab hier ist mein Reich. Wir werden hier etwas länger verweilen, als im Tal der Reisen und Drachen.", stellt Eligor fest. Eli getraut sich nicht zu wiedersprechen. Daher sagt sie nichts dazu, sie marschiert Eligor mit gesenktem Kopf nach bis zu einer Lichtung. „Hier werden wir schlafen.", er zeigt mit seiner Krallenhand auf eine mit moosbewachsene Stelle unter freiem Himmel. Aus dem dunklen Wald, der die Lichtung umsäumt, dringen gegen Abend immer mehr unheilvolle Geräusche. Augen in verschiedenen Farben leuchten in der herannahenden Dunkelheit. Zischen und Fauchen, dann ein Grollen Eli schaudert es, sie drückt sich eng an Amons weisses

Fell. „Hast du schiss?", zieht Amon sie auf. Eli
antwortet nicht, dafür kuschelt sie sich noch fester an
ihn. Er legt seinen Schwanz auf ihren
zusammengerollten Körper, nur ihr Gesicht ist nicht
mit weissem Fell bedeckt.

Der Mond steht am höchsten Punkt des
Nachthimmels, Eli nimmt an, dass ungefähr
Mitternacht sein muss. Amon atmet regelmässig und
ruhig. Tilo hat sich auf seinem Nacken
zusammengerollt und schläft ebenfalls, nur von Eligor
ist keine Spur zu sehen. Zögernd zieht sie den
schützenden Schanz ab ihren Körper, dabei erwacht
Amon beinahe, dann schleicht sie sich weg. Eli glaubt
in der Ferne Eligors Stimme zu hören, die Stimme, die
er in Elis Gegenwart nicht benutzt, weil ihr sonst das
Blut in den Adern gefeiert, aber sie ist sich trotzdem
ganz sicher, dass er es ist. Lautlos nähert sie sich dem
Geräusch, tatsächlich, die Laute stammen von einem
Schatten, aber es kann nicht Eligor sein, denn dieser
Schatten hier hat gelbe Augen. Um dieses gelbäugige
Wesen stehen eine Menge kleinerer Schatten, die ihm
gebannt zuhören. Er lässt seinen Blick durch seine
Anhänger schweifen, doch sein Blick verläuft sich im
nichts, dann starrt er genau in ihre Richtung. Sie drückt
ihre Hand gegen die Brust um ihr Herz zu zwingen
leiser zu schlagen, aber es hilft nichts. Das Wesen hat
sie eindeutig erkannt. Was soll sie nun tun?

Wegrennen oder Eligor um Hilfe rufen? Nein das kann sie nicht, immer hin ist sie sauer auf ihn, weil er ihr nichts davon gesagt hat und es nicht für nötig gefunden hatte. Natürlich weiss Eli, dass es kindisch ist von ihr, aber sie will ihren Kopf durchsetzt und das kann sie im Moment nur so. Das Wesen schreitet auf Eli zu, seine Anhänger machen ihm Platz, sie neigen den Kopf vor diesem Wesen, einbiege Krümmen sich gar so zusammen, dass nur noch ein schwarzer Nebelfleck zu sehen ist. Eli tritt hinter dem Baum hervor, wo sie sich zum Spionieren versteckt hatte. „Was machst du hier Eli?", fragt das gelbäugige Wesen auf einmal. Erschrocken, dass dieses Wesen ihren Namen kennt, stolpert sie rückwärts, sie stürzt über eine Wurzel und landet auf dem harten Waldboden. Der Schatten eilt auf sie zu, um ihr beim Aufstehen zu helfen, doch Eli wirft die Arme vor den Körper um ihn abzuwehren. „Eli ich bin es Eligor, ich habe in meinem Reich gelbe Augen, damit mich mein Volk sofort erkennt. Diese Schatten dort drüben, das ist mein Gefolge.", beruhigt er sie. „Eligor?", fragt Eli verwirrt. Als er nickt, schlingt sie ihre Arme um ihn. „Ich hatte solche Angst. Bitte verzeih, dass ich dir vorgeworfen habe du würdest mir nicht alles erzählen. Auch wenn es stimmt.", das letzte sagt Eli trotzig um Eligor zu ärgern. „Ich nehme deine seltsame Entschuldigung entgegen, aber ich möchte gerne einige Tage hier bleiben um dir mein Reich zu zeigen. Da ich hier das Sagen habe, ist es auch nicht gefährlich hier herum zu spazieren.", fügt er geschickt hinzu um Elis Interesse zu wecken. „Was lebt denn alles hier?", fragt Eli hoffnungsvoll, ihr erstes Abenteuer gleich jetzt zu beginnen. „Ich werde dir Morgen die ersten Kreaturen zeigen und jetzt geh schlafen, Amon macht sich bestimmt bereits sorgen um dich, denn Tilo versteckt sich hinter dem Baum, allerdings ziemlich ungeschickt." Eli dreht sich um und tatsächlich, sie kann Tilos Hinterbeine und seinen Schwanz deutlich im Mondschein erkennen. Sie ruft ihn zu sich, er klettert elegant an ihr hoch, dann machen sie sich zusammen auf den Weg zurück zu Amon. Der bereits sorgenvoll in alle Richtungen starrt. Eli flüstert eine Entschuldigung, dass sie sich einfach so davongestohlen hat, kuschelt sich dann an Amons Seite und schläft sofort ein. Sie träumt von Drachen, Riesen und Nixen und natürlich sind ihre drei Begleiter an ihrer Seite.

Die Mittagssonne wärmt Elis Gesicht, genüsslich streckt sie sich, dann fällt ihr auf, dass die Sonne bereits hoch am Himmel steht. „Bist du endlich aufgewacht?", fragt Eligor lässig. Eli würdigt ihn keiner Antwort, aber sie geht zu ihm hin. „Lass uns Kreaturen entdecken." Ihr strahlendes Gesicht lässt Eligor lächeln. „Ich habe da etwas für dich vorbereitet. Ich hoffe es gefällt dir.", er weist mit seiner Hand zu einem Nahegelegenen Fluss. Voller Ungeduld hüpft Eli vor Eligor her, sie kann es kaum erwarten die Überraschung zu sehen. Der Fluss fliesst durch eine Vertiefung in der Erde, so muss Eli wirklich direkt davor stehen um Eligors Überraschung zu sehen. Vorsichtig beugt sie sich über die Kante, sie traut ihren Augen kaum. Eligor hat verschiedene Kreaturen zusammengerufen, nur damit Eli sie sehen kann. „Du kannst ruhig zu ihnen gehen und sie anfassen, wenn du magst. Ich habe ihnen befohlen dir nichts zu tun, egal was du machst.", sanft schiebt er sie näher. Überglücklich umarmt Eli ihn, dann krabbelt sie unbeholfen zum Fluss hinunter. Unter den versammelten Wesen kennt Eli nur zwei oder drei Rassen, eine Nixe ist hier und ein Zwerg und etwas Kleines, dass um ihren Kopf schwirrt, glaubt Eli, dass es eine Fee sein muss. „Kannst du sie beten sich vorzustellen und ihre Rasse zu nennen?", fragt Eli, die mittlerweile bis zu den Knöcheln im Wasser steht. Ohne das Eligor es ihnen Befehlen muss, stellt sich eine Nixe vor, dann der Zwerg und ein durchsichtiges Wesen, dass behauptet nur aus klarem Quellwasser zu bestehen. Selbst die kleine Fee, die ihr zuvor um den Kopf geschwirrt ist, stellt sich vor. Diverse Schlangen und gar ein Basilisk sind gekommen. Eli schwebt wie auf Wolken, sie ist glücklich all diese Wesen kennen gelernt zu haben. „Ich werde dir noch andere Wesen zeigen, aber dazu muss es Nacht sein. Nur von einem solltest du dich in Acht nehmen, selbst ich kann ihn nicht vollends beherrschen. Es ist ein Gestaltwandler, er liebt es harmlos aussehende Gestalten zu imitieren um dann andere zu fressen."

Den Rest der Woche verbringt Eli sehr viel Zeit mit Eligor, er zeigt ihr verschiedene Wesen und den Gestaltwandler. Am letzten Abend in seinem Reich, lässt Eligor ein Fest machen, beinahe alle Wesen, die Eli kennen gelernt hat, sind anwesend. „Abyssa hat dir ja ein Getränk gegeben in der Arena, so dass du die Welt mit seinen Augen sehen kannst. Siehst du eigentlich immer noch so? Oder hast du das Andere Getränk getrunken?", fragt er so, dass es sonst niemand hört. „Nein ich sehe die Welt wieder mit meinen Augen, aber ich habe die andere Flüssigkeit noch nicht getrunken.", erzählt Eli, dann zeigt sie ihm als Beweis die volle Flasche. Fasziniert sieht er sie an, sagt aber nichts mehr zu ihr. Sie feiern bis tief in die Nacht hinein. Einige der Wesen machen Musik mit ihrem Körper oder sie benutzen Hilfsmittel, die sie im Wald gefunden haben. Es herrscht eine ausgelassene Stimmung.

18

So stolz, wie Eli Amon noch nie gehen sah, marschiert er in sein Reich ein. Riesige Kreaturen stürmen herbei, alle mit ihrem Kampfgeschrei. Verängstigt macht Eli einige Schritte zurück, doch Amon schaut sie beruhigend an. Er knurrt die heranrennenden Wesen an, die mitten im Sprint die Vorderbeine in den Boden rammen um stehen zu bleiben. Die Kreaturen werden von einem Bären angeführt, er trägt eine eiserne Rüstung und ein kleiner, flacher Helm auf dem Schädel. Sein braunes Fell ragt überall neben der Rüstung hervor, dennoch wirkt es sehr bedrohlich. Langsam trottet der Bär auf Amon zu, der seinen Kopf nur noch höher in die Luft streckt. Witternd drückt der Bär Amon seine Schnauze in den Hals, dann brüllt er. Die Kreaturen, die in einem Halbkreis stehen geblieben sind, kommen nun näher. Eli die Tilo auf der Schulter trägt, tritt an Eligors Seite. Sie greift nach seinem Arm, rutscht aber durch den Nebel hindurch. Verwundert schaut er sie an, dann verdichtet er den Nebel so, dass Eli sich an ihm festhalten kann. Aus dem Wald schiessen drei Wölfe auf Amon zu, sie flitzen neben Eli durch und springen ihn wild an. Sie beissen ihn in die Beine, den Hals und in den Schwanz. Erst als ein dröhnendes Knurren Amons Rachen verlässt, benehmen sich die drei Wölfe, wie der Rest der anwesenden Kreaturen. Sie neigen die Köpfe und treten zurück. Elis Augen sind starr vor Schreck, sie weiss nicht, ob sie sich hier wohl fühlen wird. Sobald Amon zu ihr schaut versucht sie ihn anzulächeln, aber es gelingt ihr nicht. Er trottet zu ihr hin, stupst sie leicht an mit seiner Nase und leckt ihr über den Arm. Die Krieger flippen aus, sie schreien wild durcheinander, einige stellen sich auf die Hinterbeine oder reissen die Arme in die Höhe. Doch Amon interessiert es nicht, er bleibt ruhig neben Eli stehen. „Du brauchst keine Angst zu haben, immerhin bin ich hier der Fürst und diese Krieger dort, müssen tun, was immer ich ihnen befehle." Eli ist nicht sicher, ob Amon diese Meute bluthungriger Krieger wirklich bändigen kann. „Schweigt!", knurrt er. Gebannt starren ihn alle an, sie verstummen innert Sekunden und wirken nun wieder wie Tiere. Zu grosse Tiere, aber Tiere. Die Wesen hier sind viel aufgedrehter als in Eligors Reich. Eli vermisst die friedvolle Umgebung des Schattenreiches, obwohl sie weiss, dass die Wesen nur freundlich zu ihr waren, weil Eligor es ihnen befohlen hatte. Amon stellt Eligor vor, den allen Anschein nach bereits alle kennen, dann wird sie vorgestellt. Bei ihr reagieren die Kreaturen mit Abscheu, bei Tilo sieht es wieder anders aus. Die kleineren Wesen kommen näher um ihn zu begutachten. Während er die kleinen

Krieger näherkommen sieht, keckert er so laut er kann,
aber es hilft nichts. Nun stehen Frettchen,
Eichhörnchen, Hasen und viele andere kleine Tiere
vor ihr, sie alle wollen Tilo genauer betrachten. Er
versteckt sich in ihren Haaren, nur noch sein
Schwänzchen ragt hervor. Eines der Eichhörnchen
stellt seine Pfote auf Elis Schuh, sein rotes Fell ähnelt
dem eines Fuchses, neugierig schnuppert es an ihr,
getraut sich aber nicht an ihr hochzuklettern. Tilo
steckt seinen Kopf aus Elis Haaren und starrt zu den
Eichhörnchen zu ihren Füssen. In dem er seine Krallen
durch Elis Kleidung drückt, klettert er so langsam
herunter, wie noch nie. Ab und zu erwischt Tilo nicht
nur die Kleidung, seine Krallen sind scharf, daher
durchdringen sie Elis Haut mit Leichtigkeit. Sie presst
ihre Lippen zusammen, um nicht wie eine Mimose
dazu stehen. Endlich springt der Marder auf den
Boden, er wird von verschiedenen kleinen Tieren
umringt und beschnuppert, aber auch Tilo schnuppert
an ihnen. Nach einer sehr frostigen Begrüssung
stolpert Eli dem Kriegeranführer hinterher.
Geradewegs marschiert er zu einer Höhle, die
grossgenug ist um zwanzig Menschen darin wohnen zu
lassen. Nebst weichem Moos und Blätter, liegen auch
Decken bereit. Noch bevor Eli denken kann, woher
Amon all die Decken hat, sagt er: „Die sind von
Kreuzzügen und Plünderungen, Abyssa wollte sie nicht

und ich finde sie sehr bequem." Bevor Amon mich getroffen hat, war sein Leben wohl ziemlich spannender als jetzt, denkt sich Eli. Müde von der Wanderung und der beängstigenden Begrüssung, gähnt Eli, sie will nur noch schlafen. In zwei Decken eingewickelt, legt sie sich hin. Normalerweise ist Tilo bei ihr, bis sie eingeschlafen ist, aber heute treibt er sich mit den kleinen Kriegern herum. Eli will gar nicht wissen, was sie anstellen, sie hofft nur, dass Tilo sie nicht vergisst. Eligor zieht sich in den dunkelsten Ecken der Höhle zurück und döst vor sich hin. Obwohl Amon sich nicht müde oder erschöpft fühlt, legt er sich neben Eli hin, die schlaftrunken etwas vor sich hin brabbelt.

Ohne einen bestimmten Grund zu haben, schreckt Eli aus ihrem Traum hoch. Enttäuscht stellt sie fest, dass sie allein in der Höhle ist. Mit schwerem Herzen geht sie aus der Höhle. Vor dem dunklen Loch in der Erde bleibt sie stehen. Niemand zu sehen. Enttäuscht senkt Eli den Kopf. Eine Nussschale landet auf ihrem Kopf, zuerst denkt sich Eli, dass müssen die verfluchten Eichhörnchen sein, aber als sie zu der Höhlendecke hochschaut, erkennt sie Eligor. Er sitzt gemütlich auf dem Erdvorsprung. Er lässt schwarzen Nebel vor den Höhleneingang riesen und formt sich vor Eli neu. „Wir lassen dich nie allein, vergiss das nicht.", mahnt Eligor sie. Natürlich weiss Eli das, dennoch beunruhigt es sie, allein aufzuwachen. Normalerweise drückt sie ihr Gesicht in Amons weisses, weiches Fell und schaut Eligor in die feurigen Augen. Tilo schläft auf Amons Rücke oder auf ihrem Bauch. Aber heute Morgen war alles anders. Hechelnd rennt Amon zwischen den Bäumen hervor, er bleibt vor Eli stehen, die ihn missmutig anschaut. Er richtet seine Ohren auf und legt sie dann ganz nahe an seinen Kopf, den er dann senkt. Ohne darüber nachzudenken, krault Eli seinen Kopf. Seit sie in seinem Reich sind, verhält er sich merkwürdig, aber sie will nicht mit ihm streiten.

Es wird von Tag zu Tag kälter und stürmischer, der Herbst bricht an. Die Blätter verfärben sich, das saftige grün verschwindet. Windböen zeihen durch die mittlerweile kahlen Baumkronen. Die Krieger verziehen sich in ihren Höhlen, aber sie sind alle wach, sogar die Eichhörnchen. Wie jeden Tag verlässt Eli die Höhle mit Eligor, denn Amon ist mit seinen Kriegerfreunden unterwegs. Wahrscheinlich spielt er mit den Wölfen oder übt mit dem Bären. In den letzten Wochen kam Amon nicht einmal mehr jede Nacht zurück um zu sehen wie es Eli geht. Aber heute wartet er geduldig vor der Höhle, er starrt Eli an, sobald sie herauskommt. Überglücklich ihn wieder einmal zu sehen, will Eli auf ihn zu rennen, aber sie ruft sich ins

Gedächtnis, dass er sie in der letzten Woche nur ein Mal besucht hat und das auch nur mit seinen kleineren Artgenossen. Daher schaut sie ihn einfach nur an, sie geht mit Eligor an ihm vorbei ohne ihn zu beachten. „Wir sollten aufbrechen, das Winterfest ist in weniger als zwei Wochen und Kyriss streift durch mein Revier.", knurrt Amon. „Ich habe euch doch vor Monaten gesagt, dass Abyssa mich auf dem Winterfest erwartet, ich nehme an, dass er nervös ist, weil wir nicht bereits dort sind.", gibt Eli gelassen zurück. „Das hast du uns nur sagen wollen, hast es aber vergessen. Aber wir sollten rechtzeitig dort sein, wenn wie heute noch aufbrechen.", sagt Eligor. Amon pflichtet ihm schnell bei. Kaum losmarschiert, fühlt Eli die erste Schneeflocke auf ihrer Stirn. Sie schaut in den Himmel, die grau, weissen Wolken entleeren sich, bald liegt überall Schnee. In Fellen eingehüllt kommt Eli nur langsam voran, aber streift sie sie ab, dann friert sie viel zu schnell. Ihre dünnen Schuhe schützen sie kaum vor der Kälte und Nässe. Immer wieder müssen sie Rasten und ein Feuer entfachen. Zum Glück hat Eli in den vergangenen Monaten ein paar Feuerbeschwörer Worte gelernt. So geht das Feure machen viel schneller. Nach dem ersten Tag bezweifelt Amon, das sie rechtzeitig an Abyssas Palast ankommen werden, aber er sagt nichts. Die darauffolgenden Tage werden nicht besser als der erste. Nach einer Woche haben sie erst einen Drittel der Reise hinter sich und die Schneestürme nehmen zu. „Morgen verlassen wir mein Reich und kommen in Abyssas. Eli du solltest die Kette von ihm nun offen tragen, sonst kommen wir immer wieder in Schwierigkeiten.", mahnt der schneebedeckte Wolf. Mit eisigen Fingern zieht Eli an der Kette, bis sie auf ihrem Dekolleté zum Vorschein kommt. In einer Höhle suchen Eli und ihre Begleiter Schutz vor der Kälte und dem Schnee. Früh am nächsten Morgen brechen sie wieder auf, nach einigen Stunden überqueren sie die Grenze zu Abyssas Reich. Es dauert nicht lange und sie treffen den ersten Wachposten an. Grimmig dreinsehende Männer sitzen vor einem kleinen Steinhaus. Auf ihren Köpfen liegt Schnee. Amon marschiert genau auf diese Männer zu, die ihre Waffen ziehen und auf sie richten. Erst als sie die Kette sehen, nehmen sie die Waffen runter. Einer geht ins Haus hinein und kocht Wasser, mit einigen Kräutern und Gewürzen mischt er einen geniessbaren Tee an. Um sich aufzuwärmen tritt Eli ebenfalls ein, Eligor begleitet sie, aber Amon bleibt draussen. Nach einem wärmenden Tee und einem Stück Brot mit etwas Trockenfleisch machen sie sich erneut auf den Weg. Noch an diesem Abend beschliessen sie, dass Eli ab dem morgigen Tage auf Amons Rücken reiten wird, damit sie schneller vorankommen. Eli selbst findet den Vorschlag alles andere als gut, aber sie muss einwilligen. Denn was Abyssa mit Amon und Eligor tun wird, falls sie zu spät kommen, ist Elis Geheimnis.

Erschöpft kommen Eligor und Amon, auf dessen Rücken Eli reitet, an Abyssas Palastmauer an. Mit Schwertern versperren zwei Wachmänner ihnen den Weg. Erst als Eli ihre Halskette zeigt, wird ihnen Einlass gewährt. Der Palast ist gigantisch, Stufen aus Marmor führen zu der Eingangstüre, auf deren Seiten hohe Säulen aufgestellt sind. In der Eingangshalle entdeckt Eli mehrere Gemälde von Abyssa und eine Statue von ihm, eine Treppe auf jeder Seite führt in den ersten Stock, gerade aus ist ein langgezogener Flur. Die Wände sind mit Goldenen Mustern und Wandmalereien geschmückt. Vor den verglasten Fenstern hängen Vorhänge, die fliessendem Gold ähneln, Eli bestaunt alles, gibt aber kein Geräusch von sich. Ein Diener wartet in der Eingangshalle, er ist klein, dick und in Seide gehüllt. „Fürst Amon aus dem Kriegerreich und Fürst Eligor aus dem Schattenreich, mein Herr wartet bereits auf eure Ankunft. Er ist im grossen Audienzsaal, bitte folgt mir." Als Eli ihnen folgen will, dreht sich das kleine, runde Wesen zu ihr um, er streckt die Hand empor und deutet auf die Treppen. „Mona wird sich um dich kümmern, bis Abyssa, mein Herr dich sehen will." Doch anstatt auf die Treppe zuzugehen und zu gehorchen, folgt Eli

Amon und Eligor mit einigen Schritten abstand. Eine Tür wird von den kleinen Händen aufgeschoben, es ist sichtlich anstrengend für ihn, aber niemand will ihm helfen, nicht einmal die Wachleute neben der Tür. Der Schatten und sein Wolf treten ein, währenddessen versteckt sich Eli hinter einem dicken Vorhang. Der kleine, runde Diener tritt nicht ein, er marschiert neben Eli durch zurück in die Eingangshalle. Eli bleibt unentdeckt. Mit hoch erhobenem Kopf bleibt Eli vor den Wachmännern stehen, die sich ihr in den Weg stellen. „Ich bin hier auf Abyssas Befehl." Als Beweis streckt sie den Beiden ihre Halskette hin. Sie schauen einander an, dann wieder auf Eli und die Kette. Unsicher treten sie beiseite. Leise öffnet Eli die Tür, sie schiebt sich hinein. Ein grosser Raum erstreckt sich vor ihr, an dessen Ende ein Stuhl steht. Abyssa sitzt aber nicht darauf, er schleicht um Amon herum, der wie in der Arena seinen Schanz zwischen die Hinterbeine klemmt. In einer fremden Sprache sagt er etwas zu ihm, daraufhin legt sich Amon auf den Boden. Eligor festigt seine Gestalt, bis beinahe kein Nebel mehr um ihn vorhanden ist. So deutlich wie jetzt hat sie ihn noch nie gesehen. Er kniet vor Abyssa hin, den Kopf gesenkt und wartet auf etwas. Nun schleicht der Herr dieses Palastes um Eligor herum, der seinen Kopf immer noch gesenkt hält, aber zwischenzeitlich aufgestanden ist. Um besser sehen zu können, was da vorn vor sich geht, schleicht Eli der Wand entlang. Als sie um einen schönen, elegant geschnitzten Holztisch schleicht, hängt Eli mit ihrem Fuss am Tischbein ein. Ein wunderschön gearbeiteter blauer Krug fällt auf den dunkelgrauen Marmor. Die Scherben fliegen durch den Raum, das Klirren der am Boden umherschlitternden Scherben lenkt Abyssas Aufmerksamkeit auf sie. Er fixiert sie mit seinen Schlangenaugen, sein schwarzes Gewand zieht er hinter sich auf dem Boden nach, während er auf Eli zugeht.

19

Bevor Abyssa etwas zu Eli sagen kann, schwingt die Tür auf. Angron und Kyriss treten ein, sie grölen laut, verstummen aber schnell, als Abyssa sie böse anfunkelt. Beide ballen die Hand und legen sie auf ihr Herz, mit einer tiefen Verneigung entschuldigen sie sich. Nun lacht Abyssa. „Seit wann seid ihr Beide denn so höflich?", fragt er amüsiert. „Waren wir schon immer, nur wir zeigen es nicht allzu oft.", sagt Kyriss frech. „Welcher von euch erhebt eigentlich Anspruch auf diese Sklavin?", fragt Abyssa unerwartet nach. Kyriss tritt hervor. „Ich mein Herr, eigentlich schlug sie Angron vor seine Sklavin zu werden, aber er hat sie mir überlassen für zwei meiner Hörigen." „Gut, dann nimm sie mit, aber sei bitte nett zu ihr, sie ist mein Ehrengast am Winterfest. Ich werde später noch zu dir kommen um mit dir über sie zu sprechen.", sagt Abyssa, der nun bedrohlich nahe vor Eli steht. Er senkt seinen Kopf, eilt mit grossen Schritten auf Eli zu und packt sie am Arm. Eli kratzt und schlägt wild um sich, sie beisst ihm gar in den Arm, aber er lässt sie nicht los. Egal wie heftig sie sich wehrt, er zieht sie einfach mit sich aus dem Raum. Angron schliesst hinter ihr die Tür, dann marschieren sie mit Eli zurück zu der Eingangshalle, die Treppe hinauf in ein Zimmer. Auch dieses ist wunderschön geschmückt. Doch Eli achtet sich kaum auf die Umgebung, sie ist damit beschäftig sich aus Kyriss Griff zu befreien. Endlich lässt er sie los, seine Finger haben rote Abdrücke auf ihrer Haut hinterlassen. Schnell zieht Eli sich in einen Ecken zurück, reibt sich den Arm und lässt ihre Gedanken um Amon und Eligor im unteren Stock kreisen. „Was wird er ihnen antun?", fragt sich Eli im Flüsterton selbst. „Nichts, vorerst zumindest.", beantwortet ihr Kyriss die Frage. Erschrocken hebt Eli ihren Blick, er ist direkt vor ihr in der Hocke. „Hast du Hunger oder Durst? Willst du Baden oder dich frisch machen?", fragt er Eli aufrichtig. Doch Eli schüttelt nur den Kopf. „Auch gut.", sagt er nun weniger freundlich. Es klopft an der Tür. Angron ruft: „Herein!", sogleich schwingt die Tür erneut auf. Eine Frau mit blondem Haar und braungebrannter Haut tritt ein. Ihre grünen Augen strahlen, sie verneigt sich kurz, dann tritt sie neben Kyriss. „Mein Herr, ich meine Kyriss,", dann schaut sie zu Angron hinüber, „Ich soll für Prinz Abyssa dieses Mädchen hübsch machen." „Nicht jetzt!", faucht er sie an. Sie stolpert einige Schritte zurück, ihr Blick ist nun voller Angst. „Komm her Mona, ich will mir die Zeit vertreiben.", fordert Angron sie auf. Sie senkt ihren Kopf, schreitet zu ihm hin, der sie aufs Bett wirft. Er reisst sich das Shirt vom Leib, sein Körper trieft vor Lust, doch Mona sieht eher eingeschüchtert aus. Er schiebt ihr das Kleid hoch und sich die Hose nach unten. Eli ist wie gelähmt, sie kann sich nicht bewegen, geschweige denn etwas sagen. Erst mit Monas erstem Schrei, findet Eli sich wieder in ihrem Körper. Sie ballt die Hände, dann schreit sie: „Lass sie in Ruhe!" Angron hält inne, er schaut über seine Schulter in ihre Richtung, aber nicht seine Stimme ertönt, sondern die weinerliche Stimme von Mona. „Wieso hörst du auf meinen Herrn? Ich gehöre dir und das weisst du." Er legt seine Hand auf ihren Hals und drückt zu, hilflos schlägt sie ihm auf den Arm. Bevor sie das Bewusstsein verliert, lässt er sie los. Hustend japst sie nach Luft. „Heul nicht oder es wird schlimmer und sprich nicht, wenn du nicht aufgefordert wurdest." Schluchzend bringt Mona noch: „Ja mein Herr.", zustande. Auch über Elis Wangen rinnen Tränen. Es ist unbegreiflich wie Angron Mona so quälen kann und dabei Freude verspürt. Um ihm nicht weiter zusehen zu müssen, blickt Eli nun Kyriss an, der seinen Blick nicht mehr von der schrecklichen Szene auf dem Bett wenden kann oder will. Eli will sich von Kyriss wegschleichen, so lange er abgelenkt ist. Sie hat sich noch keine fünf Zentimeter wegbewegt, da bewegt sich Kyriss. „Falls du nicht so enden willst wie Mona, dann bleib in meiner Nähe und tu was ich dir sage. Nun kennst du die Strafe für ungehorsam sein. Wobei diese hier,", dabei deutet er aufs Bett, „noch ziemlich harmlos ist." Erneut klopft es an der Tür, diesmal steht Kyriss auf um die Tür zu öffnen. Er lässt einen jungen Mann eintreten. Beunruhigt schaut er zum Bett. „Ich eh, ich komme später nochmals, wenn mein Herr nicht mehr beschäftigt ist.", stottert er. Doch Kyriss versperrt ihm den Ausgang. „Hast du dich gut bei Angron eingelebt Sinron?", fragt Kyriss beiläufig. Sein Blick ist aber bereits wieder auf das Bett gerichtet. „Was!?", ruft Angron genervt vom Bett her. Sinron wird blass, dann tritt er näher zu Angron heran. Er flüstert ihm etwas zu, daraufhin wird er geohrfeigt. Sein Herr zeigt in eine Ecke, in die er folgsam steht und wartet bis er fertig ist. Angron flüstert mit Sinron, der nach wie vor blass ist. Nach wenigen Minuten verlässt er den Raum mit Mona, die sich für ihre Bemerkung entschuldigt und für die Strafe dankt. Fassungslos schaut Eli ihr nach. „Wieso hast du das getan?", fragt Eli leise. „Weil ich Lust dazu hatte.", entgegnet Angron. „Ich hätte sie dir nicht geben sollen. Aber egal, nun hast du sie. Abyssa will uns nachher noch sehen." Angron nickt nur, dann schaut er Eli an. Doch Kyriss winkt ab. „Glaub mir die Kleine wird uns folgen und brav sein. Ich habe ihr gesagt, dass diese Art von Bestrafung normal ist und auch ziemlich harmlos." Überrascht nickt er, dann öffnet er die Tür, Kyriss geht voran. Als er Eli immer noch in ihrem Ecken sieht ruft er sie zu sich. Da Eli nicht wie Mona enden will, steht sie auf und begleitet

Kyriss, dicht gefolgt von Angron. Erneut treten sie in die grosse Audienzhalle, Amon liegt immer noch am Boden, doch Eligor ist weg. Ohne die Beiden anzusehen, sagt Abyssa. „Sinron war eben bei mir, er berichtete mir von dir und Mona, Angron." Eli kann sehen, wie sich die Rädchen in Angrons Kopf drehen um eine geeignete Erklärung zu finden. Doch er findet keine, daher sagt er nichts zu seiner Verteidigung. „Grosszügiger weise, werde ich über deinen Ausrutscher hinwegsehen. Lasst mich mit Eli allein!", befiehlt er. Schnell verlassen sie den Raum. Angron sieht erleichtert aus, als er die Tür hinter sich zuzieht. Nun ist Eli mit Abyssa beinahe allein. Er leckt sich über die Lippen, als er vor Eli stehen bleibt. Ihr Mut und das aufgebaute Selbstvertrauen sind oben im Zimmer gestorben, als Angron Mona quälte. Sie senkt ihren Blick, doch Abyssa schiebt seine Hand unter ihr Kinn und zwingt sie ihn anzusehen. „Lass sie los!", knurrt Amon. Doch Abyssa ignoriert ihn. „Eli bitte kämpf gegen ihn an, egal was du gesehen hast, bitte du musst durchhalten." Seine Worte bauen Eli auf, sie zieht ihren Kopf zurück, dann rennt sie zu Amon hin. Neben ihm kniend streichelt sie seinen Kopf. Abyssa lässt sie machen, er beobachtet sie und Amon. Aber als der Wolf aufstehen will, schreitet er zu ihm hin und tritt ihm so fest auf die Pfote wie er kann. Amon heult auf bis es in einem kläglichen Wimmern endet.

Wutentbrannt steht Eli auf, sie ohrfeigt Abyssa und beschimpft ihn wüst. Noch bevor Eli wieder zu Amons Kopf geht, zieht er sie an seinen Körper. So gut es geht wehrt sich Eli, sie zappelt umher, wie ein Fisch auf dem Trockenen, aber Abyssa ist weitaus stärker als sie. Mühelos hält er sie fest. „Bleib bei mir im Palast und ich lasse Amon und Eligor, sowie Sirus unverletzt aus meinem Reich spazieren.", schlägt er Eli vor. „Nein!", knurrt Amon. Abyssas Augen verengen sich zu schlitzen, nun wirkt er sehr bedrohlich. Aus Angst ihn weiter zu erzürnen, hört Eli auf mit dem herum Gezappel. Als sie ebenfalls; „Nein.", zu seinem Angebot sagt, schlingt er seine Arme fester um ihre Taille. Nach etlichen weiteren gescheiterten Versuchen Eli den Aufenthalt schön zu reden, lässt Abyssa sie los. Er ruft Kyriss zu sich und lässt Amon von ihm mitnehmen. Angron hingegen befiehlt er Eli nach oben zu bringen und in einem der Zimmer allein einzusperren.

Am darauffolgenden Morgen kommt Mona in Elis Zimmer. „Abyssa sagte, du heisst Eli. Mein Name ist Mona. Ich soll dich für heute Abend vorbereiten. Er sagte du seist sein Ehrengast auf dem Fest." Eli nickt abwesend. Sie hat kaum geschlafen und macht sich ununterbrochen Sorgen um Amon und Eligor. „Weisst du wie es dem grossen weissen Wolf Amon und dem Schatten Eligor geht?", fragt Eli hoffnungsvoll. Sie schüttelt den Kopf, dabei verrutschen ihre blonden Haare, die sie sorgsam über ihren Hals gekämmt hat. Blaue Flecken kommen zum Vorschein, schnell verdeckt sie sie wieder. „Tut es sehr weh?", fragt Eli mitfühlend. „Man gewöhnt sich an ihre Strafen, immerhin bin ich eine Hörige oder Sklavin.", sagt sie freundlich zurück. „Wisst du Angron hat mir gedroht, er würde mir die Haut abziehen, sein Siegel einbrennen, mich dann zerreissen und in meinem Blut baden. Trotzdem werde ich mich ihm nicht unterwerfen, niemals!" Monas Augen werden starr. „Du musst ihn wirklich sehr, sehr wütend gemacht haben." Eli erzählt Mona die Geschichte, dann reden sie noch über andere Dinge. Erst am späteren Nachmittag drängt Mona Eli sich für das Fest fertig zu machen. Als sie nur in Unterwäsche im Zimmer steht, klopft es an der Tür, kurz darauf wird sie geöffnet. Abyssa tritt in einem festlichen schwarzen Umhang ein. Er schliesst die Tür hinter sich, dann lässt er seinen Blick über Eli schweifen, die sich hinter ihren Händen versucht zu verstecken. „Dreh dich gefälligst um! Oder noch besser hau ab!", sagt Eli entrüstet. Monas braunes Gesicht wird beinahe so weiss wie Elis. Sie verneigt sich tief, dann kniet sie sogar hin. Doch Eli senkt nicht einmal ihren Kopf oder blickt in eine andere Richtung. Im Gegenteil, sie starrt ihm in die Augen. Mit einem freundlichen Lächeln erwidert er ihren Blick. Wie verzaubert von ihrer Schönheit, geht er auf sie zu. Er legt seine warmen Hände auf ihre Taille, dafür schlägt Eli ihm gegen die Brust, als er die Hand dann Richtung Busen über ihren Bauch streichelt, ohrfeigt Eli ihn. Mona fällt der Kiefer runter, mit offenem Mund kniet sie neben Eli am Boden. Aber auch diesmal reagiert er nicht, er streichelt sie weiterhin, dann beugt er sich zu ihr runter. Diesmal weicht Eli seinem Kuss nicht aus, aber nicht, weil sie seine Lippen auf ihren Fühlen möchte, sondern um ihn zu beissen. Ein kurzes schmerzverzehrtes „Mhm", kriecht seine Kehle hinauf, aber er drückt seine Lippen nur noch fester auf ihre. Er schiebt seine Zunge zwischen ihre Lippen und zwingt sie ihren Mund zu öffnen. Betört von seinem Duft, seiner Wärme und den sanften Berührungen erwidert Eli seinen Kuss. Sie schmeckt sein Blut auf ihrer Zunge, seine Hände an ihrem Rücken. Es ist wie damals auf dem Blumenfeld, Eli kann ihre Gedanken nicht mehr ordnen und verliert sich in seinen Armen. Er unterbricht ihren lustvollen Kuss, damit Eli wieder zur Besinnung kommen kann. Ihre rechte Hand liegt auf seiner Hüfte, die linke ist tief in seinen Haaren vergraben. Sie fühlt seine Hände auf dem Rücken und seinen Körper an ihrem. Ohne ihn wegzustossen fragt sie: „Was machst du mit mir?" Erneut senkt er seinen Kopf, doch diesmal legt Eli ihre Hand auf seine Lippen. „Willst du nicht?", hackt er nach. Gegen ihre Gefühle und innere Stimme ankämpfend, ja sogar gegen jede einzelne Faser ihres Körpers bringt sie ein: „Nein.", zustande. Er senkt seine Arme, nachdem er ihr einen letzten Kuss auf die Stirn drückt, verschwindet er so unverhofft wie er gekommen ist. Berauscht von ihren Gefühlen, starrt sie ihm hinterher. Mona, deren Mund immer noch offen steht, glaubt nicht was sie eben gesehen hat. Sie fragt Eli noch einige Male an diesem Nachmittag was eben geschehen sei, aber sie kann es ihr auch nicht erklären, daher versucht sie es gar nicht erst.

Am Abend ist Mona immer noch bei Eli, sie bürstet ihr die Haare. Die Sonne ist vor wenigen Minuten untergegangen, überall in Elis Zimmer brennen Kerzen. „Magst du ihn eigentlich?", fragt Mona auf einmal. Um etwas Zeit zu schinden lächelt sie, doch dann wird ihr Gesicht ernst. „Nein ich mag ihn nicht, er behandelt Amon und Eligor schlecht und er mag Kyriss und Angron.", erklärt Eli nüchtern. Ein erstauntes „Ah.", erfüllt den Raum, doch die Stimme ist zu tief, für dass sie Mona gehören könnte. Schnell erhebt sich Eli aus einem gut gepolsterten Sessel, Mona versucht die Bürste aus ihren Haaren zu fischen, doch ohne Erfolg. Wie ein kleiner Junge, dem die Mutter eben das Lieblingsspielzeug weggenommen hat, steht Abyssa neben der Tür. In seinem schwarzen Umhang fällt er in dem dunklen Zimmer nicht auf. Nur sein helles Gesicht sticht von dem dunklen Hintergrund hervor. „Tu nicht so überrascht! Ich zeige dir meine Abneigung in jedem Moment, in dem ich bei Sinnen bin! Und jetzt will ich endlich zu Amon und Eligor!", zischt Eli voller Abneigung. „Das kann ich mir denken, die Beiden haben bereits etliche Male nach ihrer Prinzessin gefragt.", nach einer kunstvollen Pause fügt er hinzu, „Ich werde dir den Wunsch erfüllen, aber nur unter einer Bedingung." Bevor er die Bedingung nennt, wartet er Elis Reaktion ab. Ungeduldig starrt sie ihn an, dann sagt er gelassen: „Begleite mich als meine Prinzessin an das Winterfest heute Abend." Entsetzt schaut sie ihn an, es dauert einen Moment, bis Eli etwas dazu sagen kann. „Wie meinst du mit deine Prinzessin?" Sein Blick verrät ihr was er mit seiner Prinzessin meint, daher fordert Eli mehr als nur zu ihrem Begleiter zu dürfen. „Na gut ich werde deine Prinzessin, aber ich will Amon und Eligor als meine Leibwache haben, so wie du Kyriss und Angron hast." „Sie sind nicht meine Leibwache, aber ich verstehe was du meinst, daher bin ich einverstanden." Er breitet seine Arme aus, Eli geht zu ihm und lässt sich umarmen. Abyssa streift Eli die Haarbürste sanft aus dem Haar und wirft sie zu Mona hinüber, die wie gebannt auf Eli starrt. Eli glaubt ein wenig Neid in ihrem Blick zu sehen, ist sich aber nicht sicher. Schnell folgt sie Abyssa aus dem Zimmer. Er führt sie ins Erdgeschoss. Marschiert zwei Flure entlang, bevor er eine weitere Tür öffnet, dahinter verbirgt sich eine Treppe, die nach unten führt. Ein fauliger Gestank drängt sich in ihre Nase, schützend hebt sie ihren rechten Arm. Mit jeder Stufe die Eli weiter in die Erde hinabsteigt, wird er Gestank schlimmer. Endlich kommen sie zu einzelnen vergitterten Zellen, doch Abyssa marschiert schnell an ihnen vorbei. Zuhinterst taucht eine Wendeltreppe auf, die noch weiter in die Erde hinabführt. Eine Etage tiefer sieht Eli Kyriss vor einer Zelle stehen, automatisch drängt sie sich an Abyssa vorbei. Zusammengerollt liegt Amon in der Zelle, doch von Eligor ist nicht zu sehen. „Hau ab!", befiehlt Eli ungehalten. Er würdigt sie keines Blickes, dafür schaut er Abyssa an, der ihn zu sich winkt. Wiederwillig macht er Eli Platz, die ihm die Schlüssel aus der Hand reisst. Er ballt seine Hand zur Faust, doch Abyssa schüttelt verneinen den Kopf. Daher nimmt Kyriss seinen Platz an seiner Seite ein, ohne Eli etwas zu leide zu tun. Mit strahlendem Gesicht öffnet Eli die Zelle. Erst als Eli neben den weissen Wolfschädel tritt, öffnet Amon die Augen. Seine sonst so strahlenden Augen, sind blutunterlaufen und gerötet. Eli kniet sich neben ihn, dabei fällt ihr auf, dass der Boden Nass ist. Mit ihren Fingern berührt sie den Boden, dann streckt sie sie gegen die Fackel an der Wand. Es ist Blut.

Amons Blut? Besorgt streichelt Eli seinen Kopf. „Wo ist Eligor?", will Eli wissen um der blutigen Wahrheit nicht ins Auge blicken zu müssen. Er legt sein Ohr auf die Seite, Elis Blick schweift auf eine weitere Zelle. Blasse rote Augen starren sie an. Tränen rinnen ihr über die Wangen. Schnell wischt sie sich ihr Gesicht mit dem Ärmel des Kleides ab und winkt Eligor zu sich. Er löst sich beinahe auf um zwischen den Gitterstäben hindurch zu passen. „Es wird Zeit.", mahnt sie eine männliche Stimme. Doch Eli kniet sich erneut neben Amon hin, der seine Schnauze auf ihre Beine legt. Unter Schmerzen steht er auf, sein Bauchfell ist rot vom Blut. So gut es geht stützt Eli ihn, sie marschieren zusammen aus der Zelle. Eligor folgt ihnen mit etwas abstand. Die Wendeltreppe muss Amon selbst überwinden, nach einigen ächzenden Geräuschen und schmerzverzerrtem knurren erreichen sie endlich den oberen Zellenflur. So gut es geht, stützt Eli ihn wieder. Die Treppe zum Erdgeschoss ist einfacher zu überwinden. „Komm Eli, wir gehen zum Fest.", sagt Abyssa mit samtweicher Stimme. Ohne wiederrede folgt Eli ihm. Amon wird nun von Eligor gestützt, kaum haben sie das Haupttor passiert, legt sich Amon in Gras. Eligor setzt sich neben seinem Freund auf den Boden, dabei lässt er Eli nicht aus den Augen. Auf einer Erhöhung nimmt der Dämonenprinz Platz, dann weist er auf einen Stuhl neben sich. Ohne zu zögern setzt sich Eli hin, die feiernden Gäste halten inne und begutachten die Frau im weissen Kleid, das nun blutverschmiert ist. Als Mona das Kleid sieht, tritt sie zu der Erhöhung hin und fragt mit gesenktem Kopf, ob sie Eli ein neues Kleid anziehen lassen soll. Doch Abyssa lächelt Eli an, dann schüttelt er den Kopf. Mittlerweile ist Ruhe unter den Feiernden eingekehrt. Abyssa steht auf, er tritt bis an den Rand der Erhöhung. „Guten Abend allerseits. Ich hoffe sehr, ihr konntet das Fest bisher geniessen.", er wartet auf zustimmendes Gemurmel, dann fügt er hinzu, „Heute feiern wir nicht nur den Winter, sondern auch meine Verlobung." Unsicher schauen die Besucher umher, als Eli an Abyssas Seite tritt und ihm ihre Hand reicht, jubeln die einen, die anderen starren sie ungläubig an. Um Eli als die Seine zu kennzeichnen, streift er ihr einen schwarzen Ring, mit einem grossen roten Stein in der Mitte über ihren Finger. Blitzschnell erhebt sich der weisse Wolf, er rennt auf die Erhöhung zu, mit einem Sprung landet er knurrend vor Abyssa. Triumphierend lächelt er ihn an. „Sie ist jetzt meine Prinzessin, frag sie, wenn du es nicht glauben willst." Alle Anwesenden atmen scharf ein, jeder will hören, was ihre neue Prinzessin zu sagen hat. Eli lächelt Amon an, sanft nimmt sie seine Schnauze zwischen ihre Hände, dann legt sie ihren Kopf an seinen. „Du und Eligor werdet meine Leibwächter, wenn ich erst einmal

Abyssas Prinzessin bin. Ich hoffe du willigst ein." Er schüttelt Elis Hände ab, ohne den Grund zu erfragen, senkt er den Kopf. Auch wenn er es nicht gefragt hat, sagt Eli dennoch: „Ich will es so, es geht um deine und Eligors Freiheit. Ich denke Abyssa wird mich gut behandeln, zumindest tat er es bis jetzt." Feindselig wirft Amon Abyssa einen Blick zu, der als Reaktion an Eli herantritt und sie in den Arm nimmt. Sein betörender Duft steigt in ihre Nase, sie dreht sich zu ihm um, legt ihre Hand in seinen Nacken, um ihn zu sich herunter zu ziehen. Kaum berühren sich ihre Lippen, schiebt Eli ihre Zunge in seinen Mund. Er hebt sie hoch, damit sie ihre Beine um ihn schlingt. Um sie besser halten zu können, schiebt er eine Hand an ihren Po. Für einen Moment unterbricht Eli den Kuss, drückt ihre Lippen dann wieder auf seine. Nach einigen weiteren heissen Küssen stellt er sie vor sich auf den Boden. „Wirkt mein Duft immer noch so betörend auf dich, dass du dich nicht mehr unter Kontrolle hast?", flüstert er ihr zu. Um nicht antworten zu müssen, gibt sie ihm nochmals einen flüchtigen Kuss. Abyssa führt Eli zu ihrem Sessel, auf dem sie dankend Platz nimmt. Amon legt sich neben sie auf den Boden, während Eligor sich hinter dem Sessel hinlegt.

20

Das Winterfest ist vorbei, Abyssas Sklaven putzen den
Hof, sie waschen Fässer aus und spülen Teller im Fluss.
Seit knapp einer Woche, beobachtet Eli das rege
trieben im Hof nun schon. Essen und Trinken werden
ihr aufs Zimmer gebracht, Sinron erklärt Eli, dass
Abyssa denkt, dass sie weglaufen würde, würde er sie
nicht in ihrem Zimmer einsperren. Die ersten zwei, drei
Tage fand Eli das Ganze noch gut, da sie so nie auf
Abyssa treffen musste, aber nun will sie sich bewegen
und nicht nur auf und ab gehen in ihrem Zimmer. Wie
jeden Abend bringt Sinron ihr etwas zu essen, heute
gibt es Fleischpasteten mit Kartoffeln. Es duftet
herrlich, dennoch will Eli nichts essen. Amon bittet
Sinron so lange bei ihr zu bleiben, bis er von seiner
Jagd zurück ist. Als sie noch auf Reisen waren, frass
Amon beinahe jeden Tag etwas. Seitdem Winterfest ist
er erst ein einziges Mal jagen gegangen, er ist
abgemagert und oft müde, dennoch will er Eli nicht
allein zurücklassen. „Geh jagen, Sinron wird sicher bei
mir bleiben und mich beschützen. Und falls du Eligor
sehen solltest, richte ihm aus, dass ich ihn gerne
wieder einmal sehen möchte." Mit knurrendem Magen
vergewissert Amon sich, dass Sinron wirklich bei Eli
bleibt, solange er weg ist, dann schleicht er sich aus

dem Zimmer. Sein weisses Fell ist bis tief in den Wald hinein zu erkennen. Sehnsüchtig starrt Eli ihm hinterher, sie möchte gerne über Moss gehen, ihre Finger über Blätter streicheln und in einem Fluss baden. Aber Abyssa wird sie sicher nicht allein gehen lassen oder mit ihren Leibwachen. Dennoch bittet sie Sinron ihrem Verlobten eine Nachricht zukommen zu lassen. „Amon sagte, ich muss bei dir bleiben, bis er zurück ist.", entgegnet Sinron. „Ja ich weiss, aber ich will mit Abyssa sprechen. Allein. Bitte geh ihn holen.", fordert Eli ihn auf. Wiederwillig marschiert Sinron davon, wenige Augenblicke später tritt er gefolgt von seinem Prinzen in ihr Zimmer. Mit einer tiefen Verneigung verlässt er den Raum. „Ich dachte deine Leibwächter lassen dich nie allein. Daher frage ich mich was du von mir willst, so ohne Schutz?" Sanft lässt er seine Finger durch ihr Haar gleiten, dann streichelt er ihre Wange. Eli schiesst Blut in den Kopf. „Mir ist langweilig, ich möchte gerne mit Amon in den Wald spazieren gehen oder im Palast umherlaufen und ab und zu auf den Hof gehen.", erklärt Eli. „Ich werde auch nicht weglaufen, ich verspreche es.", fügt sie schnell hinzu, als Abyssa das Gesicht verzieht. „Versprich nichts, was du nicht halten wirst! Du kannst mit mir oder meinen Leibwächtern solche Ausflüge machen, aber nicht mit Amon oder Eligor." Eli senkt den Kopf, Enttäuschung macht sich in ihr breit. „Ich werde nicht mit Kyriss oder Angron raus gehen, sie sind unberechenbar, aber mit dir komme ich mit. Darf Amon uns begleiten?", fragt Eli liebevoll nach. „Wenn es dein Wunsch ist ihn bei dir zu haben, dann kann er mitkommen, ausser morgen Nachmittag. Da will ich dich ganz für mich allein." Überrascht schaut sie ihm in die Augen, gerade als Eli fragen will, was er geplant hat, legt er ihr seinen Zeigfinger auf die Lippen. Mit einem Kuss verabschiedet er sich, kaum ist Abyssa weg, schleicht sich Sinron hinein. Als Amon zurückkehrt, ist es tiefste Nacht, Eli schläft tief und fest und Sinron nickt immer wieder ein. Mit seiner feuchten Schnauze stupst Amon den im Sessel zusammengekauerten Sinron an. Er schreckt hoch, dabei stösst er gegen einen kleinen Tisch, auf dem eine Blumenvase steht. Krachend zerschellt sie am Boden, doch Eli dreht sich nur auf die andere Seite und schläft weiter. Erleichtert atmet er aus, dann funkelt er Amon böse an. „Musst du mich so erschrecken?", zischt Sinron, doch als Amon ihm über den Arm leckt, ist sein Ärger bereits wieder verflogen. Die Beiden haben sich in der letzten Woche angefreundet. Daher erzählt er Amon auch, dass Eli nach Abyssa verlangt hat und er ihn geholt hat. Ebenfalls gibt er zu sie belauscht zu haben, daher erzählt er ihm auch von dem Ausflug am kommenden Tag. Zuerst flackert Wut in ihm auf, die sich dann in Dankbarkeit verwandelt.

Gähnend streckt sich Eli. Die Sonne steht hoch am Himmel, das Frühstück steht unberührt auf dem kleinen Tischchen neben dem Fenster. Amon liegt am Fussende des Bettes am Boden, nur sein Kopf liegt auf Elis Bett. Auf allen vieren kriecht sie zu ihm hin, sie krault ihm den Kopf. „Ich weiss, dass du wach bist." Amon öffnet kurz ein Auge, schliesst es aber sogleich wieder. „Abyssa war gestern Abend bei mir." Nun stellt Amon seine Ohren auf. „Ich werde heute mit ihm einen Ausflug machen und ich werde allein gehen, aber beim nächsten Mal, kannst du gerne mitkommen.", plappert Eli. Da Amon sie besorgt anschaut, krault sie ihn weiter, bis er seine Sorgen vergisst. Amons Nase beginnt zu zucken, schnüffelnd geht er zur Tür, dann kratzt er daran, so dass Eli sie öffnet. Ihr weisses Nachthemd reicht ihr bis zu den Knien, ihre nackten Füsse frieren auf dem Holzboden. Eli realisiert erst, dass nicht Sinron vor ihr steht mit dem Essen, als Amon neben ihr die Haare im Nacken aufstellt und knurrt. Ohne zu zögern tritt Abyssa ein, er stellt das Tablar auf den Tisch, auf dem das Frühstück noch unberührt steht. „Da er mir gegenüber heute noch aggressiver ist als sonst, gehe ich davon aus, dass du ihm von unserem Ausflug erzählt hast.", stellt Abyssa fest. Eli nickt, dann streichelt sie Amons Kopf, der sich allmählich beruhigt. „Ich möchte gerne ein

Wort mit meiner liebsten wechseln.", verkündet er, doch Amon legt sich hin. „Alleine!", fügt Abyssa genervt hinzu. Doch der Wolf legt nur seine Ohren an den Kopf und tut so als ob er schliefe. Selbst dann noch als Abyssa ihn am Nacken packt und ihn hochhebt. Eli schreit sofort: „Lass ihn los!" Doch ihr Prinz schleift Amon hinter sich her bis auf den Flur, da lässt er ihn los. Bevor er sich ins Zimmer drängen kann, schliesst Abyssa von innen ab. Ohne auf Elis entsetztes Gesicht zu achten, weist er auf ihr Mittagessen. Gehorsam isst sie Stampfkartoffeln und etwas Fleisch. „Wo gehen wir hin?", fragt Eli, damit sie weiss was sie anziehen soll. „Ein Kleid wäre hübsch." Lautlos schleicht er sich an Eli heran, die in ihren Kleiderschrank hineinstarrt. Als er ihr seine Hände auf die Hüfte legt, springt Eli nach vorn, doch Abyssa fängt sie auf. Er lächelt sie an, dann zieht er ein königblaues Kleid aus dem Schrank. Elegant hebt er sie hoch, leichtfüssig trägt er sie zum Bett. Mit ihr auf seinen Armen kniet er auf den Rand, behutsam legt er sie hin. Mit seiner linken Hand schiebt er Elis Nachthemd weg, während seine rechte Hand über ihren Busen streichelt. Erneut hebt er sie an damit er ihr das Nachthemd abstreifen kann, aber Eli wehrt sich. Trotzdem liegt sie wenige Augenblicke später nackt im Bett. Mit jeder Berührung presst Eli ihre Oberschenkel fester aneinander, ihre Hände schützender vor den

Körper. „Wehr dich nicht, es wird dir gefallen.", lockt er sie mit seiner seidig weichen Stimme. Doch Eli verkrampft sich umso mehr. „Lass mich! Ich will nicht, dass du mich so berührst!", faucht Eli. Abyssa schaut sie amüsiert an, dann lässt er seine Hände auf ihrem Gesicht ruhen. Er beugt sich über sie und küsst sie, dabei lässt er seine rechte Hand über ihren Körper gleiten. Sanft aber dennoch fordernd schiebt er ihre Beine auseinander, ohne zu zögern kniet er sich dazwischen. Erst als Abyssa den Kuss beendet bemerkt Eli, dass er nicht mehr neben ihr sitzt, sondern zwischen ihren Beinen kniet. Bevor sie protestieren oder sich wehren kann, dringt er mit seinen Fingern in sie ein. Sofort versucht sie seine Hand wegzuschieben, aber er lässt es nicht zu. Langsam bewegt er seine Finger in ihr, bis sie sich entspannt. Ohne es zu wollen, schliesst Eli ihre Augen, ihre Finger bohren sich in die Bettdecke unter ihr. Sie bewegt ihre Hüfte in seinem Rhythmus auf und ab, doch dann hält er inne. Schamerfüllt schaut Eli Abyssa an, der ihren Blick mit einem Lächeln erwidert. „Wieso hast du aufgehört?", fragt Eli, obwohl sie es eigentlich nur denken wollte. Ihr Gesicht wird feuerrot, kaum kamen die Worte aus ihrem Mund. Doch Abyssa lächelt sie weiterhin einfach nur an. „Soll ich denn weitermachen, jetzt wo du wieder mit dem Kopf denkst und nicht mit deinen Empfindungen?" Da Eli immer noch von ihren

Gefühlen überflutet wird, flüstert sie: „Es fühlt sich herrlich an." Erst jetzt wird Abyssa bewusst wie sehr sich Eli von ihren Gefühlen und Empfindungen leiten lässt. Er zieht sich zurück, damit Eli sich anziehen kann, aber sie tapst ihm nach. Sie zieht sein Shirt hoch und öffnet ihm die Hose, dann legt sie seine Hand an ihren Busen und versucht ihn zu küssen. Zuerst versucht er Eli auf Distanz zu halten, doch dann lässt er es zu. Schwarze Linien zieren seinen sonst so makellos weissen Körper, mit ihrem Zeigfinger fährt Eli den Linien nach. Abyssas Augen werden goldgelb die schwarze schlangenartige Pupille folgt ihren Bewegungen. Er nimmt ihre Hand in seine, die nun ebenfalls mit schwarzen feinen Linien bedeckt ist. Behutsam umschliesst Eli Abyssas Erregung mit der Hand. Doch er löst ihre Hand schnell wieder, dann hebt er sie hoch. Langsam lässt er sie an seinem Körper entlang nach unten gleiten. Er fühlt ihre Hitze, ihre Vorfreude und Erregung. Dann endlich gleitet er in sie hinein. Gemeinsam stöhnen sie auf, Eli schlingt ihre Arme um seinen Hals. Er hebt ihren Körper immer wieder an, um noch tiefer in sie einzudringen. Bevor sie ihn ein weiteres Mal küsst, öffnet sie ihre Augen, nun trägt Abyssa die schwarzen Linien auch im Gesicht, sie zieren seine Wangen und wandern hoch bis zu seiner Stirn. Eli legt ihre rechte Hand auf seine Wange, dann küsst sie ihn erneut. Diesmal schiebt sie ihre

Zunge in seinen Mund, dabei verletzt sie sich an seinen mittlerweile rasiermesserscharfen spitzen Zähnen. Trotz dem stechenden Schmerz und dem metallischen Geschmack auf der Zunge, zieht sie sie nicht zurück. Der kalte Stoff von ihrer Bettdecke schmiegt sich an ihren Rücken, Abyssas Stösse werden fester. Dann stöhnt er lauter auf als bisher. Seine Bewegungen werden langsamer, er küsst sie noch einmal, dann legt er sich neben sie aufs Bett. Die schwarzen Linien, die seinen Körper zierten verschwinden allmählich. Eli döst, während Abyssa sich anzieht, dann weckt er sie sanft. „Zieh dir etwas Warmes über, dann zeige ich dir etwas im Wald." Erschöpft streift sich Eli ein Kleid über, dann schlüpft sie noch in gutgefütterte Stiefel und legt sich ein Fell über die Schultern. Er nimmt ihre Hand und führt sie durch den Palast, alle denen sie begegnen senken den Kopf. Abyssa öffnet eine kleine schmale Holztür, er geht voran, dann hilft er Eli. Die Sonne steht hoch oben am Himmelszelt, der Schnee am Boden glitzert und die Bäume sehen aus wie in einer Märchenlandschaft. Der Wind wirbelt Schnee auf, Formen und Figuren bilden sich. Abyssa führt Eli tief in den Wald hinein, er folgt einem schmalen Waldweg, der sich immer wieder verzweigt. Nebelschwaden tauchen vor ihnen auf, es ist totenstill, kein Vogel zwitschert, keine Insekten schwirren herum. Seit sie das Schloss verlassen haben, hat keiner von

Beiden etwas gesagt. „Siehst du?", er weist vor sich auf den Boden, es ist ein rundes Loch in der Erde, das mit Wasser gefüllt ist. Der Nebel steigt von dort auf. Hier ist es auch angenehm warm, nicht so wie vor dem Nebel. Ohne etwas zu sagen, reisst Abyssa sich die Kleider vom Leib. Langsam gleitet er in das Wasserloch. Als Eli es ihm nicht gleich tut, fragt er: „Kommst du?" „Ausser uns ist niemand hier oder?", vergewissert sie sich. „Amon streift hier irgendwo umher und Eligor ist auch nicht weit entfernt, aber sonst sind wir allein." Zögernd zieht nun auch Eli ihre Kleider aus, sie gleitet neben Abyssa ins Wasser. Es ist angenehm warm. Eine unangenehme stille legt sich über das Wasserloch. Ein lautes Heulen, gefolgt von grollendem Knurren unterbricht die Stille. Durch den dichten Nebel kann Eli die Sonne nicht sehen, daher weiss sie nicht genau, wie lange sie bereits mit Abyssa hier ist. Als ob er ihre Gedanken lesen kann sagt er: „Wir sind etwa eine halbe Stunde hier." Eli nickt nur und schaut wieder gerade aus. Sie schämt sich jedes Mal, wenn sie ihn ansieht. In Gedanken versunken, bemerkt sie seinen Arm um ihre Schulter erst nicht. Erschrocken schaut sie ihn an, erstaunt stellt sie fest, dass er wieder mit diesen schwarzen Linien bedeckt ist. Wie hypnotisiert lässt Eli ihre Finger über seinen Körper gleiten. Währenddessen er ihr durchs Haar streichelt. Im Augenwinkel kann Eli etwas riesiges

Weisses auf sie zustürmen sehen, doch bevor sie sich bewegen kann, schreit Abyssa schmerzverzerrt. Mit seiner anderen Hand versucht er Amons Schnauze aufzustemmen, nach einigen Sekunden schafft er es. Seine Augen sind golden, die Zähne scharf und die Hände zu Klauen geformt. Furchtlos springt er aus dem warmen Wasser, Amon greift erneut an, diesmal verfehlt er Abyssa, der ihn grob am Nacken packt und ihn zu Boden wirft. Mit mühe steigt Eli aus dem Bad, sie wickelt sich das Fell um den Körper. Schnell rennt sie zu dem winselnden Geräusch in ihrer Nähe. Ihr stockt der atmen als sie Amon auf dem Boden liegen sieht, er ist durchbohrt von schwarzen Pfeilen, der Boden unter ihm ist Blutrot. Erneut heult Amon auf, ein weiterer schwarzer Pfeil steckt in seiner Seite. Trauer, Sorge und Angst lähmen sie, nur ein einzelner quälender Laut rutscht ihr durch die Kehle hinauf. Das Wesen, welches Amon die Pfeile durch den Köper treibt schaut nun zu ihr. Ruckartig reisst das Wesen alle Pfeile aus Amons Körper, es marschiert auf Eli zu. Sie kann sich nicht bewegen. Starr vor Angst bleibt sie wie angewurzelt stehen. Als die Kreatur vor ihr stehen bleibt, erkennt sie Abyssas Augen, die schwarzen Pfeile ziehen sich in seinen Körper zurück und bilden die Lienen, die Eli eben noch angefasst hat. Sie schubst ihn aus dem Weg, rennt zu Amon, der gerade sein Bewusstsein verliert und kniet sich neben ihn. Abyssa nähert sich vorsichtig, doch Eli schreit ihn an. Erst als sie eine schwarze nebelartige Klaue auf der Schulter fühlt verstummt sie. Seine Augen flackern, Trauer steigt in ihm auf. Der Prinz der Finsternis wagt sich näher heran, als Eligor neben Eli ist. Kaum berührt er Amon, schreit Eli wieder, es ist eine Mischung aus Schluchzen und Beschimpfungen. Tränen rinnen ihr über die Wange, sie japst nach Luft, doch als Abyssa ihr helfen will, schlägt sie seine Hände weg. Dann vergräbt sie ihr Gesicht im weissen Fell. Behutsam legt er ihr eine Hand auf den Rücken, Eli springt auf und schlägt ihn ins Gesicht. Seine Lippe platzt auf, Blut rinnt über sein Kinn und tropft auf den Boden. Damit sie ihn nicht weiter Verletzten kann, packt er ihre Arme und zieht sie an sich. Er legt einen Arm um sie, doch Eli will sich nicht beruhigen, sie schlägt wild um sich und beisst ihn. Er lässt Eli toben bis sie erschöpft in seinen Armen zusammen sinkt. „Halt sie von mir fern, wenn ich bei Amon bin!", befiehlt er Eligor, der sich zurückgezogen hat. Schnell eilt er zu ihm und nimmt sie entgegen, ihre Augen flackern, dennoch ist sie bei Bewusstsein. Als Eligor sie in den Wald schleifen will, wehrt sie sich so gut es geht. Sie will in Amons Nähe bleiben. Eligor versteht sie, daher legt er sie an einen Baum, so dass sie sehen kann was nun geschehen wird.

Abyssa flüstert unverständliches Zeug vor sich hin, es klingt wie eine Beschwörung. Wind zieht auf, Flammen tanzen um ihn herum und schwarzer Dunst versperrt Eli für kurze Zeit die Sicht. Als sich der Nebel lichtet, brennt Abyssas linker Arm, die Flammen tanzen auf ihm, verbrennen ihm die Haut. Die schwarzen Linien auf seinem rechten Unterarm werden zu Speeren, ohne zu zögern rammt er sie durch seinen eigenen Unterarm. Mit dem Fuss dreht er Amons Kopf und öffnet seine Schnauzte. Sein Blut tropft über Amons Kopf und auf seine Zunge. Ein leises Knurren ist zu hören, Amons Brustkorb hebt und senkt sich. In diesem Moment reisst Abyssa sich die schwarzen Speere aus dem Arm. Das Feuer erlischt und der Wind flaut ab. Erschöpft setzt er sich neben Amon, sein Arm ruht auf dem weissen Fell. Die schwarzen Linien ziehen sich zurück und seine Augen werden dunkel. Kriechend nähert sich Eli, doch Eligor hält sie zurück. „Auch wenn er schwach aussieht, er ist es nicht. Im Moment ist Abyssa noch gefährlich, aber bald kannst du zu Amon.", verspricht Eligor. Mit rot aufgequollenen Augen blickt sie ihn an. Wenige Minuten später rappelt sich Abyssa auf, Eligor eilt ihm zu Hilfe. Noch bevor der Schatten es bemerkt, liegt Eli auch schon neben Amon. Sanft streichelt sie ihm übers Fell. „Bring mich nach Hause!", flüstert Abyssa schwach. Eli bleibt zurück.

Die Nacht zieht auf. Der Nebel, der von der heissen Quelle aufsteigt, verdichtet sich. „Prinzessin?", hört Eli jemanden von weither rufen. Ab und zu ruft Eli: „Hier sind wir!", zurück. Eine grosse verschleierte Gestallt tritt zwischen den Bäumen hervor. Kampfbereit hebt Eli ihre Arme. „Komm her Angron, ich habe sie gefunden!", brüllt eine bekannte Stimme. „Kyriss?", fragt Eli durch den Nebel. Anstelle ihr zu antworte, nähert er sich ihr, so dass sie ihn erkennen kann. Aus dem nichts brennt auf einmal eine Fackel in seinen Händen. Amon versucht aufzustehen, kippt aber immer wieder um. Verschwörerisch sehen sich Kyriss und Angron an. „Bitte helft ihm.", japst Eli, die von Kyriss getragen wird. Wiederwillig tritt Angron an die Seite des weissen Wolfes, er stützt ihn so gut es geht. Nach einer endlos langen Wanderung ist der Palast endlich in Sicht.

Eli schreckt aus ihrem Traum auf. Strahlend grüne Augen starren sie von der Seite her an. „Habe ich nur geträumt?", fragt Eli mehr sich als Mona, die sie besorgt mustert. Schweiss rinnt ihr übers Gesicht, schnell tastet sie ihre Stirn ab. „Ich lege dir gleich wieder einen nassen Lappen auf die Stirn. Du hattest hohes Fieber, als Kyriss dich in den Palast brachte. „Wie geht es Amon und wo ist Eligor?", fragt Eli hastig. „Der Wolf ist bei Abyssa und der Schatten treibt sich im Wald herum." Als Eli aufstehen will, drückt Mona sie gleich wieder zurück ins Bett. „Bleib liegen! Ich hole dieses Ungeheuer für dich.", sagt Mona ärgerlich. Sie klatscht Eli den Lappen auf die Stirn und verschwindet. Gerade als Eli eindöst, öffnet sich die Tür. „Wie geht es dir?", fragt eine männliche Stimme zart. Ihr Herz beginnt zurasen, ihr ganzer Körper zittert wie Espenlaub. Um sie zu beruhigen öffnet Abyssa die Tür, Amon schleicht neben seinem Herrn durch, er legt sich neben Elis Bett auf den Boden. Vorsichtig legt Eli ihre Hand auf seinen Kopf. Nun nähert sich auch Abyssa, er setzt sich aufs Bett und krault Amon am Kinn. Überrascht schaut Eli Amon an, der seine Augen schliesst und seinen Kopf auf Abyssas Beine legt. „Er scheint dich zu mögen.", stellt Eli fest. „Ja wir verstehen uns gut, seit dem kleinen Vorfall im Wald." „Was willst du hier?", hackt Eli ungeduldig nach. „Ich möchte gerne wissen wie es dir geht und ich wollte dich sehen. Du hast einige Tage geschlafen und Mona war sich nicht sicher, ob du wieder aufwachen wirst.", gesteht Abyssa ehrlich. „Es geht mir gut.", lügt Eli. Er lächelt sie an, Eli kann nicht anders und lächelt zurück. Selbst als er ihr einen Kuss gibt, bleibt Amon ruhig. „Ich würde heute gerne unsere Hochzeitszeremonie abhalten, falls du dich in der Lage fühlst." Die Farbe weicht aus Elis Gesicht, dennoch nickt sie zustimmend. Er legt sich neben sie ins Bett, behutsam zieht er sie an sich. Es dauert nicht lange, da schläft Eli auch schon wieder. Er weckt sie erst gegen Abend. „Ich habe dir etwas zu Essen bringen lassen und Mona wird dir gleich helfen das Kleid für die Trauung anzuziehen." Als der Name Mona fällt zuckt Eli unwillkürlich zusammen, natürlich entgeht das Abyssa nicht.

Eli wird von Eligor und Amon abgeholt. Erst jetzt sieht Eli, dass Amon schwarzes Fell am Bauch hat und auch um die Augen und Ohren, selbst sein Hals ist mit schwarzen Felllinien bedeckt. Als die Beiden eintreten, zieht Mona ihr den Reissverschluss des schwarzen Brautkleides hoch. Sie trägt den Ring mit dem roten Stein und eine dazu passende Kette. An ihren Füssen trägt sie wunderschön gearbeitete Schuhe, die vom schwarzen Saum ihres Kleides verdeckt werden. Die Ärmel reichen ihr bis zu den Ellenbogen, daher liess Abyssa ihr noch ein Armband zukommen. Ihre langen schwarzen Haare sind hochgesteckt worden und mit blauen und weissen Perlen versehen. Um nicht hin zufallen stützt Eli sich an Eligor, der sie besorgt anschaut. „Amon schlägt vor, dass du auf ihm reitest, er bringt dich zu der Zeremonie und ich werde dich so gut es geht stützen.", sagt Eligor, als Eli umhertaumelt. Sie ist zu schwach um zu protestieren, daher setzt sie sich auf Amons Rücken. Er führt sie durch den Palast bis hinaus in den Hof. Fackeln erhellen die Mauern, eine kleine Holzbühne wurde errichtet, Kreaturen aller Art sind versammelt. Auf der Bühne wartet Abyssa in seinem schwarzen Festgewand, ein kleines Wesen steht neben ihm auf einem Baumstumpf. Als Amon mit ihr auf dem Rücken durch die Menge schreitet verstummen alle, sie bilden einen Korridor, der zu Abyssa auf die Bühne führt. Einige neigen den Kopf vor ihr, andere starren sie an. Mühelos springt Amon die fünf Stufen in einem Sprung hoch, Eli packt sein Nackenfell um nicht herunter zu fallen. Er bleibt neben Abyssa stehen, der Eli sofort von Amon herunter hilft. „Du siehst wunderschön aus, meine Prinzessin.", schmeichelt er ihr. Zum Dank lächelt sie ihn an, dann beginnt die Zeremonie. Das kleine Wesen beginnt zu sprechen, es dauert nicht lange, dann kommt die Frage, die Eli nicht beantworten möchte. „Willst du Eli, Tochter eines Menschen, Abyssa der Fürst der Finsternis und allen Bösen zum Mann nehmen?" Gebannt starren sie alle Anwesenden an, dann endlich bringt sie ein kleinlautes: „Ja, ich will.", zustande. Unruhe geht durch die Zuschauer, aufgeregtes murmeln erhebt sich. Erst als das kleine Wesen Abyssa dieselbe Frage stellt, verstummen sie wieder. Auch er sagt: „Ja ich will." Zum Schluss der eher kurzen Zeremonie beugt sich Abyssa zu ihr herunter, seine Lippen berühren Elis. Er legt seinen Arm um sie, dann küsst er sie noch einmal. Die Anwesenden jubeln und klatschen wild durcheinander. Um Elis Kräfte zu schonen lässt Abyssa ihr einen Sessel bringen. Kyriss und Angron stehen hinter ihrem Herrn, wachsam beobachten sie alles, doch der Anlass geht ohne Zwischenfälle vorüber. Die meisten der Gäste haben sich bereits in den Palast oder den Wald zurückgezogen, daher beschliesst Abyssa mit Eli auf sein Zimmer zu gehen. Da sie immer noch sehr schwach ist trägt er sie, dankbar legt Eli ihm ihre Arme um den Hals. Noch bevor sie sein Zimmer erreichen, schläft Eli ein.

21

Nun lebt Eli bereits seit mehreren Monaten in Abyssas
Palast. Sie fühlt sich von allen respektiert, dennoch
träumt sie in letzter Zeit oft von ihrem Zuhause. Azalea
und Pyrus erscheinen ihr auch immer öfter und das
kleine Mädchen Mina. Auch in dieser Nacht träumt Eli
von ihr, sie windet sich im Bett hin und her, dann
endlich erwacht sie. Goldene Augen schauen sie
besorgt an. Ohne etwas zu sagen, nimmt Abyssa sie in
den Arm, er weiss genau was sie geträumt hat, denn
sie hat es ihm bereits mehrere Male erzählt. „Ich
möchte sie gerne besuchen gehen." Elis Gesicht lehnt
an seiner Brust, er streichelt ihr übers Haar und erklärt
ihr weshalb sie nicht gehen kann. Enttäuscht dreht sie
sich von ihm weg. „Du kannst jetzt nicht einfach so
herumreisen wie es dir gefällt, immerhin bist du meine
Königin und du hast Verantwortung." Da Eli sich die
Decke über den Kopf zieht, endet Abyssas
Erklärungsversuch. Auf einmal fragt er: „Lebst du
gerne hier?" Sie zieht die Decke vom Gesicht weg,
bevor sie zu sprechen beginnt. „Nicht wirklich, der
Winter und die Nächte dauern ewig, die Sonne kommt
nur selten raus und ich friere andauernd. Das einzige,
das mich hier hält, sind meine Leibwächter."
Enttäuscht kein Grund zum Bleiben zu sein, steht

Abyssa auf. „Würdest du zurückkommen, wenn ich dich gehen liesse?" Zuerst will Eli lügen und ihm versprechen sie würde immer zu ihm zurückkehren, dann entschliesst sie sich aber ihm die Wahrheit zu sagen. „Nein ich denke nicht." Er neigt nur den Kopf nach oben, dann verschwindet er aus der Zimmertür. Eli hasst es allein zu sein, dann fühlt sie sich noch einsamer als sonst. Daher zieht sie sich ein Kleid über und verlässt das Zimmer ebenfalls. Amon wartet hechelnd auf dem Flur, er senkt den Kopf vor ihr, doch Eli protestiert dagegen wie jedes Mal, wenn er sich verneigt. Hinter einer Statue von Abyssas Vater, welche gegenüber von ihrem Schlafzimmer steht, schwebt Eligor hervor. „Meine Königin.", dazu legt er eine Hand auf die Brust und neigt den Kopf in ihre Richtung. „Abyssa sah enttäuscht aus, als er euer Zimmer verliess.", sagt er übertrieben unterwürfig. „Lass das Hof Getue!", faucht Eli ihn an, dann schreitet sie nach unten in den Speisesaal. Normalerweise wartet ihr Gemahl hier auf sie, aber heute nicht. Dafür sieht sie Mona auf seinem Stuhl sitzen, ihre grünen Augen leuchten auf als sie jemanden hineinkommen hört, als es Eli ist verdunkelt sich ihr Blick rasant. „Er hätte mich nehmen sollen und nicht dich. Die Kleider, die du trägst sollten mir gehören und mein Herr sollte mir zu Füssen liegen und nicht dir!", sagt Mona feindselig. Eli zuckt nur mit den Schultern, bevor sie sich zum Gehen abwendet. Doch als Mona hier nachruft: „Weisst du weshalb er dich gewählt hat? Weil du dich ihm an den Hals geworfen hast, wie eine läufige Hündin. Du bist nur seine Hure!" „Hattest wohl eine schlechte Nacht mit Angron, wollte er auch lieber mich als dich?", spottet Eli viel lauter als sie es beabsichtigt hat. Kyriss, dessen Zimmer neben dem Speisesaal liegt, eilt herbei. Er grüsst Eli nicht einmal, er rennt direkt zu Mona hin und packt sie an den Haaren. Nachdem sie einige Male aufgeschrien hat, kommt Angron gemächlich die Treppe hinunter, auch er grüsst Eli nicht. Mordlust flackert in seinen Augen auf, als er Mona sieht. Um dem Schauspiel zu entgehen, zieht Eli sich zurück. Wie jeden Morgen spaziert sie über den Hof, Kinder spielen Fangen, während ihre Mütter Obst und Gemüse schön herrichten für den Verkauf. Einer der Stallburschen führt Abyssas pechschwarzes Pferd zur Tränke, dann striegelt er es gemütlich in der Morgendämmerung. Obwohl Eli beinahe jeden Morgen hier verbringt, weiss sie keinen einzigen Namen, sie kennt nur die Gesichter. Plötzlich knirscht das Tor, es wird geöffnet, aber es wurde kein Besuch angekündigt, zumindest nicht bei Eli. Neugierig späht Eli zum Tor, ein grosses Lederartiges Pferd, so wie Abyssas, zieht eine Kutsche hinter sich her. Mütter rufen ihre Kinder, die Wachen ziehen ihre Waffen, selbst Kyriss und Angron kommen aus dem Palast. Die Tür der Kutsche wird von einem Diener, der hinten auf der Kutsche mitgefahren ist geöffnet. Es ist ein kleiner, magerer Kerl, kaum älter als sechzehn. Um seinen Hals trägt er einen Eisenring, der mit Stacheln versehen ist. Ohne es zu wollen, macht Eli einen Schritt auf den jungen Mann zu. Doch die Gestalt die ihre knochige, weisse Hand aus der Kutsche streckt lässt sie innehalten. Seine langen Finger umschliessen den Türrahmen, seine andere Hand bahnt sich einen Weg aus dem dunklen inneren der Kutsche. Seine Unterarme sind so dünn, dass sich die Knochen abzeichnen. So gespannt auf seinen Anblick, hält Eli den Atmen an. Endlich streckt das Wesen seinen Kopf aus der Kutsche, weisses langes Haar hängt ihm in strähnen vom Kopf, blass blaue, beinahe graue Augen schweifen über die Anwesenden, seine dunklen violetten Lippen sind schmal aneinandergepresst. Vorsichtig klettert er die zwei Stufen hinunter. Sein Körper ist ebenso schlank wie seine Arme, kann Eli trotz des Gewandes feststellen. Er packt seinen Diener am Eisenring, den er um den Hals trägt, er zieht ihn nahe an sich heran und flüstert ihm etwas zu. In der Nähe der Kutsche haben sich zwei Kinder versteckt, das Jüngere beginnt zu quengeln, schnell presst der ältere ihr seine Hand auf den Mund. Dabei fällt ihm ein kleiner roter Ball auf den Boden, der genau vor die Füsse des weissen Wesens hüpft. Blitzschnell hebt der

Diener den Ball auf, er marschiert geradeweg auf die Kinder zu und packt sie an den Ohren um sie vor seinen Herrn zu schleifen. Das kleine Mädchen quiekt und schreit laut, wogegen der Junge sich ruhig verhält. Vor seinem Herrn angelangt, wirft er die Beiden zu seinen Füssen. Das knochige Wesen löst einen Lederriemen von seinem Gurt, mit einem peitschenden Geräusch schlägt er auf den Jungen ein. Ohne zu zögern rennt Eli auf das Wesen zu, dabei schreit sie: „Wehe, wenn du diesen Jungen noch einmal schlägst. Was glaubst du eigentlich wer du bist, du kommst hier her und schlägst wehrlose Kinder!" Eli bäumt sich vor den Kindern auf, die schnell hinter sie krabbeln um Schutz hinter ihren Beinen zu suchen. Das Wesen grinst sie an, seine spitzzulaufenden Zähne werden dabei entblösst. Alle Anwesenden starren sie mit grossen Augen an, einige ziehen die Luft scharf ein oder machen überraschte Geräusche. Erneut zerschneidet der Lederriemen die Luft, das kleine Mädchen hinter ihr schreit laut auf. Aus Reaktion Ohrfeigt Eli den Fremden, dann reisst sie ihm den Lederriemen aus der Hand. Mit dem Finger schlägt sie ihm gegen die Brust, dabei droht sie ihm: „Du elender Bastard, ich hoffe du verreckst elend auf einem Misthaufen! Falls du es wagen solltest noch einmal einen Wehrlosen zu attackieren, werde ich bei deinem Tod nachhelfen!" Anstatt Elis Drohung ernst zu nehmen, lacht er sie aus, dann sagt er zu seinem Diener gerichtet: „Hol Abyssa." Nach einer tiefen Verneigung rennt der Junge auf Kyriss und Angron zu, die nach wie vor im Eingang des Palastes stehen. Zu seiner Überraschung stellen sich ihm die Beiden in den Weg. „Er kommt.", sagt Angron gebieterisch. Kaum eine Sekunde später öffnet sich die Tür hinter ihm. Der König tritt auf den Hof, sofort verneigen sich alle bis auf Eli. Ohne Vorwarnung schubst das knochige Wesen Eli zur Seite, sie stolpert über eines der Kinder und landet in einer Pfütze. „Was verleiht mir die Ehre dich zu empfangen?", fragt Abyssa mit vorgespielter Freundlichkeit. „Einer meiner neuerworbenen Diener, meinte er hätte Information für mich, dafür wollte er, wie soll ich sagen, ein etwas angenehmeres Leben als meine anderen Gefangenen. Er meinte du hast geheiratet, was an und für sich beinahe unmöglich erscheint, aber noch schlimmer du hast einen Menschen gewählt. Da wollte ich nachsehen ob das wirklich stimmt und sich mein Diener ein besseres Leben verdient hat." „Ha und deshalb kommst du her, du hättest einen Brief schreiben können. Bevor ich es vergesse, ich würde mich geehrt fühlen, wenn du ein, zwei Tage hierbleibst und mir Gesellschaft leistest.", schleimt Abyssa ohne ein Wort über Eli zu verlieren. Dankend nimmt das knochige, weisse Wesen an. Während dieser seltsamen Unterhaltung rappelt Eli sich wieder auf die Beine. Sie marschiert stolz auf die Beiden zu, der Lederriemen immer noch in der Hand. Eli deutet an ihm den Lederriemen zurückzugeben, doch bevor er ihn erreicht, lässt sie ihn fallen. Hochnäsig geht Eli weiter auf den Palast zu. Sie fühlt die blass blauen Augen auf ihrem Rücken ruhen, ein kalter Schauer rinnt ihren Körper runter. Der Junge mit dem Stachelhalsband eilt herbei, schnell gibt er seinem Herrn den Lederriemen, der ihn wiederum damit schlägt. Eli dreht sich um, die zerlumpten Kleider des Dieners sind bereits von einigen Blutlinien durchtränkt. Angewidert von so viel Bosheit, kehrt Eli in die Mitte des Hofes zurück. „Ich dachte mir du kommst her, wenn ich ihn schlage.", entgegnet ihr der Fremde. „Da Abyssa anscheinend viel von dir hält, möchte ich gerne wissen wer du bist. Ich bin der König des Nordens, der Länder, die unter ewigem Eis und Schnee verborgen sind. Meine Untertanen nennen mich Xeros. Und du Hexe?" „Mein Name ist Eli. Ich trete für die Armen, Schwachen und Wehrlosen ein und bekämpfe Wesen wie dich. Dazu bin ich mit einigen Fürsten sehr gut befreundet.", Amon und Eligor treten an ihre Seite. Obwohl Eli noch nie richtig gekämpft hat, geschweige denn jemanden beschützt, fühlt es sich richtig an. Stolz hebt sie den Kopf, dann schaut sie nach unten zu dem Jungen, der sich vor seinem Herrn krümmt. Sie berührt in an der Schulter, sein Blick ist angsterfüllt. Das schallende Lachen seines Herrn verstärkt die Furcht vor ihm nur noch. Um der Unterhaltung zwischen Eli und Xeros ein Ende zu bereiten, mischt sich Abyssa ein. „Komm mit König Xeros, ich werde dir zeigen, wo du schlafen kannst, ebenfalls werde ich dich durch den Palast führen. Heute Abend wirst du meine Frau kennen lernen, wir werden gemütlich zusammen essen." Kaum hat Xeros den Hof verlassen, wirkt der Tag etwas heller und freundlicher. Xeros Diener bleibt zusammengekrümmt, bis sein Herr im Palast verschwunden ist. Dann geht das normale Tagesgeschehen weiter, als ob nichts gewesen wäre, nur Eli fühlt sich anders als heute Morgen wo sie aufgestanden ist. Ihr Blick schweift über die Frauen, die ihre Stände weiterhin hübsch machen, die Kinder die wieder ausgelassen am Spielen sind und den Haupteingang des Palastes. „Danke dass ihr mir beigestanden seid.", flüstert Eli kaum hörbar. Amon stupst sie mit seiner kalten Schnauze an und Eligor legt seine neblige Hand auf ihre Schulter. „Weshalb sagte Abyssa nicht, dass ich seine Königin bin?", überlegt Eli laut. „Weil er Xeros zappeln lassen will.", ertönt Kyriss Stimme hinter ihr. Eli wirbelt herum, er hat sich wieder einmal an sie herangeschlichen und das trotz seiner Grösse. „Lass dich heute nicht im Palast sehen, Abyssa sagte er will, dass du dich Heute von ihm fern hälst und noch wichtiger von Xeros. Du sollst dich hübsch machen und das blaue Kleid anziehen. Ich hoffe du weisst welches er meint. Das Abendessen wird um sechs serviert, ich werde dich an den Tisch geleiten oder Angron, wenn er dir lieber ist." Sie weiss genau welches Kleid Abyssa meint, daher nickt sie nur. „Ich will, dass ihr Beide mich begleitet. Amon wird mich gegen Abend zurück zum Palast bringen, dann werde ich mich hübsch machen und du holst mich mit Angron ab." Ohne zu zögern nickt er, dann marschiert er zurück zum Haupttor.

So frei wie heute hat sich Eli seit Monaten nicht mehr gefühlt, eigentlich seit dem Tag in der Arena. Die Wachen an der Palastmauer ziehen das schwere Eisentor hoch, damit Eli und ihre Begleiter hindurchgehen können. Elegant schwingt sich Eli auf Amons Rücken, er rennt los. Zuerst ist ihre Tagesreise planlos, dann bittet sie ihn zu den heissen Quellen zu gehen. Eligor springt zu ihrer Überraschung in das angenehm warme Wasser. Er lässt sich hinein sinken, bis nur noch sein Kopf zu sehen ist. Eli tut es ihm gleich, nachdem sie sich ausgezogen hat. Nur Amon meidet das Wasser. Er legt sich neben die Badenden auf die Erde. Es dauert nicht lange, da versucht Eligor Eli mit Wasser zu bespritzen. Natürlich gibt sie zurück, doch er kann sich in Nebel verwandeln innert kürzester Zeit, daher schwappt das Wasser durch ihn hindurch.

Ab und zu treffen sie auch Amon, der nur zu gerne auch helfen würde, immer wieder legt er seien Vorderpfote ins Wasser, dann zieht er sie ruckartig zurück. Am späteren Nachmittag getraut er sich dann auch ins Bad. Nun bricht eine wilde Wasserschlacht aus. Eli hat Eligor noch nie lachen hören, bis jetzt, selbst Amon seiht glücklicher aus als sonst. Um den Krieg zu beenden, umarmt Eli die Beiden herzhaft. „Ich denke der Sieger der Schlacht ist klar." Neugierig schauen die Beiden sie an. Dann verkündet Eli stolz: „Ich habe gewonnen." Sofort protestieren sie, bis das Ergebnis auf unentschieden geändert wird. Pitschnass machen sie sich auf den Heimweg.

Kaum im Hof angelangt, da nimmt Kyriss sie auch schon in Empfang. Kurze Zeit später hat sie sich umgezogen und sieht wieder aus wie eine Lady. Eli ist noch nicht einmal ganz aus der Tür, da quetscht sich Amon in ihr Zimmer. Er liebt Abyssas Bett, oft schläft er darauf oder döst. Meist kuschelt sich Eli an ihn oder streichelt ihn. Selbst Kyriss wurde bereits mehrere Male von Eli erwischt, wie er in diesem Bett geschlafen hat. „Sei vorsichtig und wenn etwas ist, dann ruf uns einfach, wir warten hier auf deine Rückkehr.", sagt Eligor so, als ob sie auf eine Reise gehen würde. Sie nickt, dann marschiert sie vor Kyriss her. Am Treppenabsatz wartet Angron auf sie, nun wird sie von

Abyssas Leibwache begleitet. Die Tür zum Speisesaal wird von einer Dienerin geöffnet, die Eli bisher noch nicht gesehen hat. Um ihre Dankbarkeit auszudrücken, neigt Eli ihren Kopf und lächelt sie freundlich an. Das Lächeln wird sofort erwidert, gefolgt von einer tiefen Verneigung. Als Eli eintritt, steht Abyssa auf, er geht auf sie zu, schliesst sie in die Arme und küsst sie. „Darf ich Vorstellen, meine Frau Eli", seine Stimme könnte nicht überheblicher klingen. „Ah, die kleine Hexe von heute Morgen. Ich dachte sie sei deine Beraterin und vielleicht deine Affäre, aber niemals deine Frau. Zumal ich einen echten Menschen erwartet habe.", sein Blick durchdringt Eli beinahe. „Oh nein, sie ist keine Hexe. Sie hat nur die Augen von einer.", erklärt Abyssa für Eli. Während dem Essen sprechen Abyssa und Xeros beinahe nur über ihr Land, ihr Volk und ihre Habseligkeiten. Gelangweilt stochert Eli in ihrem Essen herum. Als sich das Gesprächsthema auf sie verlagert, hört Eli aufmerksam zu. „Ich hörte du seist bereits mehrere Monate mit ihr verheiratet, da frage ich mich weshalb sie noch keinen Balg in sich trägt?" Peinlich berührt sieht Eli zum Ausgang, bei dieser Unterhaltung möchte sie lieber nicht dabei sein, aber sie weiss, dass sie nicht einfach verschwinden kann. „Wir gewöhnen uns noch aneinander.", gibt Abyssa nach einer langen Denkpause zu. „Besitzt du den wehrhaften Jungen noch, wie heisst er nochmals? Eh? Loren oder so ähnlich." „Klar, aber ich habe ihn Angron geschenkt, er geht nun anderen Tätigkeiten nach. Aber ich denke du kannst ihn ausleihen.", dabei huscht sein Blick zu seiner Leibwache hinüber. „Mhm.", murrt Angron, doch dann nickt er. Kyriss schlägt ihm auf die Schulter, dann verschwinden die Beiden für kurze Zeit. Mit einem jungen Mann im Schlepptau kommen sie zurück. Sofort fällt sein Blick auf Xeros. „Nein, nein, nein, nein, nein, bitte Angron bitte nicht zu ihm, ich tu alles was du willst, aber bitte schick mich nicht zu ihm!", hilflos schlägt er um sich, doch Kyriss hat ihn fest im Griff. „Es tut mir leid.", ist alles was Angron zu ihm sagt. Eli fühlt sich dazu verpflichtet etwas zu sagen, aber sie weiss nicht was, daher fragt sie: „Was willst du mit ihm machen?" An Abyssa gewendet wispert er: „Du solltest ihr wirklich mehr von dir erzählen und von deiner Welt, in der ich vorkomme. Ich lade dich gerne einmal zu mir ein, dann kann sie mein Königreich sehen und muss keine so dummen Fragen mehr stellen. Wenn du willst kannst du gleich mit mir abreisen, ich habe nicht vor allzu lange hier zu bleiben. Es ist mir zu warm und diese Gefühlsduselei überall!" „Gut warum eigentlich nicht, eine kleine Reise wäre ganz nett. Angron du wirst in meiner Abwesenheit herrschen, Kyriss du wirst ihn unterstützen.", befiehlt Abyssa als ob es das normalste der Welt ist, sein Königreich einer Leibwache zu übertragen. Vollkommen entgeistert schaut Eli ihn an, sie will an keinen Ort, wo es noch kälter ist als hier und erst recht nicht, wenn dort ein Wesen wie Xeros das sagen hat. Aufmüpfig verschränkt sie die Arme. „Ich werde nicht mitkommen.", ihre Stimme wirkt so fehl am Platz, dass Eli danach wieder still ist. Die blass blauen Augen von Xeros durchbohren sie wie Eiszapfen. „Ich denke du wirst keine Wahl haben, daher rate ich dir deine wärmsten Kleider mitzunehmen.", seine Stimme klingt auf einmal so melodisch und angenehm warm. „Lass das! Sie gehört mir! Wage es nicht sie zu betören mit deiner lieblichen Stimme!", schreit Abyssa. „Als ob du es anders gemacht hättest!", schnaubt Xeros verächtlich. Die unheilvollen, auf Eli hypnotisch wirkenden schwarzen Linien zieren nun Abyssas Körper. Ähnliche Linien bilden sich auch auf Xeros bleicher Haut. „Raus hier!", brüllt Kyriss, sofort lässt er Loren los, der eilig davonrennt. Angst steigt in Eil auf, dennoch kann sie sich nicht wegbewegen. Ihre Aufpasser sind aus dem Raum gestürmt und sie werden nicht zurückkommen um sie zu holen. Mit weit aufgerissenen Augen beobachtet sie ihren Mann und dessen Gegner. Ihre Angst wird von Faszination verdrängt, noch sitzen die Beiden auf ihren Stühlen, doch es wird nicht mehr lange dauern und sie kämpfen miteinander. Überrascht stellt Eli fest, dass sie aufgestanden ist, ihre

Hand liegt auf dem Tisch. Mühsam setzt sie einen Fuss vor den anderen, bis sie hinter Abyssa steht. Ihre Hände gleiten über seinen Oberkörper, ihre Lippen berühren seinen Nacken. Er vergräbt seine Hände in ihren langen schwarzen Haaren, ohne auf Xeros zu achten, neigt er den Kopf nach oben um Eli zu küssen. Leichtfüssig geht sie um den Stuhl herum, sie setzt sich auf seinen Schoss, den Rücken dem Tisch zugewandt. In Elis Kopf gibt es nur noch Abyssa und sie, daher lässt sie sich auf den Tisch setzten. Mit den Händen schiebt sie sein Teller weg, dabei stösst sie ein Glas um. Die Flüssigkeit rinnt über den Tisch und tropft auf Xeros Schoss, der wie gebannt zuschaut. Mit flinken Fingern schiebt Abyssa Elis Kleid nach oben. Eli stöhnt auf, als er in sie eindringt. Lustvoll gibt sie sich ihm hin, er berührt sie zärtlich, bis sie sich rücklings auf den Tisch legt. Ihre Fingernägel bohren sich in seine Unterarme, sein Blut rinnt über ihre Hände. Hellbegeistert von diesem Schauspiel lehnt Xeros sich zurück. Er geniesst jeden Stoss, jedes Stöhnen und wartet geduldig auf den Höhepunkt, der sogleich kommt. Abyssas schwarze Körperverzierung verschwindet, die hypnotische Wirkung verschwindet. Auf dem Rücken liegend, mit hochgeschobenem Kleid kommt Eli zur Besinnung. Mit feuerrotem Gesicht setzt sich Eli auf, Abyssa steht immer noch zwischen ihren Beinen. „Entschuldige.", murmelt sie, dabei zieht sie ihr Kleid zurecht. „Das war wirklich überraschend, aber sehr schön anzusehen.", stellt Xeros fest. Eli wird nur noch röter, als sie ohne hin schon ist. Als er ihren Rücken berührt, schreckt sie zusammen. Sein Körper trägt immer noch schwarze Linien, allerdings wirken seine nicht hypnotisch oder betörend auf sie. Die Tür öffnet sich einen Spaltbreit, Kyriss steckt seinen Kopf hindurch um zu sehen, was sich eigentlich im Speisesaal zuträgt. Verdutzt stellt er fest, dass nicht zerstört ist und Eli wohlauf ist. Nach Kyriss tritt Loren ein, diesmal zappelt er nicht herum und er wird auch nicht festgehalten. Nur von Angron fehlt jede Spur. „Da du kein Dessert magst, habe ich auch keines machen lassen. Ich denke Eli möchte sich jetzt gerne zurückziehen und wenn es für dich in Ordnung ist, begleite ich sie.", er nimmt ihre Hand und führt sie neben Kyriss vorbei in den Flur.

In den folgenden Tagen begegnen sich Xeros und Eli häufig und jedes Mal läuft ihr Gesicht rot an. Er lächelt sie dann immer freundlich an und versichert ihr, dass nichts Schlimmes dabei sei und alles in bester Ordnung ist. Das Eis taut langsam und Xeros ist immer noch zu besuch. Eli hat sich mittlerweile an ihn gewöhnt. Amon und Eligor sind oft unterwegs im Wald und lassen Eli allein zurück. Sie wartet beinahe jeden Abend hinter dem Eisentor auf ihre Rückkehr. Meist kommen sie vor

Einbruch der Nacht zurück, heute allerdings nicht. Schritte nähern sich Eli von hinten. „Komm rein, die Beiden kommen sicher bald nach Hause.", versichert ihr Abyssa. Mit gesenktem Kopf folgt Eli ihm in den Palast. „Sie werden heute nicht nach Hause kommen. Ich habe sie in den Süden geschickt, damit sie Azalea und Pyrus holen und auf dem Nachhauseweg sollen sie noch Mina abholen. Ah und Eligor habe ich beauftrag nach Sirus zu sehen, ich will wissen wie es dem kleinen Schatten geht.", tränen steigen ihr in die Augen, sie vermisst die Beiden so sehr, obwohl sie sie heute Morgen erst verabschiedet hat. „Es geht ihnen sicher gut, mach dir keine Sorgen.", dann schliesst er sie in seine Arme, doch Eli beruhigt sich nicht. „Es ist vielleicht nicht gerade der passende Moment, aber wir werden Übermorgen ebenfalls auf Reisen gehen. Xeros fühlt sich mittlerweile sehr unwohl, daher wird er abreisen und wir werden ihn begleiten. Ich vermute Amon und Eligor werden etwa ein bis zwei Monate weg sein. Bis dahin werden wir zurück sein. Versprochen." Eli schluchzt noch lauter als zuvor. Sie weint sich in den Schlaf.

22

Während Amon und Eligor in den Süden reisen, reist Eli mit Abyssa und seinen Männern in den Norden in Xeros Reich. Loren begleitet sie ebenfalls, bei jeder sich bietenden Möglichkeit dankt er Eli. Allerdings weiss sie nicht genau wofür. Daher fragt sie ihn in einem unbeobachteten Moment. „Meine Königin,", beginnt er, „ich weiss nicht ob es mir erlaubt ist Ihnen das zu sagen." „Du brauchst mich nicht so höfflich anzusprechen, mein Name ist Eli. Das reicht völlig. Und ich denke du kannst es mir anvertrauen. Ich werde es auch niemandem verraten, dass du es mir gesagt hast. Versprochen." Unsicher kontrolliert er ob sie wirklich allein sind. „Ich spreche nicht gerne darüber, daher zeige ich es Ihnen, ich meine dir besser.", dann zieht er sein Shirt aus. Sein Oberkörper ist mit tiefen Narben übersäht. „Darf ich?", fragt Eli während sie ihre Hand ausstreckt. Zuerst weicht Loren zurück, doch dann lässt er sich berühren. „Die Nächte waren am schlimmsten, er hat unaussprechliche Dinge mit mir gemacht.", tränen steigen in seine Augen. Er kämpft gegen die hochsteigenden Gefühle an. „Seit dem Tag, an dem er dich kennen lernte ist er vorsichtiger. Es tut immer noch weh, aber es ist erträglich." „Weshalb begleitest du uns? Ich habe Angron gehört, wie er sagte, dass du auch bei ihm im Palast bleiben könntest.", Eli ist klar, dass sie Wunden aufreisst, aber sie muss es einfach wissen. „Erinnerst du dich an den Jungen mit dem Stachelhalsband?" Eli nickt. „Das ist mein kleiner Bruder. Xeros hat ihn gekauft, als ich weggelaufen bin. Abyssa hat mich aufgenommen und mich dann an Angron verschenkt. Er quält ihn so wie er mich quälte, daher hoffe ich er lässt seine Wut und Experimentierfreudigkeit an mir aus und nicht an Tarel." „Das ist wirklich sehr ehrenhaft, aber auch dumm.", stellt Eli fest. In ihrer Nähe rascheln Blätter, sofort rennt Loren auf das Geräusch zu. Er kommt mit seinem Bruder zurück. „Das ist meine Königin.", stellt er Eli vor. Von nahem betrachtet sieht der Junge noch jünger aus. „Wie alt bist du?", fragt Eli um ihre Neugierde zu befriedigen. „Vierzehn.", antwortet Loren für ihn. Völlig entgeistert starrt er seinen älteren Bruder an, dann stösst er ihm den Ellenbogen in die Seite. „Keine Sorge sie ist nicht Xeros, du kannst sie wie eine Fürstin behandeln.", erklärt Loren. „Oder wie eine Freundin.", fügt Eli hinzu. „Tarel wo steckst du? Komm her!", brüllt Xeros wütend. Der Junge wird blass, zitternd versteckt er sich hinter einem Baum. „Loren leihst du mir kurz deinen Dolch?" Zögernd reicht er ihn ihr. Sie schneidet sich damit in die Handfläche, die Beiden Jungen machen riesige Augen. Nachdem Eli den Dolch an Lorens Shirt, das auf dem

Boden liegt abgestreift hat, gibt sie ihn zurück. „Danke. Tarel ich möchte gerne, dass du so tust als ob du mir helfen würdest, so kann ich Xeros erklären, dass ich deine Hilfe gebraucht habe." Sie streckt ihm das Shirt seines Bruders entgegen. Schnell wickelt er es um ihre blutige Hand. Während Tarel ihre Hand verbindet, stützt Loren sie. Zusammen marschieren die drei zum Lager zurück. Kaum hat Xeros sie entdeckt, stürmt er auf sie zu. Er löst den Lederriemen von seinem Gürtel und lässt ihn durch die Luft fahren. Er drückt sich an Elis Seite, dabei stolpert er beinahe. „Wenn du jemanden bestrafen willst, dann mich.", faucht Eli ihn an. „Dein Diener hat mir eben geholfen, dafür kannst du ihn nicht bestrafen!", fügt Eli genauso unfreundlich hinzu. Er bindet den Lederriemen wieder an seinen Gürtel. „Sag so etwas nicht noch einmal, sonst bringst du mich noch auf Ideen!" Eli tritt so nahe an ihn heran, dass sie seine Wärme auf dem Gesicht fühlt. „Wie würdest du mich denn bestrafen?", fragt Eli mit erotischer Stimme. „Unglaublich, dass du mich provozierst, nachdem du Lorens Verletzungen gesehen hast." „Sollte ich jetzt Angst vor dir haben. Ich wusste von Anfang an was du bist und zu was du fähig bist. Daher brauche ich auch keine Angst vor dir zu haben. Es gibt nichts was du mir antun könntest, was mich überraschen würde.", blufft Eli. Ohne zu zögern schaut sie ihm in die kalten blauen Augen. „Zu schade, dass du

Abyssa gehörst, aber vielleicht kann ich dich auslehnen. Oder du kommst freiwillig zu mir." Die Worte, damit ich dir das Gegenteil beweisen kann, fügen sich in Elis Kopf automatisch hinzu. „Was bietest du mir an?" Er zeigt auf Tarel. „Wie lange?" „Drei Stunden und keine Sorge ich werde deinen Körper nicht mit Narben zieren oder Abyssas Arbeit erledigen." Eli wird rot, da ihr die Szene im Speisesaal in den Sinn kommt. „In Ordnung. Drei Stunden, ohne Narben und eheliche Pflichten." Grinsend nickt er. „Wie lange rasten wir hier?", hackt Eli nach. „Ein paar Stunden, wenn du willst können wir beginnen. Ich will nur noch Abyssa in Kenntnis setzten. Er soll nicht denken ich tu dir etwas an, das du nicht willst." „Du brauchst mich nicht in Kenntnis zu setzten. Ich habe die ganze Unterhaltung mitgehört. Tu was du nicht lassen kannst.", seine Stimme kommt von oben, daher schauen alle in die Baumkrone und tatsächlich, er sitzt gemütlich oben auf dem Baum und starrt herunter. „Du musst das nicht für mich tun.", flüstert Tarel. Doch Eli ignoriert ihn.

„Leg dich hin!", befiehlt Xeros ihr, als sie in der dunklen Kutsche sind. „Ich werde ab und zu kleine Pausen machen und dich Fragen ob du noch weiter machen willst. Falls du nein sagst, bleibt Tarel in meinem Besitz. Alles verstanden?" „Ja.", erst jetzt macht sie sich ernsthaft Sorgen. „Hat Abyssa dir einmal Bilder in den Kopf gesetzt?" „Ja." „Gut zu wissen, nun schliesse bitte die Augen und entspann dich." Seine kalten Fingerspitzen berühren ihre Schläfe, die Kälte dringt in ihren Kopf ein. Die ersten Bilder sind wahnsinnig schön, er zeigt ihr sein Königreich und sein Zuhause. Der Palast ist wunderschön, überall hängen Bilder oder stehen Statuen. Plötzlich sieht Eli Loren so scharf vor ihrem inneren Auge, dass sie glaubt vor ihm zu stehen. Xeros zeigt Eli was er mit ihm angestellt hat, er lässt sie hören wie er geschrien und um Gnade gebettelt hat. Eli würgt, hält sich aber unter Kontrolle. Als er fertig ist, macht er eine kurze Pause. „Willst du, dass ich aufhöre?" „Nein.", presst Eli hervor, dann legt er seine Hände erneut an ihre Schläfe. Erneut erscheint Lorens Gesicht vor ihr. Doch diesmal ist etwas anders, sie sieht zwar wie Xeros Loren verletzt, aber sie fühlt es. Bei jedem Schnitt, Stich oder Brandwunde schreit Eli auf. Ihr Körper brennt wie Feuer, tränen rinnen ihr übers Gesicht, die Muskeln verkrampfen sich, die Lunge brennt. Als letztes taucht er seinen Kopf in einen Eimer gefüllt mit Wasser, obwohl Eli in einer Kutsche liegt, glaubt sie zu ertrinken. Sie japst nach Luft, legt ihre Hände um den Hals und versucht sich zu befreien. Dann endlich wird es wieder dunkel um sie. „Willst du, dass ich aufhöre?", seine Stimme klingt so einladend, dennoch lehnt Eli ab. Um es interessanter zu gestalten, projiziert Xeros einen Spiegel in Elis Kopf und er macht die Kutsche in ihren Gedanken so hell, dass sie sich erkennen kann. Er zeigt ihr im Spiegel was sie nun erwarten wird. Nach wenigen Minuten kann Eli nicht mehr, sie weint, dann schreit sie wieder auf, die Schmerzen werden immer schlimmer. Im Spiegel sieht sie ihren blutüberströmten Körper. Zum Schluss, in der Hoffnung Eli würde doch noch aufgeben, drückt er ihr einen Dolch ins Herz. Bevor sie ihm wegstirbt reisst er ihr noch die Kehle auf und durchbohrt sie mit schwarzen linienartigen Pfeilen. Da Eli nicht weiss, dass sie die Tortur überstanden hat, fragt Xeros erneut: „Willst du, dass ich aufhöre?" Elis Stimme versagt, daher nimmt sie seine Hände und legt sie an ihre Schläfe. Er zieht seine Hände zurück, öffnet die Tür, dann setzt er sich hin. „Du kannst gehen." Doch Eli bleibt noch liegen. Ihr Körper fühlt sich schwach, wund und verletzt an. Loren nähert sich als erster der Kutsche. Er späht in das dunkle Innere. „Komm rein und hilf deiner Königin. Du kennst den Schmerz, den sie erlitten hat am besten. Nur bei dir habe ich es über Monate hinweg gemacht und bei ihr in zwei Stunden." Besorgt um Elis wohlergehen betritt er die Kutsche. „Warst du überrascht von meinem können?", er kann die Neugierde in seiner Stimme nicht unterdrücken. „Vielleicht ein wenig.", gesteht Eli. Eine weitere Stunde vergeht, Eli liegt immer noch in der Kutsche, neben ihr

Xeros. Loren hat sich zurückgezogen, aber er musste Xeros versprechen noch nichts zu verraten. Immer noch geschwächt setzt sich Eil auf. „Hilfst du mir aus der Kutsche? Ich möchte Tarel als meinen Diener willkommen heissen." Die Gesichter der Männer sind blass, Tarel hat geweint, seine Augen sind noch ganz wässrig. Mit Xeros Hilfe tritt Eli vor die versammelten Männer, alle warten gespannt. Die Luft ist geladen, das knistern ist beinahe zu hören. Elis Stimme setzt der Stille ein Ende. „Willkommen in meinem Gefolge Tarel, ab heute gehörst du zu mir."

23

Gegen Abend entscheiden sich Xeros und Abyssa gegen eine Weiterreise. Sie lassen von ihrem Gefolge die Zelte aufschlagen und Feuerholz suchen. Nur Tarel weiss nicht wo er helfen soll, daher sagt Eli ihm, er solle sich Loren anschliessen. Die Nacht frischt auf, ein kalter Wind fegt über ihr Lager. Zitternd geht Eli in ihr Zelt, indem Xeros mit Abyssa Karten spielt. So ein Spiel hat Eli noch nie gesehen. Sie setzt sich neben Abyssa hin und beobachtet ihn, ab und zu schaut sie ihm in die Karten um besser verstehen zu können was sie eigentlich machen. Nach mehreren Runden versteht sie das Spiel immer noch nicht. Gähnend streckt sie sich, doch die beiden Herren spielen weiter, als gäbe es sie nicht. Etwas abseits legt sie sich hin. Kaum eingeschlafen, wird sie von lautem Gegröle geweckt. Genervt zieht sie sich die Decke über den Kopf. Dann endlich kommen die erlösenden Worte: „Ich geh dann Mal." Endlich verschwindet er, dann habe ich meine Ruhe und kann schlafen, denkt sich Eli. Aber Abyssa hat anderes im Sinn, er legt sich zu ihr, schlingt den Arm um sie und küsst sanft ihren Nacken. „Lass mich, ich will schlafen!" murmelt Eli. Abyssa hingegen lässt nicht von ihr ab, er streichelt ihren Körper, liebkost ihren Busen und küsst sie. Schnaubend dreht sich Eli um, als sie Xeros und nicht Abyssa sieht wird sie blass. Schützend legt sie ihre Hände vor den Körper und zieht ihr Nachthemd zurecht. Zuerst ist es Eli peinlich, dass sie ihren Mann nicht von Xeros unterschieden hat, doch dann schlägt ihr Gefühl in Wut um. „Hau ab! Und lass mich in Ruhe! Ich will nicht, dass du mich berührst! Verschwinde!", brüllt Eli ihn an, zwischen jedem Befehl macht sie eine Sprechpause. „Bitte entschuldige, ich wollte nur wissen wie du auf ihn reagierst, falls er dir einmal zu nahe kommen sollte." Diese Stimme, wieso hat Xeros Abyssas Stimme. Verwirrt schaut sie ihn an. „Ah.", sagt er noch, dann verändert sich sein aussehen, nun liegt Abyssa vor ihr. Das hatte Eli vollkommen vergessen, er kann seine Gestalt verändern. Er ist ein Gestaltwandler, er hat sich einst auch als Kyriss ausgegeben und auch schon als Amon, nur weil er sehen wollte wie sie wirklich über ihn und seine Leibwache denkt. Eigentlich möchte sie gerne wissen, weshalb er das getan hat, zumindest jetzt, aber sie ist zu müde um mit ihm zu sprechen, daher dreht sie sich weg von ihm. Kaum eine Minute später schläft sie tief und fest.

Durch Männerschreie, aufeinanderprallendes Metall und Hilferufe, schreckt Eli aus ihrem wunderschönen Traum auf. Sie träumte von ihrer Mutter und Azalea, die Mina den Wald zeigt. Aber jetzt ist sie wieder in der wirklichen Welt, in der sie einen Dämonenkönig geheiratet hat und auf dem Weg in den Norden ist wo schreckliche Dinge auf sie warten. Mit einem Hieb schneidet eine Klinge durch den dicken Stoff ihres Zeltes, kälte strömt hinein. Schnell tastet Eli nach Abyssa, aber sein Platz ist leer. Er ist weg. Verschwunden. Durch den zerschnittenen Stoff tritt ein wildaussehender Mann ein. Seine Haare sind verfilzt, sein Gesicht mit Erde bedeckt, die Augen gerötet und die Kleider zerschlissen und abgenutzt. Der Mann schreit sie in einer fremden Sprache an. Sie versteht kein Wort, daher hebt sie die Hände schützend vor ihren Körper, die Handflächen gegen ihn gerichtet. Ein Junge kommt hineingerannt, er rempelt den Krieger an und stellt sich schützend vor Eli. Mit hocherhobenem Schwert, zum Schlag bereit, nähert er sich dem Jungen. Seine angenehme, weiche Stimme passt nicht zu der harten Sprache aus der Wildnis, die er nun benutzt. Verdutzt nimmt der Krieger sein Schwert runter, er stellt sich direkt vor dem Jungen hin. Er beäugt ihn genau, dann schlägt er ihm hart gegen die Schulter. Mit einem Lächeln auf dem Gesicht, sagt er etwas, dass nach Spott klingt. Aber es ist besser als getötet zu werden, denkt sich Eli. Ein weiterer Krieger stürmt in das Zelt, nebst einem Dolch trägt er eine Fackel bei sich. Der Schein des Feuers erhellt das Gesicht des Jungen, es ist Tarel. Aber woher kann er denn die Sprache der Wilden? Langsam setzt sich Eli auf, Tarel setzt sich zu ihr, dabei lässt er die Krieger nicht aus den Augen. „Woher kannst du ihre Sprache?" „Ich habe viel Zeit im Kerker verbracht und Nordmänner, die nicht in Xeros Gefolge sind, werden dort gefoltert. Da sie meine einzige Chance waren mit jemandem zu sprechen, lernte ich ihre Sprache.", gesteht er Eli. Da sie keine Begeisterung oder sonstige Emotionen zeigt, nimmt Tarel ihre Hand. „Ich werde dich beschützen." Ausserhalb des Zeltes verstummen die Schreie, daher zieht Tarel Eli auf die Füsse. „Komm, sie wollen ihre Beute bestaunen und da gehören wir beide dazu. Wir müssen uns in einer Reihe vor dem Zelt aufstellen." Barfuss, mit hängendem Kopf verlässt Eli das Zelt. Sie stellt sich zwischen Tarel und Loren. Da Eli die einzige Frau ist, erregt sie auch am meisten Aufmerksamkeit. Der Anführer der Truppe geht der Reihe entlang, dabei bleibt er vor ihr stehen. Er sagt etwas in der fremden Sprache, dann jubeln alle hinter ihm. Tarel schluckt so laut, dass Eli es hört. „Was hat er gesagt?", fragt Eli aufgebracht. Der Krieger vor ihr lächelt sie an, dann sagt er: „Wir haben ein neues Spielzeug für heute Nacht gefunden." Seine Stimme ist rau, aber was er sagte ist grausam. „Du darfst keine Schwäche zeigen.", flüstert Tarel von der Seite her. „Hör auf den Jungen, er weiss viel. Ich frage mich nur woher?" Alle Augen sind auf ihn geheftet. „Ich lernte einige von euch kennen, da fand ich es gut eure Sprache und Sitten zu lernen.", Eli weiss, dass es nicht ganz der Wahrheit entspricht, sagt aber nichts. Als Eli umherschaut, fragt der Kriegeranführer: „Suchst du den Herrn der Finsternis oder den Herrn des Nordens?" „Beide." Er zeigt auf Xeros Zelt. Auch wenn sie es nicht erklären kann, muss Eli wissen wie es Abyssa geht. In den letzten Monaten hat er immer auf sie achtgegeben und sie vor drohendem Unheil geschützt. Und jetzt ist er ein Gefangener einer Meute Wilder, die ihr wehtun wollen und er ist nicht hier um sie zu beschützen. Der Krieger inspiziert noch seine anderen Gefangenen, das nutzt Eli aus, sie rennt los. Ihr Körper mag ihren Beinen kaum nach, dann endlich erreicht sie das Zelt. Sie reisst den Stoff auseinander, huscht hinein und verschliesst das Zelt hinter ihr gleich wieder. Das Zeltinnere wird von zwei Fackeln erhellt, die in den Boden gerammt wurden. Unterhalb der Fackeln liegt je ein männlicher Körper. Ihr wird übel, als sie die Pfähle, die ihnen durch Hände, Füsse, Oberarme und unterhalb der Rippen durchs Fleisch bis in den Boden gerammt wurden erkennt. Eli kniet sich neben Abyssa, der noch flach atmet, ruckartig zieht sie ihm Pfahl um Pfahl aus dem Körper. Aus einem der herumstehenden Krüge gibt Eli ihm etwas Wasser, nachdem sie es gekostet hat. Hustend legt er seine Hand auf ihre. „Wehr dich nicht gegen sie, dann tut es weniger weh. Sobald es mir möglich ist, hole ich dich und wir gehen zurück in meinen, ich meine unseren Palast.", flüstert Abyssa schwach. Seine Augen fallen zu. Bevor Eli sich zu ihm legt, zieht sie noch die restlichen Pfähle seinem, dann aus Xeros Körper und deckt ihn mit einem Fell zu.

Benommen öffnet Eli ihre Augen. Ihr ist übel und alles um sie herum dreht sich. Ihr ganzer Körper schmerzt, besonders aber die Beckengegend. Ein Mädchen sitzt neben ihr, es tauscht gerade den Lappen auf ihrer Stirn aus. Kaum öffnet Eli ihre Augen einen Spaltbreit, da gibt das Mädchen Alarm. „Endlich bis du aufgewacht.", Lorens Stimme klingt wirklich sehr erleichtert. Der Raum wird von einzelnen Sonnenstrahlen erhellt, die Wände sind grau. Sie ist in einer Höhle. Mit besorgtem Blick sucht sie die Höhle ab. „Er ist nicht hier, aber er lebt noch.", versichert Loren ihr. Das Mädchen starrt ihn böse an. Beschwichtigend übersetzt Tarel ihr was sein Bruder eben gesagt hat. Eli zuckt zusammen, als sie seine Stimme hört, denn ihn hat sie nicht gesehen. „Tschuldige", ist alles was er dazu sagt. „Das Mädchen hier, ist die Tochter des Anführers. Sie findet Tarel und mich süss und deshalb wurden wir ihr geschenkt. Und dich, naja du bist so etwas wie ihre Puppe, sie zieht dich anders an und färbt dein Gesicht mit Beeren farbig ein. Aber wie du vielleicht fühlst, bist du auch das Spielzeug der Männer hier. Ich werde dich heute waschen und dich pflegen.", erklärt Loren ungehalten. „Wie lange war ich weg?" Loren sieht seinen Bruder an, da er nicht weiss, ob er ihr die Wahrheit sagen soll. „Vier Tage.", sagt Tarel. Ein Schatten zeichnet sich auf dem Gesicht des Mädchens ab, jemand hat die Höhle betreten. „Geh zu Mutter!", befiehlt eine raue, vertraute Stimme. Das Mädchen bleibt trotzig neben Eli sitzen, erst nachdem es eine Ohrfeige von seinem Vater bekommt, rennt es weinend aus der Höhle. „Wir warten vor der Höhle, wenn du fertig bist, würde ich sie gerne waschen und pflegen, insofern du es mir erlaubst.", Lorens Stimme ist so unterwürfig, dass es Eli schmerzt. Er nickt nur, dann wendet er sich ihr zu. Mühelos dreht er sie auf den Bauch, mit einer Hand drückt er sie gegen den felsigen Boden, mit der anderen zieht er sich die Hose runter. Tränen fliessen Eli übers Gesicht, bei jedem Stoss schreit sie auf, die Schmerzen sind kaum auszuhalten. Bevor er von ihr ablässt würgt er sie noch. Zusammengekauert bleibt sie am Boden liegen als er die Höhle verlässt. Loren eilt zu ihr hin, er wickelt sie in ein Fell ein und umarmt sie, bis sie sich etwas beruhigt hat. „Wenn du willst kann ich dir einige Tricks zeigen, damit es nicht mehr so weh tut. Xeros hat mir erzählt, dass er dir zeigte was er mir antat." Sein Herz schlägt schneller bei seinem Angebot, Eli weiss, dass er nicht gerne über seine Zeit bei Xeros spricht, daher nimmt sie gerne an. „Ich will dich nicht drängen, aber ich sollte dich waschen und deine Wunden pflegen." Eli zieht das Fell enger um sich, sie will sich nicht berühren lassen. Sie möchte sich nur geborgen und beschützt fühlen, ohne berührt zu werden. Aber Loren zieht ihr das Fell behutsam weg. Entblösst sitzt Eli vor ihm, zuerst verdeckt sie sich so gut es geht, doch er zieht ihr die Arme weg. Er mahnt sie immer wieder sich zu entspannen und sagt ihr, dass es sonst nur noch mehr schmerzt. Endlich ist er fertig. Als ob der Mann, der ihr vor wenigen Stunden solche Schmerzen bereitet hatte, es gehört hätte, tritt er ein. Er lächelt sie freundlich an, doch Elis Blick verrät, dass sie ihn töten würde, wenn sie könnte. Unbeeindruckt packt er sie am Arm, er riecht an ihr, dann flüstert er ihr zu. „Benimm dich, sonst tut es beim nächsten Mal noch mehr weh." Er führt sie aus der Höhle hinaus. Die Sonne färbt den Himmel rot ein, einige Wolken leuchten in einem kräftigen orange. Ein wunderschöner Sonnenuntergang. Vom Ausgang ihrer Höhle hat sie einen Überblick über das gesamte Dorf. Kleine steinerne Häuschen sind wie Pilze auf der Wise vor ihr verteilt. Nordmänner und Nordfrauen schwatzen ausgiebig miteinander, die einen trinken dazu, andere essen. Eli sieht auch einige, die sich prügeln. Sie wird durch die Nordmänner bis in die Mitte des Dorfes geführt, dort wird ihr eine Halskette angelegt, die an einem Pfahl befestigt ist. Loren setzt sich neben sie, als sich auch Tarel zu ihr setzten will, wird er von dem Mann gerufen. Er gehorcht ihm wie ein Hund und huscht davon. „Erzähl mir etwas über dieses Volk.", verlangt Eli. „Der Mann, der dich heute besuchte ist der Anführer, er heisst Torm. Das Mädchen war seine Tochter Ran, ich weiss leider nicht von welcher Frau sie ist, denn er hat fünf oder sechs. Nordmänner haben meist mehrere Frauen. Und wenn sie in der Rangordnung aufsteigen wollen, müssen sie die Gunst von Torm auf sich ziehen. Er ist der einzige, der Jemanden in der Hierarchie aufsteigen lassen darf. Es ist ein brutales Volk, sie töten gar ihre eigenen Kinder, wenn ihnen etwas nicht passt, oder sie einen Wutanfall bekommen. Torm lässt seine Wut oft an dir aus, wie du vielleicht fühlst. Ach und sie glauben an mehrere Gottheiten, allerdings weiss ich nicht genau an welche und was sie zu bedeuten haben." Eli nickt nur, aber verstehen tut sie vieles nicht. Zwei Männer nähern sich ihr. Sie sprechen in der fremden Sprache, daher bittet Eli Loren es für sie zu übersetzten. „Woher weisst du...", beginnt er, doch Eli schwatzt ihm rein: „Ich habe dich mit einem Jungen in dieser Sprache sprechen hören." „Sie albern nur rum, keine Sorge es ist wirklich nichts was du wissen musst.", versichert er ihr. In einem unbeobachteten Moment nimmt sie seine Hand. „Weisst du wie es Abyssa geht und wo er ist?" „Natürlich lebt er und ja ich weiss wo er ist, aber du wirst ihn heute noch sehen. Als kleine Vorwarnung, er ist nicht mehr derselbe wie vor einigen Tagen. Erwarte nicht zu viel.", seine Stimme schwankt zwischen Trauer und Freude umher. Beinahe jeder Nordmann wirft ihr vielsagende Blicke zu oder leckt sich die Lippen, aber keiner wagt es sie zu berühren. Die Nordfrauen hingegen strafen sie mit Verachtung. Ein Mann schlägt mit einem Holzschläger auf eine grosse Trommel, das dumpfe Geräusch lässt die Anwesenden verstummen. Torm klettert auf einen Holztisch, stolz verkündet er: „Ich habe seit gestern Nacht eine neue Geliebte! Und dazu habe ich noch mehrere Sklaven, sie werden euch den ganzen Abend bedienen und euch jeden Wunsch erfüllen." Die Menge bricht in tosendem Gebrüll und Jubelgeschrei aus, zumindest die Männer. Xeros Männer werden von zwei Nordmännern begleitet, sie alle tragen um den Hals eisenringe, einige haben Stacheln dran. Dann sieht Eli Abyssa, er trägt einen Stachelring um den Hals und jeweils einen um die Hand-, und Fussgelenke. Sie sieht ihm an, dass er sich gedemütigt fühlt, aber er marschiert mit seinen und Xeros Männer mit. Torm verlangt, dass sie sich verneigen, viele tun es, aber lange nicht alle. Zu den verweigern zählt auch Abyssa. Ein Nordmann zieht ihm ruckartig an dem Halsring. Die Stacheln bohren sich in sein Fleisch, dann verbeugt er sich schliesslich doch. Er verhält sich den ganzen Abend trotzig wie ein kleines Kind, selbst Xeros benimmt sich besser. Als Xeros Eli entdeckt, stösst er seinen Ellenbogen in Abyssas Rippen. Er bricht beinahe zusammen, mit schmerzverzerrtem Gesicht folgt er Xeros Blick bis hin zu ihr. Unter Schmerzen lächelt er sie an, sie erwidert sein lächeln. Er reisst sich von dem Nordmann, der seinen Halsring fest in der Hand hält los und rennt zu Eli hin. Sie umarmen sich, schauen sich tief in die Augen und küssen sich, bevor Abyssa von Torm zurückgerissen wird. Blut strömt aus seinem Hals, er reisst sich die Stacheln aus dem Fleisch und drückt sich die Hand gegen den Hals. Als Torm in schlagen will, packt Eli ihn am Arm, um ihn daran zu hindern. Er dreht sich zu ihr, schlägt sie so hart ins Gesicht, dass sie hinfällt und tritt ihr in den Bauch. Nach Luft japsend liegt sie vor seinen Füssen am Boden. Nun wird Abyssa wirklich, wirklich wütend. Seine schwarzen Linien erscheinen, diesmal sind sie dicker und sie formen sich selbst. Seine Augen werden weiss, die Haare nebelartig. Seine Zähne werden länger und so spitz wie die von Amon, seine Hände zu stehlen wie Eligor sie hat. Er wird innert Sekunden doppelt so gross wie er normalerweise ist und auch wesentlich muskulöser. Seine Kleider reissen bei seiner Umwandlung. Die ersten Nordmänner fliehen, aber es gibt keine entkommen. Abyssa tötet einen nach dem anderen, angefangen mit denen die Fliehen. Er schiesst nebelartige Pfeile aus seinen Fingern, aus dem Nichts lässt er Waffen auftauchen, die Eli noch nie zuvor gesehen hat. Vor Torms Augen zerreisst er Ran, er wirft ihm die Körperhälften vor die Füsse. Torm bricht zusammen, er kniet vor Abyssa auf der Blutroten Erde. Anstatt ihn zu töten, greift er weiterhin sein Volk an. Er tötet sie auf verschiedenste Weise, erschiessen, erschlagen, enthaupten oder gar ertränken, doch am schlimmsten geht er mit Torms Familie um. Einer Frau von ihm reisst er die Haut vom Körper, einer anderen reisst er Fleischfetzen aus dem Körper, sie alle sterben unter schrecklichen schmerzen. Dann wendet er sich Torm zu, der schützend die Hände vor den Körper nimmt. Schwarze Flammen tanzen auf seiner Haut, seine Schreie sind hässlich und langanhaltend. Erst nach mehreren Minuten verschlingt ihn das Feuer, die Schreie verstummen. Die Kreatur zu der Abyssa wurde, stellt sich vor Eli hin. Mit einer Kralle zertrennt er ihre Fessel, dann schiessen schwarze Pfeile auf sie zu. Mit geschlossenen Augen wartet sie auf den stechenden Schmerz, aber der bleibt aus. Um sie herum ist es totenstill. Kein Vogel zwitscher und kein raschen ist zu hören. Zitternd öffnet Eli die Augen, nur wenige Zentimeter vor ihr kamen die Pfeile zum Stillstand. Auf jedem einzelnen Pfeil brennt das schwarze Feuer, es wartet nur darauf auf Eli überzugehen und ihr Fleisch von den Knochen zu brennen, aber Abyssa lässt es nicht. Es kostet ihn sehr viel Kraft das Wesen, das er nun ist zu beherrschen. Langsam ziehen sich die brennenden Pfeile in ihm zurück. Die Linien Zeichen seinen Körper noch immer, aber Eli ist unendlich glücklich ihn zu sehen. Sie schlingt ihre Arme um ihn, dabei lösen sich einige der Pfeil wieder aus ihm, einer davon streift Eli, alle anderen lenkt er an ihr vorbei. Geschwächt vom Kampf setzt er sich, er zieht Eli an der Hand, damit sie sich neben ihn setzt. Xeros, sowie alle anderen aus ihrem Gefolge bewegen sich erst, als die Linien auf Abyssas Körper sich still halten. Eli schmiegt sich an ihn, sofort werden die Linien wieder wilder, sie regen sich auf seiner Haut. Alle ausser Eli bleiben dort stehen wo sie sind, keiner bewegt sich aus Angst von Abyssa angegriffen zu werden. Eli schmiegt ihr Gesicht an seine Schulter, daher hat sie die Augen geschlossen. Sie sieht die Gefahr nicht auf sich zukommen. Die Linien bahnen sich ihren Weg durch die Luft. Ein dichter schwarzer Nebel umhüllt die Beiden. Seine Augen werden leuchtend hell, sein Körper wird schwächer, die Muskeln gehen zurück und er wird kleiner. Er verzieht das Gesicht, gibt aber keinen Ton von sich. „Tut es weh?", fragt Eli die die Umwandlung mitangesehen hat. „Ja es ist ziemlich schmerzhaft, das ist aber nicht das Problem dabei, weisst du ich kann mich in dieser Gestalt nicht beherrschen. Vielleicht ist es dir aufgefallen. Ich hätte dich verletzten oder gar töten können.", sorge zeichnet sich auf seinem Gesicht ab. „Hast du aber nicht.", muntert Eli ihn auf. „Er deutet auf ihren Arm, ich habe dich verletzt. Weisst du ich mag dich wirklich sehr, sehr gerne. Und ich will dich nicht verlieren.", abrupt bricht er ab, als Eli seine Hand nimmt und sie auf ihre Brust legt. „Ich mag dich nicht nur, sondern ich liebe dich.", dabei macht ihr Herz einen Freudensprung. Abyssa fühlt ihr Herz, es schlägt schneller und als er sagt: „Ich liebe dich auch.", rast es. Während sie sich küssen, lichtet sich der Nebel.

24

Der Rest ihrer Reise vergeht wie im Flug, die Kälte macht Eli nichts mehr aus, seit ihrem Zusammentreffen mit den Nordmännern. Auch ihre Verletzungen heilen hervorragend. Abyssa ist auch freundlicher geworden, nicht nur zu ihr, auch zu seinen Untertanen. „Wir übernachten hier, dann erreichen wir morgen Nachmittag meinen Palast.", verkündet Xeros. Loren stellt sofort mit Tarel das königliche Zelt auf, dann suchen sie Holz, kommen aber mit leeren Händen zurück. „König Abyssa, wir eh, wir haben kein brauchbares Holz gefunden.", zum Schutz seines Bruders stellt Loren sich vor ihn und nimmt die Hände vor den Körper, doch anstatt die Beiden zu strafen zuckt Abyssa nur mit den Schultern. „Ist nicht schlimm, morgen werden wir in Xeros Palast sein. Wir werden dort etwas essen." Ein Windstoss fegt durchs Zelt. Eli schlingt ihre Arme um sich um das letzte bisschen Wärme bei sich zu behalten. Seitdem letzten Rast ist es um mehr als zehn Grad kälter geworden. Es liegt Schnee am Boden und Eiszapfen hängen von den Ästen herunter. Der Himmel ist wolkenbedeckt, gegen Abend zieht Nebel auf. Der Wind verweht den Nebel, wirbelt Schnee auf und lässt hier und da die Bäume so erzittern, dass die Eiszapfen herunterfallen. An diesem

Abend sammeln sich die Männer nicht wie üblich unter freiem Himmel, nein sie kommen alle in Abyssas Zelt. Xeros liebt die Kälte, er starrt sehnsüchtig nach Draussen. Nach wenigen Minuten wärmt sich das Zelt, auch wenn kein Feuer brennt. Xeros Krieger haben überall im Wald, rundum seinen Palast Zelte versteckt. Eigentlich liegen sie offen unter Bäumen, da die Zeltplanen allerding weiss sind, sind sie schwer zu sehen. Loren und Tarel haben weniger Glück, sie müssen unter einem aufgespannten Fell schlafen. Endlich verschwinden auch die letzten Krieger, jetzt sind nur noch Eli, Abyssa, Loren Tarel und Xeros in ihrem Zelt. Nach einer kurzen Unterhaltung mit Abyssa verschwindet auch Xeros. Loren schleicht sich an seine Seite, mit gesenktem Kopf fragt er: „Können wir heute hier schlafen? Es ist so kalt und wir haben kaum Schutz vor der Kälte, geschweige denn vor dem Schnee und den herunterfallenden Zapfen." „Was bietest du mir an?", fragt Abyssa freudig zurück. „Ich weiss, dass dir das in den Kerkern mit mir Spass machte, daher biete ich dir an es einmal mit mir tun zu dürfen und ich werde tun was du willst." Abyssa merkt das es Loren schwer fällt ihm so etwas zu sagen, doch dann schaut er zu Tarel und wirkt sicherer. „Du vergisst, dass ich verheiratet bin. Ich sollte solche Dinge nicht mehr tun, egal wie sehr es mir gefiele.", flüstert er ihm zu. „Mhm, das habe ich vergessen. Du bist ja immer ehrlich zu ihr und erzählst ihr alles, nicht wahr?", provoziert Loren. „Pass auf was du sagst!" Anstatt sich zu entschuldigen, wie er das normalerweise tat, lächelt Loren ihn frech an. Bevor Abyssa etwas zu ihm sagen kann, marschiert er auf Eli zu, die sich in Felle eingewickelt hat und mit Tarel ein Spiel aus dem Süden spielt. „Meine Königin,", spricht er Eli an, was er nur tat, wenn er sie um etwas bitten will, „ich bitte dich Tarel und mich heute hier schlafen zu lassen. Es ist bitterkalt Draussen und wir haben kein Zelt. Als Gegenleistung werde ich dir etwas zeigen, womit du Abyssa glücklich machen kannst." Solange er Eli ansieht fühlt er sich wohl, aber als er zu Abyssa hinübersieht, schluckt er trocken. Er sieht wütend aus, sehr sogar. „Was willst du mir denn zeigen?", hackt Eli nach ohne auf seine Bitte einzugehen. „Eh, ich eh, wie soll ich sagen.", stammelt er. „Klar kannst du und dein Bruder hier schlafen. Dafür schweigst du jetzt!", mischt sich Abyssa ein, was Elis Neugierde weckt. In dieser Nacht schläft Eli sehr unruhig, immer wieder erwacht sie, weil sie schreckliche Dinge über die Nordmänner träumt oder das Eligor und Amon etwas zugestossen ist. Als sie schweissgebadet erwacht, leuchten zwei gelbe Augen sie an. Um nicht über ihren Traum sprechen zu müssen, fragt Eli: „Was wollte mir Loren heute anbieten? Und lüg mich nicht an, ich weiss, dass er es zuerst bei dir versucht hat. Ich habe euch beobachtet."

„Bevor ich dich hatte, da war ich nicht sonderlich freundlich zu ihm. Er lebte in einer meiner Kerkerzellen. An Schmerzen war er gewöhnt, daher musste ich mir etwas anderes überlegen um ihn zum Schreien zu bringen. Daher habe ich ihn…" „Ich weiss, Loren hat es Tarel erzählt und er mir. Ich weiss was du mit ihm gemacht hast und soweit ich Tarel verstanden habe, hat es dir Spass gemacht.", ihre Stimme wird bei jedem Wort vorwurfsvoller. Dazu fordert ihr Blick ihn auf es abzustreiten, aber er tut es nicht. „Wenn du die Wahrheit wissen willst, ja es gefiel mir und ja ich würde es immer noch tun, wenn ich dich nicht hätte. Aber da ich dich habe, lasse ich ihn in Ruhe, zumindest auf diese Weise." „Was bot er dir an?", fragt Eli mit einer Mischung vieler Gefühle. „Ich habe ihm gesagt, er kann mich haben und ich werde brav das tun was er von mir verlangt, dafür lässt er uns hier schlafen. Um dich zu beruhigen, er lehnte ab. Deinetwegen. Da bot ich ihm an dir zu zeigen wie er dasselbe mit dir machen könnte.", erklärt Loren müde, er hat die ganze Unterhaltung der Beiden belauscht. „Hat es dir gefallen?", will Eli nun wissen. „Ja hat es dir gefallen?", hackt nun auch Abyssa nach. Lorens Gesicht wird feuerrot, zum Glück ist es dunkel und sie sehen es nicht, schiesst ihm durch den Kopf. „Am Anfang fand ich es wirklich schlimm, aber dann entwickelte ich eine Technik, mit der es nicht mehr wehtat. Ab diesem

Zeitpunkt schrie ich nur noch, damit du dir nichts Neues überlegst. Wenn du auf meine Körpersprache geachtet hättest, wäre es dir aufgefallen.", mahnt Loren ihn. „Es war beim siebten oder achten Mal nicht wahr?", fragt Abyssa der sich diese Nächte wieder ins Gedächtnis rief. „Ja.", gibt Loren ehrlich zu. Eli gefällt nicht in welche Richtung sich die Unterhaltung entwickelt, daher döst sie innert kürzester Zeit ein und lässt die Beiden in Erinnerungen schwelgen. Am nächsten Morgen ist sich Eli nicht sicher, ob sie es nur geträumt hat, denn die Beiden verhalten sich einander gegenüber genauso wie am Vortag. Daher glaubt Eli es nur geträumt zu haben.

Nach einer anstrengenden Wanderung durch tiefen Schnee und über gefrorene Seen und Flüsse, erkennt Eli ein riesiges Bauwerk in der Ferne. Das muss Xeros Palast sein. Viele kleine Türme ragen in den Himmel, als Eli sie zählen will, findet sie immer wieder einen Neuen oder ist sich nicht sicher ob sie diesen bereits gezählt hat. Sie beschleunigt ihren Schritt, so dass sie an der Spitze neben Xeros marschiert. Er kommt mit Leichtigkeit voran, doch für alle anderen ist es sehr, sehr anstrengend mit ihm Schritt zu halten. „Wie viele Türme hat dein Palast?", fragt Eli schwer atmend. Xeros bleibt stehen und lässt die anderen aufholen. „Dreizehn, davon sind drei etwas grösser und breiter als die anderen.", verkündet er stolz. Nach zwei weiteren Stunden machen sie in einem kleinen Dorf rast. „Ab hier kommen immer mehr Dörfer, sie suchen meinen Schutz vor wilden Bestien und den Nordmännern. Ich beschütze sie vor den Kreaturen und sie geben mir Geld, Essen, Trinken, Stoffe oder ihre Kinder." „Wie meinst du sie geben dir ihre Kinder?", Eli findet den Gedanken mit Kindern zu zahlen verstörend, aber bei Xeros weiss man nie. „Ich meine es genauso wie ich es gesagt habe, sie geben mir ihre Kinder, dafür beschütze ich sie." „Was machst du mit ihnen?", sie erwartet das schlimmste, hofft aber, dass sie sich irrt. „Ich bilde sie zu meinen Soldaten aus oder verkaufe sie. Kyriss ist einer dieser Jungen, ich habe ihn verkauft und Abyssa wollte ihn unbedingt. Nahezu alle Männer um mich herum sind Geschenke meiner Untertanen." „Hast du dir nie überlegt, dass sie dich angreifen könnten, weil du ihnen ihre Familien wegnimmst?" „Sie werden mich nicht angreifen, immerhin gebe ich ihnen alles was ihre Familien ihnen nicht geben konnten. Sie haben ein Dach über dem Kopf, Essen, Trinken, Frauen und Waffenbrüder. Sie sind eine grosse Familie, die von mir angeführt wird. Keiner würde es wagen mich anzugreifen!" „Ausser Kyriss.", mischt sich Abyssa ein. „Ja er ist eine Ausnahme, daher frage ich mich, wie du ihm so grenzenlos vertrauen kannst? Er könnte dich zu jeder Zeit im Schlaf erstechen oder dir Gift unters Essen mischen." „Könnte er, aber er wird es nicht tun.", versichert Abyssa. „Weiter geht's.", treibt Xeros seine Männer an. Trotz Widerwillens, sagt keiner ein Wort, alle setzten sich in Bewegung und marschieren weiter. Dorfbewohner kommen aus den Häusern, die Männer verneigen sich, während sich die Damen präsentieren. Zwei Jungen, vielleicht zwölf Jahre alt stellen sich ihrem König in den Weg. „Mein König.", grüssen sie im Chor, „wir wollen euch begleiten und euer Schwert und Schild sein." Sie himmeln Xeros an, als ob er der Erschaffer der Welt ist wie sie sie kennen. „Was sagen den eure Mütter dazu?", fragt Xeros freundlich. Zwei Damen nähern sich ihm, die eine öffnet unbemerkt den obersten Knopf ihres Kleides, die andere verneigt sich so, dass er ihre Brüste sehen kann. Xeros geniesst die Aussicht, geht aber nicht auf ihr körperliches Angebot ein. Angewidert verzieht Eli ihr Gesicht. Sie versteht nicht, wie man sich so unter seiner Würde geben kann. Die Dame, die eben noch den Knopf geöffnet hat, verneigt sich ebenfalls so, dass Xeros alles sehen kann. „Meine Damen.", grüsst er mit süsslicher Stimme, „sind das eure Buben?" Die beiden nicken sofort. Die Jüngere von ihnen würde sich Xeros am liebsten an den Hals werfen, daher schiebt sie ihren Sohn vor um ihm näher zu kommen. „Das ist mein Bengel mein Gebieter, ihr könnt ihn haben, wenn

Ihr es wünscht. Und falls Ihr heute Nacht bleiben wollt, könnte ich euch bestimmt wärmen.", verkündet sie augenklimpernd. „Welch ehre, aber ich bevorzuge mein Palast, den Jungen würde ich dennoch gerne mit mir nehmen." Enttäuscht, dass er sie zurückweist, wendet die Frau sich von ihm ab. „Kann ich mit ihm gehen Mam?", fragt der Junge ungeduldig. Der zweite Junge steigt in das Gebettel des ersten Jungen ein. „Hau doch ab, wenn du unbedingt gehen willst, aber wage es nicht zu jammern oder zurückzukommen!", schreit die Mutter ihr Kind an. Eli dreht sich der Magen, ihre Mutter hätte sie nie weggeschickt. Geschweige denn verjagt. Tränen steigen der anderen Frau in die Augen, schluchzend wendet sie sich an ihren Sohn. „Willst du wirklich weg gehen? Ich werde dich schrecklich vermissen. Ich möchte nicht das du gehst, bitte bleib bei mir." Der Junge schliesst seine Mutter in die Arme, nun muss auch er mit den Tränen kämpfen. Um der Gefühlsduselei ein Ende zu bereiten meldet sich Xeros zu Wort. „Entscheide dich, wir wollen weiter!" Eli geht zu der Frau ihn, sie legt ihr eine Hand auf die Schulter. Erschrocken lässt die Frau ihren Sohn los, der sofort zu Xeros Männer rennt. „Es ist schön eine liebende Mutter zu sehen, du erinnerst mich an meine Mam. Lass deinen Jungen nicht gehen, er gehört hier her zu dir, in deine Familie." Eli fühlt das nasse Gesicht der Frau auf ihrer Brust und die Arme um ihren Körper. „Kannst du bitte mit Xeros sprechen?" Um die Frau zu beruhigen streichelt sie ihr übers Haar, dann lockert sie ihre Umarmung. „Dieser Junge wird dich nicht begleiten, er gehört zu seiner Mutter und nicht in deinen Palast.", ihre Stimme klingt fordernder als sie beabsichtigte. „Eli, Königin der Finsternis und allem Bösen, du vergisst auf wessen Land du dich befindest." Zuerst versteht Eli nicht weshalb er sie so ansprach, dann sieht sie die Blicke der Dorfbewohner. Die Frau, die eben noch Trost in ihren Armen suchte, starrt sie angsterfüllt an, sie stolpert zurück und streift ihre Arme mit den Händen ab, so als ob Eli etwas Schmutziges wäre. Als Eli erneut mit Xeros über den Jungen sprechen will, mischt sich die Mutter ein. Sie schreit Eli an und beschimpft sie. „Weshalb schreist du mich an? Ich versuche dir zu helfen!" „Auf deine Hilfe kann ich verzichten! Du dreckiges, verlogenes Stück Pferdemist!" Nun mischt sich Abyssa ein, er tritt neben Eli, nimmt ihre Hand, führt sie zu Xeros, der sie sanft anlächelt und reicht ihm ihre Hand. Seine Lippen berühren sanft ihren Handrücken, daraufhin verstummt die Frau. „Bitte entschuldige Eli, ich wollte nur sehen wie du reagierst, wenn du erkennst, dass nicht alle so freundlich sind wie du es erwartest. Ich hoffe du verzeihst mir.", erneut drückt er seine Lippen auf ihren Handrücken. „Es gibt nichts zu verzeihen, du hast mich nur mit meinem vollen Titel angesprochen um dieses Dorf gegen mich aufzubringen. Ich hätte nichts anderes von dir erwarten sollen!", ihre Stimme wird immer härter. „Nun soll ich den Jungen mit mir nehmen oder nicht? Die Entscheidung liegt bei dir." Erst jetzt sieht Eli reue in den Augen der Frau, der sie helfen wollte. Sie überlegt einen Moment, dann wendet sie sich an den Jungen. „Weshalb willst du so gerne weg von deiner Mutter?" Unterwürfig schaut er seine Mutter an, dann lässt er seinen Blick über Xeros und Abyssa zu ihr huschen. „Weil es mir dort nicht gefällt." Eli fordert ihn mit einer Handbewegung auf weiter zu sprechen. Es fällt dem Jungen schwer, aber er erzählt Eli, dass seine Mutter ihn schlägt. Im ersten Moment glaubt Eli ihm nicht. Sie denkt er würde sie anlügen um mit ihnen in den Palast zu reisen, doch dann zieht er seinen Pullover hoch. Blaue Flecken überziehen seinen Körper, einige sind beinahe verheilt, andere sind frisch. „Er wird mit uns kommen! Strafst du diejenigen die ihre Kinder misshandeln?" „Nein normalerweise nicht, aber wenn du willst kannst du sie bestrafen! Mach mit ihr was immer du willst." Ihr Mann tritt hervor, er trägt ein Baby auf dem Arm, vier kleinere Kinder stehen um seine Beine herum. „Ich kann das nicht. Ich weiss nicht was ich tun soll.", gesteht Eli ihm. Eines der Kinder zieht seiner Mutter am Kleid, daraufhin schlägt sie es ins Gesicht, als das kleine am Boden sitzt und weint, prügelt sie auf den Jungen ein. Eli rennt zu Xeros, löst den Riemen an seinem Gürtel, rennt damit zu der Frau und legt ihn ihr um den Hals. Eli zieht die Frau weg von ihrem Kind, hasserfüllt schaut Eli sie an. „Du bist das verabscheuungswürdigste Wesen, das ich jemals gesehen habe. Du verdienst Qualen bis an dein Lebensende!" „Hervorragende Strafe, aber wie willst du deine Strafe durchsetzen?", hackt Xeros nach. „Ich werde sie zurück in mein Reich nehmen und dann werde ich sie Kyriss schenken und ihm erlauben mit ihr alles nur Erdenkliche zu tun." „Ah, ich dachte du fragst mich um einen meiner Berserker, aber das ist auch eine Lösung. Und nun möchte ich gerne zu meinem Palast." Doch der Ehemann mit dem Baby auf dem Arm tritt ihm in den Weg. „Mein König, ich kann meine Kinder nicht ernähren, wenn meine Frau nicht auf sie aufpasst, während ich arbeite. Daher würde ich sie gerne euch überlassen oder der Königin, wenn ihr es erlaubt." Xeros nickt kurz, dann liegt das Baby auch schon in Elis Armen. Mit den sechs Kindern, dem Baby und ihrer Gefangenen marschieren die Männer weiter. Die Dörfer häufen sich wirklich in der Nähe des Palastes. Dann endlich passieren sie das letzte Dorf vor dem Palast. Eli wurde in jedem Dorf genau beobachtet, sie alle sind neugierig ob es ihr Kind ist und das Reich von Abyssa einen kleinen Prinzen hat oder ob sie doch eher zu Xeros gehört. Aber keiner bringt den Mut auf sie anzusprechen.

Das schwere Eisentor wird hochgezogen, im Hof stehen alle seine Diener bereit um ihn in Empfang zu nehmen. Eine breite Steintreppe führt zum Eingang des Palastes. Die Treppe umfasst nur fünf Tritte, zuoberst warten fünf Frauen. Sie alle tragen ein wunderschönes bodenlanges Kleid, ihre Haare sind hochgesteckt und ihre Gesichter sind geschminkt. Eine rennt die Stufen hinunter, sie umarmt Xeros, der ihre Umarmung zwar erwidert, aber nicht wirklich glücklich damit aussieht. Das müssen seine Frauen sein, schiesst Eli durch den Kopf. Sie alle sind hübsch, gross und schlank, aber sonst haben sie äusserlich nichts gemeinsam. Die ein hat blondes Haar, die andere schwarzes. Bei den Augen und der Hautfarbe ist es gleich wie bei den Haaren, sie könnten nicht unterschiedlicher sein. „Ich habe dich vermisst.", keucht die Frau Xeros ins Ohr. „Wer`s glaubt!", antwortet er kühl. Sanft, aber bestimmend schiebt er sie weg von sich. Seine anderen Frauen beachtet er nicht, er marschiert neben ihnen durch als wären sie Luft. Als Eli ihm nicht folgt, dreht er sich um. „Komm ich zeige dir den Palast, dann bringe ich dich zu Abyssa aufs Zimmer. Eine meiner Dienerinnen wird euch dann zum Essen abholen." „Das gleiche Zimmer wie letztes

Mal?", fragt Abyssa. Nachdem Xeros nickt, verschwindet er hinter der schweren Doppelholztür im inneren. Leichtfüssig hüpft Eli die Stufen hoch, Xeros zeigt ihr die grosse Eingangshalle, den Speisesaal, das grosse und kleine Audienzzimmer, seine Bibliothek, die Küche, der Schlafsaal der Diener, seine verschiedenen Schlafzimmer, die Zimmer seiner Frauen, die Terrasse mit Garten und noch vieles mehr. Nur der Kerker zeigt er ihr nicht. Als er seinen Rundgang beenden will, fragt Eli danach. „Ach der Kerker, ja ich besitze einen, aber der ist nicht sehr schön anzusehen und auch nicht geeignet für eine Dame wie dich." „Aber ich möchte gerne.", fleht sie ihn an. Er lässt sich leicht von ihr umstimmen, wenn sie ihn anbettelt. Er mag es und sie stört es nicht, daher bekommt sie meistens was sie will. Die Zellen sind klein, dunkel und stickig und viele sind besetzt. „Wieso hast du so viele Gefangene?" „Das sind nicht alles Gefangene, die meisten sind in der Ausbildung zum Krieger. Ich lasse sie nicht frei herumlaufen, damit sie nicht prahlen und nichts Dummes anstellen. Meine Neulinge sind meist etwas übermütig und unbeherrschbar. Komm ich zeige dir einige, dann wirst du es verstehen." Neugierig folgt Eli ihm tiefer in die Erde, er nimmt sich eine Fackel von der Wand und erhellt so den Gang. Viele Gefangene strecken ihre Hand aus um sie oder ihn zu berühren, doch Xeros lässt sie nicht. Er schlägt ihnen mit einem

Holzstock auf die Arme. Dann endlich ist es so weit, nun kommen die Zellen der Neulinge. Die jungen Männer toben in ihren Zellen, sie rütteln an den Gitterstäben und versuchen Eli zu sich zu locken. Doch Xeros hält sie zurück. „Komm mit und lass dich nicht anfassen! Ich werde dir noch den Ausbildungsort zeigen. Er schlendert den Zellen entlang, zuerst wird der Korridor tiefer und schmaler, doch dann öffnet sich eine Höhle vor ihnen. Ein paar Jungen trainieren mit Holzschwertern, andere mit Äxten. Einige Männer stehen zwischen den Jungen und geben ihnen Tipps, wie sie ihren Gegner schneller und effizienter ausschalten können. Als einer der Männer Xeros sieht, pfeift er laut. Alle sehen ihn an, er wiederum verneigt sich vor seinem König und grüsst ihn voller Ehrfurcht. Xeros hüpft die Stufen herunter um die Neulinge zu begutachten. Eli wartet oben, doch dann winkt er sie herunter. Ihr ist unwohl dabei unter so vielen kampferfahrenen Männern zu stehen. Aber sie folgt Xeros Befehl. Er schlägt einem Jungen gegen die nackte Brust, sie alle tragen nur ein Tuch um die Hüfte und ein Lederband ums Handgelenk. „Fass sie ruhig an, sie werden dir nichts tun, solange ich ihnen kein Signal gebe.", fordert er sie auf. Abyssa war der erste Mann in ihrem Leben den sie je angefasst hat und nun steht sie allein unter halbnackten Männern. Als Xeros ihre Hand nimmt und sie einem jungen Mann auf die Brust legt errötet Eli. Um ihr zu zeigen, wie ernst er es meint, sie könne diese Krieger überall anfassen wo sie will, lenkt er ihre Hand zu seinen Genitalien. Ihr Gesicht wird heiss, Eli weiss genau wie rot sie ist, deshalb wendet sie den Blick auf den Boden. „Das muss dir nicht peinlich sein. Geschöpfe der Nacht haben selten nur einen Partner und ich denke Abyssa wird sich auch nicht mehr lange zusammen reissen können nur dich zu haben. Daher kannst auch du andere haben." Nun schämt sich Eli nur noch mehr. „Ich bin aber kein Nachtgeschöpf, ich bin ein Mensch.", verteidigt sich Eli. „Ich weiss und soll ich dir etwas verraten?", neckt er sie. Entgeistert darüber was sie nun zu hören bekommt, schaut sie ihm in die Augen. „Abyssa ist der einzige König, der nur über Nachtgeschöpfe herrscht, ich herrsche grösstenteils über Menschen und glaub mir, wenn ich dir sage, dass die meisten nicht treu sind. Selbst vier meiner fünf Frauen sind Menschen und glaub mir sie gehen alle Fremd. Flora, das ist die die mich vermisst hat, zum Beispiel habe ich einmal mit meinem Koch erwischt." „Wurdest du nicht unglaublich wütend oder warst enttäuscht?" „Nicht wirklich, vielleicht liegt es daran, dass es mir egal ist. Aber glaub mir, wenn ich dir sage, dass Nachtgeschöpfe mehrere Partner brauchen um nicht verrückt zu werden. Wir experimentieren gerne herum, daher legen sich die meisten auch auf kein

Geschlecht fest. Wie du vielleicht bemerkt hast, hatte Abyssa etwas mit Loren am Laufen, bevor er dich traf. Aber da es mich eigentlich nichts angeht, sollte ich besser schweigen." Nach einer kurzen Pause fragt Xeros schliesslich: „Wirst du ihn fragen?" Eli zuckt nur mit den Schultern, sie weiss es nicht und wenn würde sie es ihm nicht verraten. Xeros tauscht sich noch mit dem Ausbilder aus, dann führt er Eli zurück in den Palast. Er bleibt vor einer Tür im ersten Stock stehen. „Das hier ist dein und Abyssas Zimmer, um genau zu sein ist es einer der drei grösseren Türme. Dann bis später!" Eli kann sich nicht einmal mehr verabschieden, da marschiert er bereits davon. Eli öffnet die Tür, ihr Blick fällt sofort auf Loren, der neben Abyssa im Bett liegt. Xeros Worte schiessen ihr durch den Kopf. Sie muss es einfach wissen, aber sie will ihn nicht vor Loren fragen. Daher schickt sie ihn weg. „Hattest du etwas mit ihm?" „Ja, ich hatte etwas mit ihm, aber seit ich dich kenne, war ich treu. Ich nehme an das wolltest du wissen." Ein flaues Gefühl breitet sich in ihrer Magengegend aus. „Fällt es dir schwer?", hackt sie nach, dabei wird das Gefühl schlimmer. „Mittlerweile schon, aber ich werde mich zusammenreissen, weil ich dich nicht enttäuschen will. Was ich bei den Nordmännern zu dir sagte, meine ich ernst. Ich liebe dich." „Xeros erklärte mir einiges bei seinen Neulingen in der Arena. Ich bitte dich nur um eines, sag mir bitte, wenn du mir fremdgehst." Eli ist sich nicht sicher, ob sie es wirklich wissen will, aber im Moment hält sie es für das Beste. „Keine sorge meine Prinzessin, ich kann mich beherrschen und falls nicht, wende ich mich an dich und dann schauen wir weiter." Bis zum Abendessen reden sie nicht mehr miteinander, Eli geht ihm aus dem weg. Eine Dienerin klopft an die Tür, Eli öffnet. „Bist du fertig, wir können essen gehen.", ruft Eli Abyssa.

25

„Was hast du dir dabei gedacht Eli von meinen Neigungen zu erzählen!?", faucht Abyssa Xeros an, kaum sieht er ihn. „Sie hat dich gefragt.", stellt er begeistert fest. Die Beiden streiten sich während dem ganzen Essen, daher wendet sich Eli Xeros Frauen zu. Sie sprechen über dies und dass, aber nichts was Eli interessieren würde, daher sitz sie still auf ihrem Stuhl und isst. Heimlich beobachtet sie Flora, die dem Servierjungen schöne Augen macht. Der wiederum scheint nicht an ihr interessiert zu sein. „Beenden wir unseren Streit? Ich werde dir meine Arena und die Neulinge zeigen, dafür nervst du mich nicht mehr wegen Eli.", schlägt Xeros vor. Abyssa ist nicht abgeneigt, aber er will den Streit noch nicht beenden. Aber die Arena mit den jungen Männern würde er noch lieber sehen als Xeros wütendes Gesicht. Nach kurzem hin und her willigt er ein. Nach dem Dessert, das von allen Frauen ausser Eli verschmäht wird, steht Xeros auf. „Darf deine hübsche Frau uns begleiten?", stichelt Xeros. „Wenn sie will, sicher.", mit Mühe lässt Abyssa seine Stimme locker klingen. Eli möchte die Arena gerne noch einmal sehen, daher begleitet sie die Herrn bereitwillig. Abyssa heisst ihre Entscheidung nicht willkommen, verbietet es aber auch nicht.

Der Weg zur Arena kommt ihr diesmal länger vor, vielleicht weil sie nicht mehr alles bestaunt oder weil Abyssa dabei ist, der ihr immer wieder kontrollierende Blicke zuwirft. Schlussendlich nimmt sie seine Hand und schlendert neben ihm her. Endlich ist der sandige Boden der Arena zu sehen, nur leider ist sie leer. „Ziemlich gross und vor allem leer!", neckt Abyssa. „Keine Sorge. Du wirst genug zum Sehen bekommen." Der Streit droht erneut auszubrechen, daher mischt sich Eli ein. „Kann ich ihre Zellen ansehen?" „Klar, aber versprich dir nicht zu viel, sie sind genau gleich wie die der Gefangenen!" So wie heute Nachmittag hüpft Xeros die Stufen hinab in die Arena. Schlaftrunken kommt einer der Befehlshabenden zu ihm, er legt seine Hand auf die Brust und grüsst höflich. „Bring ein paar Neulinge und Erfahrene her!" Gähnend marschiert der Mann auf eine vergitterte Tür zu, er schliesst auf und tritt in den Flur dahinter. Nach einigen wüsten Worten, stehen dreizehn Jungen und Männer in der Arena. „Ah Doria, lass mich in Ruhe! Ich bin müde!", schnauzt der eine Junge, als sein Ausbildner ihn nach vorn ruft. Doria geht auf den Jungen zu, der seine Hände schützend vor den Körper nimmt. Blitzschnell stellt er sich neben ihn, schlägt ihm auf den Rücken und fängt den zusammensackenden Jungen auf. Eli stolpert vor Schreck einen Schritt zurück und stösst an Abyssa. „Geh!", hört sie Doria sagen. Diesmal gehorcht der Junge. Er bleibt in der Mitte zwischen Xeros und den anderen Kämpfer stehen. Ein weiterer Kämpfer betritt die Arena. Nachdem er eine Handvoll Sand durch seine Finger rieseln lässt, geht er geradewegs auf Eli zu. „Komm her Astor!", donnert Dorias Stimme. Abrupt dreht sich Astor, er geht auf Doria zu, bleibt neben ihm stehen und wartet auf neue Befehle. „Lass sie kämpfen, ich will sehen was sie können!", befiehlt Xeros. Auf Dorias Befehl hin, stellen sich die Erfahreneren in Zweiergruppen hin, die jüngeren kopieren das Verhalten der älteren. Eli zieht sich an den Rand der Arena zurück, doch Abyssa und Xeros spazieren zusammen zwischen den Kämpfenden hindurch. Vor einigen machen sie halt und begutachten sie, dann setzten sie ihr gemächliches Geh tempo fort. Vor Astor und seinem Gegner bleiben sie besonders lange stehen. Kaum achtet niemand mehr auf Astor, tänzelt er in Elis Richtung. Vor ihr schlägt er seinen Gegner mühelos nieder. Er bäumt sich vor ihr auf, drückt ihr eine Hand auf den Mund, damit sie nicht schreit und zieht sie an sich. An ihrem Haar riechend, streichelt er ihr über den Rücken. Tretend und schlagend versucht sich Eli zu befreien, aber es gelingt ihr nicht. Ihre Erinnerungen an die Nordmänner kommen zurück, Tränen fliessen ihr die Wangen herunter und tropfen in den hellen Sand.

Daraufhin lockert Astor seine Umklammerung und zieht seine Hand von ihrem Mund. Unregelmässig und viel zu schnell japst Eli nach Luft, ihr wird schwindelig. Nun hat auch Abyssa mitbekommen was geschehen ist, er rennt zu ihr hin. Schützend stellt er sich vor sie sanft trocknet er ihre Wangen ab. Um sie zu beruhigen legt er seine Hände an ihre Schläfe, er zeigt ihr Bilder von Eligor, Amon, Azalea und Pyrus. Kaum hat sie sich beruhigt, verblassen die Bilder in ihrem Kopf. „Zeig sie mir bitte noch einmal!", fleht Eli mit zitternder Stimme. „Später in Ordnung?", vertröstet er sie. Um sie besser schützen zu können, nimmt er ihre Hand und zieht sie mit sich. Ganz hinten kämpft der Junge, den sie heute berührt hat. Ihr Gesicht wird heiss. „Wie fühlst du dich?", fragt er besorgt. „Erschüttert, verlegen, traurig, besorgt und ängstlich.", beschreibt Eli. Die Kämpfe enden, Doria lässt sie im Kreis um sich, Xeros, Abyssa und Eli aufstellen. „Welchen willst du?", fragt Doria beiläufig. Xeros marschiert auf einen Neuling zu. „Ihn." Einige der Erfahrenen schnaufen erleichtert aus. „Bist du sicher? Seine Rippen sind gebrochen, Blutgefässe geplatzt und Sehnen gerissen oder überdehnt. Er wird dir keine Freude bereiten.", erklärt Doria nach kurzer Untersuchung. „Er ist nicht für mich.", verkündet er lächeln. „Sondern?", hackt Doria nach. Er zeigt auf Eli. „Für sie." Überrascht starrt sie ihn an, dabei klappt ihr der Mund auf. „Du liebst es mich toben zu sehen! Nicht wahr?", Abyssas Stimme wird immer ärgerlicher. „Er ist nicht zum Spielen gedacht Abyssa, keine Sorge ich verleite deine Frau nicht dazu dich zu betrügen. Auch wenn ich es gerne täte nur um dich, wie du es sagst ausrasen zu sehen. Nein, sie soll ihn pflegen." Zögernd setzt der Junge einen Fuss vor den andern, es ist offensichtlich, dass er nicht in Abyssas Nähe kommen will. In einiger Entfernung bleibt er stehen, mit seiner rechten Hand schützt er seine Rippen. Um Eli hinter Abyssa hervorzulocken, schlägt Xeros den Jungen in Rippen. Vor Schmerz stöhnend sackt er auf die Knie. „Komm und hilf ihm oder ich werde ihn töten.", droht Xeros. Um dem Jungen Leid zu ersparen, drängt sich Eli neben Abyssa durch, der sie am Handgelenk zurückhält. „Du weisst schon, dass er dich versucht zu erziehen?" „Soll er es versuchen, ich gehorche nur dann, wenn es mir gerade passt, das solltest du wissen." Ohne zu zögern lässt er ihr Handgelenk los. Unter Schmerzen kriecht der Junge zu Eli, um ihn aufzuhalten, tritt Xeros ihm auf die Wade. „Knie dich vor mich hin, der Rücken zu mir und flehe sie an dir zu helfen." Gebannt starren alle Anwesenden den Jungen an. Gehorsam kniet er vor Xeros im Sand. Mit jedem Schritt den Eli näher kommt, drückt Xeros dem Jungen sein Knie härter in den Rücken. Damit er nicht vorüberkippt legt er dem Jungen den Lederriemen, den er immer am Gürtel trägt um den Hals. „Fleh sie an dir zu helfen!", befiehlt Xeros erneut, doch auch diesmal bleibt der Junge stumm. Am liebsten würde Eli ihn anschreien, dennoch tut sie es nicht. Sie ahnt bereits, dass er nur darauf wartet, aber diesen Gefallen tut sie ihm nicht. Langsam geht sie auf ihn zu, so dass sich der Druck auf die Rippen stetig erhöht. Vor ihm angelangt, schaut sie ihm missbilligend in die Augen. Eli hört ein krachen, gefolgt von einem gequälten Schrei. Obwohl Eli vor ihm steht, wie er befohlen hatte, bricht er dem Jungen absichtlich weitere Rippen nur um sie zu provozieren. Ohne Vorwarnung ohrfeigt sie ihn so hart sie kann. Ihre Hand kribbelt als würden tausend Ameisen darüber laufen. „Au! Das kam unerwartet." „Lass ihn auf der Stelle los!", befiehlt Eli ihm in scharfem Ton. Sie hasst solche Spielchen, aber mit ihm ist es etwas anderes. Er lässt sie gewinnen oder gibt ihr wenigstens ein Gefühl von stärke. „Und wenn nicht?", fragt er sie spielerisch. Eli löst eine Kordel von ihrem Kleid, nun hängt der Stoff an ihr herunter und betont ihre Figur nicht mehr. Sie legt ihm die Kordel um den Hals, stellt sich hinter ihn und zieht vorsichtig. Schnell nimmt Xeros den Lederriemen in eine Hand, mit der anderen nimmt er den Druck von seinem Hals. „Du würgst mich?", stellt er fassungslos fest. „Ja na und? Lass den Jungen los und ich würge dich nicht mehr!", wiederholt Eli sich. Abyssa beobachtet das Schauspiel, dann schreitet er ein. „Sie gehört mir Xeros! Spiel nicht mit ihr, als ob sie deine Geliebte wäre." „Sei still Abyssa, du bist in meinem Palast, in meinem Reich und deine Frau spielt gerne mit mir." Trotzdem lässt er den Jungen los, er dreht sich um, legt seine Hände auf Elis Hüfte und hebt sie hoch. „Er hat Recht, ich hätte dich gerne als Geliebte, aber du willst nicht. Daher muss ich mich mit unseren Spielchen begnügen. Falls du es dir einmal anders überlegst, melde dich bei mir." Empört über seinen Annäherungsversuch zieht sich Eli hinter Abyssa zurück.

Zurück im Zimmer. Eli legt einige Decken auf den Boden, damit der Junge sich hinlegen kann. Abyssa hat ihm die Treppen hoch geholfen, weil Eli ihn darum bat. „Wie heisst du?", fragt Eli ihn, als sie ihm mit einem nassen Lappen das Blut von den Armen wäscht. Zuerst schaut er sie nicht einmal an, sein Blick ist auf Abyssa geheftet. „Antworte ihr, sei einfach ehrlich zu ihr und wenn sie mit dir spricht, dann schau sie an und nicht mich!" „Ich bitte um Verzeihung.", sagt er zu Abyssa, dann schaut er Eli an, „Mein Name ist Javis." Es fällt ihm schwer Abyssa aus den Augen zu lassen. „Au! Ah! Verflucht tut das weh!", jammert Javis, als Eli seine Rippen betastet. Obwohl Eli weiss, dass seine Rippen mehrfachgebrochen sind, weiss sie nicht wie sie ihm helfen kann. Nicht nur mit den Rippen, sondern auch mit all seinen anderen Verletzungen. Hilfesuchend schaut sie Abyssa an. „Du hast keine Ahnung was du tun sollst. Mh?", neckt er Eli. Sie lässt die Schultern hängen und zieht den Kopf ein. „Nein ich weiss nicht was ich tun soll, aber ich werde Loren und Tarel um Hilfe bitten.", entgegnet sie. Wie gerufen stolpern die Beiden in ihr Zimmer. Tarel schlägt Loren auf den Arm. „Ich habe dir gesagt, dass sie hier ist. Aber du wolltest ja nicht anklopfen!" „Entschuldige, ich dachte ihr wärt noch nicht zurück, aber geschehen ist geschehen.", er strahlt bis über beide Ohren. „Ich wollte euch Beide eh suchen kommen, aber da ihr nun hier seid, könnt ihr mir helfen. Das hier ist Javis, er ist mein Patient und ihr werdet mir helfen ihn zu pflegen.", stellt Eli fest. „Nein keine Lust.", dazu rempelt Loren Eli an. Geschockt schaut Javis den anderen jungen Mann an. „Der hat wohl Todessehnsucht?", murmelt er. Doch Eli lacht, dann schubst sie ihn ebenfalls. „Bitte, bitte, bitte.", beginnt Eli zu betteln wie ein kleines Kind, das etwas von seiner Mutter will. Javis Gesicht verrät, dass er die Welt nicht mehr versteht. Nun macht auch Tarel mit, der sich bisher im Hintergrund aufgehalten hat. Er äfft Eli nach, natürlich mit einer viel zu hohen Stimme. Dann nimmt er ein Kleid vom Bett und hält es vor seinen Körper. „Entschuldige.", sagt er beiläufig zu Abyssa der ihn böse anfunkelt. Aber ein böser Blick hält ihn nicht davon ab mit Eli herumzualbern. „Nein wirklich, ich brauche eure Hilfe.", beendet Eli das herumalbern. „Klar, was willst du von uns?", fragt Tarel aufmüpfig, aber auch aufrichtig. „Das hier ist Javis und wie ihr unschwer erkennen könnt, ist er verletz. Ich möchte gerne, dass ihr mir helft ihn gesund zu pflegen. Da ich das noch nie gemacht habe, bin ich keine grosse Hilfe, aber ich würde gerne lernen wie man das macht.", gibt Eli ehrlich zu. „Gegen eine kleine Belohnung helfen wir dir." Eli schaut ihn finster an, daraufhin zuckt er mit den Schultern und kniet sich neben Javis hin. „Er hat wirklich schiss vor Eli, unserer süssen, liebenswürdigen, weichherzigen Königin.", bemerkt Tarel. Er kniet sich ebenfalls neben den Verwundeten. Abyssa beugt sich zu ihm runter, er legt ihm seinen Arm um die Schultern und flüstert ihm etwas zu. Die Farbe weicht aus seinem Gesicht. „I-ich eh, i-ich.", dann bricht er den Satz ab. Loren kennt diesen Blick nur zu gut. „Ich werde kommen, wenn du erlaubst." „Von mir aus." Eli wird misstrauisch, getraut sich aber nicht zu fragen. Kaum hat Abyssa den Raum verlassen fragt Eli: „Wieso sollst du zu ihm?" „Ich werde dich nicht belügen, daher werde ich es dir einfach nicht sagen. Wenn du es wissen willst, dann frag deinen Mann." Eli huscht Abyssa hinterher, überrascht stellt sie fest, dass er vor der Tür auf sie wartet. „Ich hätte nicht gedacht, dass er schweigt. Ich nehme an du erinnerst dich an Xeros Worte oder?", Eli nickt, „Weisst du, ich will dir nicht weh tun und deshalb werde ich mich heute Nacht mit Loren treffen." Elis enttäuschtes Gesicht schmerzt ihm. „Es ist nur zu deinem Schutz.", versichert er ihr. Gebrochen zieht Eli sich in den Turm zurück, Abyssa folgt ihr. Er fühlt sich so schrecklich. Freudlos setzt Eli sich an ein Erkerfenster, sie starrt mit leerem Blick über Xeros in schneegehülltes Reich. Schweigend sitzen die Beiden Stunden neben einander. Loren kommt die enge Treppe hinauf. „Es ist bereits nach drei Uhr nachts. Kommst du jetzt oder nicht?" Wortlos schleicht er sich davon. In den darauffolgenden Tagen ist die Stimmung sofort bedrückend, wenn Eli und Abyssa im selben Raum sind. „Jetzt reicht's, ihr könnt so nicht weiter machen!", fährt Loren sie an. „Eli zwischen Abyssa und mir ist nichts gelaufen in dieser Nacht. Er wollte nur wissen wie er dir etwas Gutes tun kann. Er kennt seine romantische Seite nicht, daher hat er mich um Rat gefragt, aber es ist ihm peinlich, deshalb lässt er dich lieber im Glauben er hätte dich betrogen. Und du solltest ihm auch mal von unseren Unterhaltungen erzählen, er befürchtet nämlich ernsthaft, dass du mich vorziehst, obwohl du dich nur für ihn interessierst. Also reisst euch zusammen und sprecht miteinander wie das erwachsene Menschen und Wesen das tun!" Die Beiden starren zuerst Loren an, der noch nie einen Wutanfall bekommen hat, dann schauen sie einander an, wenden den Kopf aber schnell wieder weg. „Na los! Sprecht miteinander! Ich will hören was ihr einander zu sagen habt! Kommt nicht immer zu mir und heult herum, sondern tut etwas gegen eure verletzten Gefühle!" Bevor Loren sie weiter zusammenstaucht, beginnt Abyssa zu erzählen wie er sich fühlt. Eli ist zu Tränen gerührt. „Das wusste ich nicht. Bitte entschuldige.", flüstert Eli mit einem Klos im Hals. Abyssa nimmt sie in den Arm. Nun erzählt sie wie sie sich fühlt und wie sehr sie ihn mag. „Jetzt kannst du ihm zeigen, was ich dir beigebracht habe, falls es nicht funktionieren sollte, ruf mich einfach. Ich bin unten bei Javis und Tarel."

26

Seit zwei Wochen sind Eli und Abyssa nun schon unzertrennlich. Lorens Worte haben Wunder vollbracht. Auf Elis Wunsch hin hat Abyssa seine schwarzen Linien auf dem Körper benutzt um Javis Sehnen zu heilen. „Ich habe eine kleine Überraschung für dich. Komm." Abyssas Vorfreude hält sich kaum in Grenzen. Er rennt in den Hof, Eli folgt ihm. Sie traut ihren Augen nicht. Eine schwarze neblige Kreatur steht mit einem weissen Wolf neben sich mitten im Hof. Auf dem Rücken des Wolfes machen sich zwei kleine Wesen bemerkbar und dann taucht noch ein weiterer kleinerer Schatten auf. Sprachlos steht Eli wie versteinert da. Amon tapst zu ihr hin, er drückt sein Gesicht gegen sie, damit sie ihn krault. Hinter Eligor wiehert ein Pferd, es ist pechschwarz, lederartig und ist mit Feuerlinien gezeichnet. Oben auf dem Pferd sitzt ein Mädchen, Eligor hebt es vom Rücken und stellt das Mädchen vor sich auf den Boden. Abyssa geht auf das Mädchen zu, hebt sie hoch über den Kopf und schwingt sie hin und her. Das Kind lacht, es strahlt über das ganze Gesicht. Als er sie absetzten will, schlingt sie ihre Arme um seinen Hals. „M-Mina? Bist du es wirklich?" Erneut lacht das Mädchen, diesmal streckt sie ihre Arme in Elis Richtung. Amon legt sich hin, Azalea springt von seinem Rücken, Pyrus klettert eher. Von Glücksgefühlen durchströmt nimmt Eli Azalea und Pyrus gleichzeitig in den Arm. „Ich habe euch so vermisst!", platzt Eli heraus. Azalea ist es wohl nicht anders ergangen, sie weint ungehalten. Auch Pyrus kämpft mit den Tränen, weigert sich aber es zuzulassen. Gemächlich schlendert Abyssa mit Mina auf dem Arm zu ihr hin, das kleine Mädchen kann es kaum erwarten in Elis Armen zu sein. Behutsam setzt Eli die zwei Baumwesen auf den kalten Boden, ihre Füsse sind sofort schneebedeckt. Zitternd vor Kälte, tapsen sie hin und her. „Wollen wir in den Palast gehen?", fragt Abyssa der die kleinen Baumwesen mustert. Kaum gesagt, stehen sie auch schon in der Eingangshalle, nur Eligor bleibt mit Sirus wie angewurzelt stehen. „Komm!", fordert Eli ihn von der Treppe her auf, doch er bewegt sich immer noch nicht. Besorgt um sein wohlergehen, stellt Eli Mina ab und lässt sie allein in den Palast gehen. Ehe sie sich versieht ist sie auch schon wieder in Abyssas Armen. Ohne zu zögern marschiert Eli auf Eligor zu, Sirus weicht zur Seite, neigt den Kopf und starrt sie an. „Was ist los mit dir Eligor, freust du dich nicht mich zu sehen?" Er reisst seine Augen auf, dann senkt er den Kopf. „Natürlich freue ich mich, aber ich hatte in der Vergangenheit einige Auseinandersetzungen mit Xeros und er verbot mir jemals seinen Palast und Grund zu betreten. Daher möchte ich lieber wieder gehen.", seine Stimme zittert vor Angst, er schaut sich immer wieder hektisch um. Auf einmal bleibt sein Blick hängen, er starrt zum Eingang des Palastes. Eli muss sich nicht umdrehen um zu wissen, dass Xeros aufgetaucht ist. Da Eligor sich versucht aufzulösen, nimmt Eli an, dass er herkommt. Er legt Eli den Arm um die Schulter, greift nach Eligors vernebeltem Körper und durchstösst ihn mit einer seiner Waffen, die sich in seinem Körper verbergen. Der Nebel fällt wie Regen von seinem Körper herunter. Nun sieht Eli zum ersten Mal seine richtige Gestalt ohne Nebelschwaden. Er ist schlank, beinahe drahtig, seine Gliedmassen sind allesamt langezogen, seien Finger sind viel länger als er sie mit dem Nebel erschienen lässt, das Gesicht schmal, knochig. Seine Beine sind so dünn wie Elis Arme und seine Füsse Krallenartig. Furcht steigt in Eli auf, dann erinnert sie sich aber an den Eligor wie sie ihn kennt und nicht wie sie ihn jetzt vor sich sieht. „Was tust du hier? Ich dachte ich hätte dich verbannt und dir gesagt, wenn ich dich das nächste Mal sehe, dann töte ich dich!", keift Xeros. Er sagt nichts, er beleibt einfach nur da stehen und starrt Xeros an. Erst als er ihn mit einer weiteren Waffe durchbohrt, senkt er seinen Blick. „Ich will nicht kämpfen und auch nicht sterben. Ich wollte auch nicht herkommen, aber Abyssa hat mich darum gebeten. Er schrieb, Eli wolle uns alle sehen, deshalb bin ich hier." Ruckartig reisst Xeros seine Waffen aus Eligors Körper, er sackt zusammen. Bevor er auf dem kalten Weiss aufschlägt, fängt Eli ihn auf. Als sie seine scharfen, langen Zähne sieht, die von zwei längeren Fangzähnen umschlossen sind, lässt sie ihn beinahe fallen. „Lass mich Eli nur fünf Minuten sehen, dann kannst du mit mir machen was du für richtig hälst, aber bitte lass mir einige Minuten mit ihr.", fleht Eligor Xeros an. „Ich nehme an, dass du Elis Sklave bist. Daher kann ich dich nicht töten, zumindest im Moment nicht, da deine Herrin mein Gast ist. Ich töte die Untergebenen meiner Gäste nicht, wenn sie mir keinen Anlass dazu geben. Dennoch will ich dich nicht in meinem Palast haben. Du kannst bei meinen Sklaven vor der Mauer schlafen." „Er ist nicht ihr Sklave, er ist ein Fürst und gehört zu meinen Leuten.", berichtigt ihn Abyssa der sich angeschlichen hat. „Und ob er mir gehört, du hast ihn mir in unserer Hochzeitsnacht geschenkt, weisst du nicht mehr?", meldet sich Eli. „Stimmt, habe ich vergessen." „Wem gehört er nun?", hackt Xeros nach. Zu seiner Überraschung antwortet ihm Eligor selbst. „Ich bin frei. Eli hat mir die Freiheit geschenkt. Aber ich werde ihr immer folgen und sie vor allem beschützen. So lange ich lebe!" „Du bist frei?", Xeros ist fassungslos, auch Abyssa passen seine Worte nicht. Mühsam kämpft sich Eligor auf die Beine, seine rechte Hand legt er behutsam auf seinen Bauch.

„Ich weiss, dass du es nicht magst, wenn ich dich umarme, aber…", sie schlingt ihre Arme um ihn, er legt seine linke Hand auf ihren Rücken. „Wieso hast du ihn nicht angelogen und behauptet du seist mein Sklave?", schluchzt Eli an seiner Brust. „Du sagtest ich soll nicht lügen, nicht töten und auch sonst nicht tun was dir nicht gefallen würde." Eli erinnert sich an dieses Gespräch, allerdings wäre sie froh gewesen, wenn er diesmal gelogen hätte. Flora kreischt als sie Amon sieht, sie stürmt aus dem Palast. „Schick sie weg! Ich will keine Monster um mich herum haben!" „Sei still! Du gehst mir auf die Nerven und wo sind eigentlich meine anderen Frauen?" „Lani ist in der Küche. Amelia vergnügt sich in der Arena. Nora treibt sich mit einem deiner Wachen rum und Sina ist so weit ich gesehen habe, in Dorias Zimmer verschwunden." Flora krallt sich an Xeros Arm fest, als Amon zu ihnen tapst. „Seid ihr festgefroren? Xeros stell dich nicht so an und lass Eligor in deinen Palast, er hat sich geändert. Und bevor noch jemand fragt, Eli hat keinen einzigen Sklaven oder Hörigen oder wie auch immer. Sie schenkte uns allen die Freiheit und wie ihr seht folgen wir ihr. Einfach weil wir sie lieben für alles was sie tut. Und nun bitte kommt in den Palast." Nach einigem hin und her stehen sie nun gemeinsam im Speisesaal.

27

Nach einigen Wochen verabschieden sie Xeros Gäste. In der zwischen Zeit haben sie sich angefreundet, selbst Eligor kommt jetzt mit Xeros aus. Mina reitet auf dem Rücken des Pferdes, Amon trägt Azalea und Pyrus. Eligor und Sirus marschieren etwas weiter vorn und Abyssa geht Hand in Hand mit Eli dicht gefolgt von Loren und Tarel.

Autorin:
Natacha Schüpbach, geboren am 17. März 1995, lebt in der Schweiz. Bereits als Kind war sie vom Schreiben fasziniert.
Sie liebt es zu backen, wandern und mit ihren Haustieren zu spielen.